YOU DON'T KNOW MY NAME

Mise en pages : Petits papiers
Correction : Oriane Krief et Pierre Bepmale
Titre original : *You Don't Know My Name*

1, rond-point du Général-Eisenhower,
31101 Toulouse Cedex 9, France
Loi 49-956 du 16 juillet 1949 sur les publications destinées
à la jeunesse
ISBN : 978-2-7459-8105-9
editionsmilan.com

Traduit de l'anglais par (États-Unis) par Marie Cambolieu

KRISTEN ORLANDO

YOU DON'T KNOW MY NAME

MILAN

À Michael, mon amour, ma vie, mon univers.

PROLOGUE

Les chiffres sur l'écran de mon portable semblent me défier.

Plus que trente minutes d'entraînement sur cible avant de m'attaquer à mes devoirs. J'inspire profondément et m'essuie le front, encore humide après mon jogging quotidien et ma séance de krav-maga avec ma mère. L'adrénaline grisante du combat se propage lentement dans mes veines tandis que je m'avance, seule, devant le stand de tir.

Ce soir, le Glock 22 pèse plus lourd que d'habitude. J'ai dû forcer sur mes muscles sans m'en rendre compte. Je braque l'arme en direction du mannequin et presse la détente.

Trois détonations. Deux balles dans le cœur. Une en pleine tête.

– Reagan. Reagan.

En entendant la voix étouffée de mon père, j'ôte mon énorme casque de protection noir.

– Oui ?

– En salle de crise, dépêche-toi ! me crie-t-il.

Je m'apprête à lui demander s'il s'agit, comme toujours, d'un exercice, mais il ne m'en laisse pas le temps. La porte dissimulée menant au sous-sol claque, si violemment que je sursaute. Les pas précipités de mes parents dans l'escalier me confirment qu'il ne plaisantait pas. Cette fois, ce n'est pas un test ni une fausse alerte. Ils n'ont pas besoin d'en dire davantage. Mon cœur s'emballe, mais mon corps, lui, se met tout seul en mouvement. Je glisse le revolver dans la ceinture de mon pantalon et me rue vers l'armurerie, où j'ouvre à la hâte un placard et saisis deux fusils d'assaut accrochés au râtelier.

Au cas où.

– Dépêche-toi, me lance ma mère depuis la chambre forte.

– Une seconde, j'attrapais juste quelques…

– Reagan, on n'a pas le temps !

La tension et l'urgence que je perçois dans sa voix ne lui ressemblent pas. D'ordinaire, elle est la sérénité même. La grâce aussi. L'éclair de panique que je surprends dans son regard me fige un court instant. Mais je referme l'armoire en acier. Le fracas métallique résonne dans la pièce vide. Je prends les armes sous mon bras et me précipite vers la petite salle. J'ai à peine franchi le seuil que mon père rabat la lourde porte derrière moi. Les yeux écarquillés, je le vois pianoter sur le digicode d'un geste fébrile. Les pênes blindés se verrouillent avec un cliquètement sonore.

– Qu'est-ce qui se passe, maman ? je demande en faisant tomber les fusils sur le sol.

Elle paraît trop absorbée par le branchement des écrans de surveillance encastrés dans le métal et le béton des murs pour me répondre. Je me laisse aller contre la paroi, dont le revêtement glace ma peau nue. La crosse du revolver glissé dans mon pantalon s'enfonce dans mon dos. Aïe. Je l'attrape et réchauffe mes doigts transis sur le chrome tiède. J'attends toujours une explication.

– Qu'est-ce qui se passe ? j'insiste.

Nous n'utilisons jamais la salle de crise. Jamais. Elle est destinée aux situations d'urgences, les « codes bleus » que nous avons souvent répétés sans avoir eu à les appliquer. Jusqu'à aujourd'hui. Je scrute leur visage en quête d'une réponse, d'un signe, n'importe quoi. Ils demeurent muets, les yeux rivés sur les écrans, comme pétrifiés. Je suis leur regard et c'est là que je l'aperçois :

un homme vêtu de noir qui s'introduit dans notre salon faiblement éclairé.

J'étouffe une exclamation et suis la scène sur les caméras : l'intrus – cheveux longs et bruns, pommettes saillantes – arpente le couloir, avant de pénétrer dans la cuisine, bras tendus, le revolver au poing, l'index sur la gâchette.

– C'est lui. C'est l'un de ses sbires, chuchote ma mère.

– Un sbire de qui ?

Ma voix suraiguë tranche dans le silence.

– Pas maintenant, Reagan, m'interrompt mon père.

Je m'apprête à protester, puis me ravise. Je place mon arme sur le sol avant de presser machinalement les doigts contre mes hanches. Je sais que je ne suis pas censée poser de questions, pourtant leurs expressions paniquées m'ébranlent. Depuis le temps, je devrais avoir l'habitude d'être tenue à l'écart, mais ça m'agace toujours autant.

« C'est pour ton bien », me répètent-ils sans arrêt. « Pour ta sécurité. »

La sécurité, j'ignore ce que c'est. Le simple fait d'être leur fille fait de moi une cible. Ils mènent une existence dangereuse, j'en ai conscience. Leur travail est risqué. Leurs ennemis m'abattraient en plein jour sans hésiter.

Mes parents ont beau faire leur possible pour me rassurer, peu d'adolescents de mon âge disposent de caches d'armes secrètes à deux pas de leur lycée. Peu dorment avec des couteaux scotchés derrière leur tête de lit ou maîtrisent dix techniques différentes de strangulation. Je passerai le reste de ma vie à surveiller mes arrières et j'en ai pris mon parti. J'aimerais simplement qu'ils arrêtent de me laisser dans le flou ; qu'ils cessent de faire comme si j'étais intouchable.

La sonnerie du téléphone satellite retentit, rompant le silence pesant qui s'était installé dans la pièce exiguë. Mon père le saisit.

– Oui ?

À l'autre bout de la ligne, je discerne une intonation masculine.

– Affirmatif, il est à l'intérieur. J'ai entendu un bruit de verre brisé avant que nous nous glissions dans le garage. On dirait bien qu'il est seul.

Il s'interrompt. Je me rapproche subrepticement, luttant pour percevoir la voix de son interlocuteur. Je ne distingue que des bribes.

Arme. Équipe. Enlèvement. Menace. Exécuter.

Je fais un pas en arrière, ferme les yeux et m'adosse au mur gelé. Mes doigts cherchent les deux cœurs qui pendent à mon bracelet. J'en presse le métal entre le pouce et l'index. Voilà des années que mes parents me préparent à ce genre de situations. Je sais ce que je dois faire. Le soldat parfaitement entraîné en moi voudrait sortir de cette pièce et faire exploser la cervelle de ce type. Mais une petite partie de moi – la fille inquiète, paniquée que je tente de refouler – espère que tout ceci n'est qu'un mauvais rêve.

– Bien. Compris, lâche-t-il.

– Qui est au téléphone ? je chuchote à ma mère.

– Quelqu'un du CENTRAL, murmure-t-elle, sans quitter les écrans des yeux.

L'intrus en noir se faufile au premier étage et nous cherche d'une chambre à l'autre.

– Ils nous ordonnent de ne pas bouger, annonce mon père en raccrochant. Des renforts sont en route. Ils surveillent la situation depuis le Q.G.

– Comment peuvent-ils nous aider depuis Washington ? je demande, la voix déformée par l'angoisse.

– Tout se passera bien, Reagan, m'assure-t-elle.

Pour la première fois depuis que la porte du bunker s'est refermée sur nous, elle se tourne vers moi. Son regard émeraude est vif, clair, concentré ; il s'en dégage une certaine chaleur qui m'apaise. C'est comme si elle percevait la peur que j'irradie malgré moi. Je tends le bras pour saisir sa main et elle serre mes doigts dans sa paume glacée. L'espace d'un instant, tout disparaît : la salle de crise, les armes chargées et même cet inconnu qui arpente notre maison pour nous tuer. Pendant une brève seconde, je me sens protégée.

– Ils sont là, annonce mon père.

Je lève les yeux vers l'écran correspondant à la caméra extérieure. Un 4 × 4 sombre ralentit dans notre rue. Il éteint ses phares et roule au pas.

– Qui ça, « ils » ? je demande dans un souffle.

– Une équipe de Black Angels, explique ma mère, de nouveau concentrée sur les moniteurs.

Un homme et une femme s'extirpent du véhicule, habillés en noir. Lorsque la silhouette féminine s'avance vers le garage, je reconnais sa démarche. C'est tante Samantha. Cet « ange noir » qui veille depuis toujours sur moi. Quand mes parents partaient en mission, c'était elle qui s'occupait de moi. Enfant, je la prenais simplement pour ma nounou, mais je sais aujourd'hui qu'elle est spécialiste du renseignement au sein du CENTRAL, qu'elle a reçu la médaille du Mérite des mains du président pour ses années de services dans l'armée et qu'elle tire mieux que n'importe quel autre agent.

– Je me charge de lui, déclare soudain ma mère.

Elle se débarrasse de son pull rouge, révélant un débardeur noir, des bras minces et un ventre parfaitement plat, acquis grâce à ses cinq cents pompes quotidiennes depuis vingt ans.

– Non, laisse-moi faire, proteste mon père.

– Tu restes avec Reagan, réplique-t-elle.

L'adrénaline monte brusquement.

– Moi aussi je veux y aller.

– Pas question, Reagan, décrète-t-elle. Vous ne bougez pas d'ici.

– Elizabeth… vraiment, ça pourrait…

– C'est tout vu, Jonathan, tranche ma mère avant de faire volte-face pour examiner les dix écrans de surveillance. Où est-il passé ?

Au même instant, un fracas retentit au-dessus de nous et nos regards se portent machinalement vers le plafond. Nous le fixons jusqu'à ce que les bruits de pas s'estompent, puis nous retournons vers les écrans. L'homme pousse la porte du garage, dévale les marches et se plante devant la grande armoire à outils, ou plutôt, la fausse armoire. C'est l'accès secret du bunker. Je sens mon père se raidir tandis que l'homme tire sur la poignée métallique, mais le battant est solidement verrouillé de l'intérieur et ne peut être ouvert que grâce au code à six chiffres qui change chaque mois.

Je le regarde, ébahie, mais avant que j'aie pu articuler un mot, mon père reprend le téléphone et presse quelques touches.

À l'autre bout du fil, la voix n'a pas le temps de dire « allô » qu'il se met à hurler :

– Thomas, il est devant la porte du sous-sol ! Comment peut-il être au courant ? Ces détails sont classifiés : seul quelqu'un d'interne peut les connaître.

Je perçois une réponse étouffée.

– Eh bien, je te conseille de découvrir comment il a pu avoir accès à ces informations et d'envoyer le salaud qui les lui a fournies derrière les barreaux pour le restant de ses jours, tu m'as compris ?

Il raccroche rageusement sans laisser la possibilité à Thomas de s'expliquer.

Ma mère tend la main vers moi.

– Reagan, donne-moi ton pistolet.

Je note son regard perçant, les muscles crispés de son visage. J'ai vu mes parents s'entraîner au tir, au krav-maga, au jujitsu, à la boxe thaïe pendant des années. Mais je ne les ai jamais vus mettre leurs talents à profit. Lentement, je me penche et ramasse mon arme de prédilection sur le sol avant de la placer dans sa paume ouverte.

– S'il te plaît… sois prudente !

Je l'implore d'une voix si blanche qu'elle franchit à peine mes lèvres.

Elle s'approche et dépose un baiser sur ma joue.

– Tout ira bien, m'assure-t-elle avec un sourire tendu.

Elle tourne les talons, se dirige vers la porte, et c'est comme si des millions d'aiguilles me transperçaient le corps. Je ne sens plus mes doigts, ni mes jambes, ni mes pieds. Je garde la tête baissée lorsqu'elle pianote sur le digicode puis la redresse brusquement quand les barres blindées se déverrouillent : je veux mémoriser cette image d'elle, car je crains soudain que ce soit la dernière.

C'est une habitude que j'ai prise depuis longtemps. Avant leur départ pour chaque mission, je m'efforce de fixer le moindre détail de mes parents. La main puissante de mon père qui se courbe pour saisir sa tasse préférée. Le geste soigneux de ma mère pour écarter ses mèches blondes de ses yeux. L'impression que ses baisers laissent sur ma joue ou l'étreinte ferme de mon père lorsqu'il me serre dans ses bras. Je fige l'instant, m'en empare et le classe parmi mes souvenirs. Cette fois, elle a déjà disparu.

Mon père referme la porte de la salle de crise et, de nouveau, il entre le code de verrouillage. Les barres blindées se remettent en place. Je suis fébrilement les écrans de surveillance sur lesquels on voit ma mère traverser notre gymnase puis se faufiler par l'issue de secours, à l'angle du stand de tir, rabattant sans un bruit le battant métallique derrière elle. Mon père reprend le téléphone et compose un nouveau numéro. À présent, c'est une femme qui décroche.

– Sam, tenez-vous prêts, aboie-t-il. Elizabeth va sortir. Elle est seule, alors couvrez-la.

Une fois de plus, il coupe sans attendre la réponse. J'observe discrètement sa mâchoire crispée. Il essaie de paraître calme, mais son regard écarquillé, éperdu, le trahit. Ses yeux inquiets suivent les mouvements de ma mère sur l'écran. Je me retourne, juste à temps pour la voir émerger du passage dissimulé et courir rejoindre les Black Angels dans l'allée, mon revolver luisant dans sa main.

Dans un silence pesant, mon père et moi guettons le tueur qui s'acharne sur le battant blindé. Il trouve la trappe du digicode et pianote un code du bout du majeur.

Mon Dieu… pourvu qu'il n'ait pas le bon.

En me redressant, je cherche ma mère sur l'image. Elle s'est introduite dans la maison pendant que les Black Angels se dirigent vers l'arrière du garage, près du jardin. Mon cœur cogne si fort que je n'entends plus que lui. La caméra la montre qui se glisse dans le débarras qui sert d'entrée au sous-sol, lève son revolver à la hauteur de sa poitrine et s'immobilise devant la porte. De nouveau, les picotements envahissent mon corps lorsque l'équipe à l'extérieur défonce l'autre porte et pointent leurs armes vers la tête de l'intrus.

– À terre ! hurle une voix puissante.

Le tueur se retourne, vise les deux Black Angels et ouvre le feu. Les détonations s'enchaînent. Sam se jette derrière l'un de nos 4 × 4 quand l'homme plonge la main dans sa poche pour recharger. Sans lui laisser le temps de glisser le magasin dans son pistolet, ma mère s'est faufilée par la porte du garage et se précipite vers lui.

– Maman !

Je m'approche encore des écrans. Mon père agrippe mes épaules lorsqu'elle empoigne son adversaire par le bras et lui donne un coup de genou, l'obligeant à lâcher son arme et ses munitions. Mon père resserre son étreinte tandis qu'elle envoie sa jambe dans celle du tueur. Un mouvement que je connais bien : c'est elle qui me l'a appris. Rassemblant toutes ses forces, elle le fait basculer sur le dos. Je perçois le choc sourd de son crâne contre le ciment, qui semble le priver de son souffle. Il tente désespérément d'avaler de l'air, mais ma mère a pointé le canon de son arme sur son front.

– Qui t'envoie ? je l'entends lui demander.

Il ne répond rien et gémit de douleur.

– Qui ? répète-t-elle, plus vivement.

Elle presse le pistolet contre sa tempe droite. Lentement, l'homme décolle la tête du sol et la dévisage. Ils se toisent sans un mot. Alors qu'il paraît sur le point de nommer le commanditaire de cette attaque, il lui crache au visage. J'ose à peine respirer. Incrédule, je la vois lever son revolver en l'air. Les mains de mon père me compriment encore les épaules. Elle se fige en plein mouvement. Son regard croise la caméra, comme si elle se rappelait soudain que je l'observe, et elle pointe de nouveau le canon sur sa cible.

– Tu n'en vaux pas la peine, siffle-t-elle.

Sam et son équipier le fouillent pendant que ma mère le maintient à terre, le genou pressé sur sa poitrine. Dans les poches de l'assassin, ils découvrent un arsenal mortel de pistolets, de couteaux, de munitions et de liens en plastique, qu'ils étalent sur le sol.

Une fois de plus, le téléphone satellite retentit.

– Ils l'ont neutralisé, annonce mon père.

À l'autre bout du fil, je distingue la voix de Thomas.

– Non, non, continue-t-il. Il nous le faut vivant. Dis-leur de le ramener à Langley. Nous devons apprendre ce qu'il sait exactement. Et comment il nous a retrouvés.

Mon regard se pose sur les écrans. Ma mère a disparu. Sam utilise les liens pour ligoter le prisonnier. Ils le remettent sans ménagement sur ses pieds. Sa blessure à la tête saigne toujours. Le sang ruisselle sur son front, jusque dans ses yeux et le long de ses joues. Ils le tiennent par les deux bras et braquent un revolver sur sa tempe. L'homme n'oppose aucune résistance. Il avance, tête baissée. Il devine sans doute ce qui l'attend. Ils l'empoignent fermement, le poussent à l'intérieur du 4 × 4 et repartent.

– Thomas, je ne comprends pas comment cela a pu se reproduire. Les renseignements pensent qu'ils nous surveillaient depuis près d'un mois. Comment a-t-il pu s'introduire dans cette maison ? Tu dois nous mettre à l'abri. Ma famille aurait pu être décimée ce soir, s'emporte mon père.

Il ferme les yeux. Secoue la tête.

– Non, je serai sur place demain matin. Je tiens à lui parler moi-même. Nous serons tous là, alors inutile d'envoyer une équipe de protection. On se voit dans quelques heures.

– Qu'est-ce que tu voulais dire par « nous serons tous là » ? je demande lorsqu'il raccroche.

– Nous devons nous rendre à Washington cette nuit, répond-il tout en rentrant les chiffres du digicode.

Les barres se rétractent et la porte s'ouvre.

– Va chercher ton sac d'urgence. Nous ne reviendrons pas.

Dans la salle de crise, je m'immobilise. Partir ? Non. Pas encore ! Médusée, je le regarde s'éloigner de moi, puis je m'oblige à mettre un pied devant l'autre pour le suivre.

– Quoi ? Mais pourquoi ?

– Ils savent où nous trouver, à présent, réplique-t-il d'un ton sévère, sans se retourner.

– Mais… je commence à peine l'année, au lycée. Les filles de ma classe sont sympas et j'ai une interro de maths, lundi, et…

Je bafouille. Les mots m'échappent sans même que je m'en aperçoive.

– Reagan, il n'est pas question d'en discuter ! hurle-t-il en se retournant.

Surprise par sa véhémence, je referme la bouche. Il me montre la salle de crise.

– Tu étais là tout à l'heure ? Tu n'as pas compris ce qui vient de se passer ? S'il n'avait pas déclenché les alarmes dans le jardin, nous serions tous déjà morts. Philadelphie n'est plus un endroit sûr pour nous. Ce type était seul. S'ils savent où nous sommes, ils pourraient en renvoyer vingt comme lui avant demain matin. Je n'ai pas l'intention d'attendre qu'on massacre ma famille. Nous devons partir. Ce soir.

Abasourdie, je ne sais plus quoi répondre. Je commençais tout juste à me sentir chez moi, dans cette ville. Et voilà qu'ils récidivent, qu'ils m'arrachent à mes amis, à mon lycée, au quotidien que je me construisais peu à peu. Le pire, c'est que je ne pourrai jamais leur dire au revoir. Pas de fête d'adieux. Pas de contacts échangés. Pas d'explication. Je me contenterai de disparaître. Comme je l'ai toujours fait.

Et j'en ai assez. Je ne compte plus les déménagements. Combien de fois avons-nous changé de vie ? Sept ? Huit ? Je parvenais seulement à éprouver un semblant de normalité ici, mais ça, je ne peux pas le dire à voix haute, parce que ça ne ferait que l'exaspérer davantage. Il me rappellerait que je ne peux pas être normale. Que j'ai un don. Que je suis *née* pour ça. Une phrase que j'ai si souvent entendue. Je sais le ton qu'ils emploient pour la prononcer et la façon dont ils accentuent toujours le mot « née ». Je suis née pour être l'une d'entre eux. Une Black Angel.

Je serre les poings et, impuissante, je regarde mon père gravir les marches de l'escalier. À son pas lourd, je comprends que la conversation est terminée. Nous partons, un point c'est tout. Et je n'ai plus rien à ajouter.

UN

– Allez, Reagan ! Tout le monde sera là, samedi soir, affirme Harper entre deux bouchées de viande trop cuite et de purée industrielle de la cantine du lycée. Tu serais… quoi ? La seule fille de terminale à ne pas venir ?

– Plutôt me pendre, je réplique en avalant quelques gorgées de boisson énergétique.

Après quinze kilomètres de course ce matin, mon corps réclame sa dose d'électrolytes. Je n'aime pas me lever tôt, mais je déteste attendre l'après-midi pour m'entraîner. Je préfère de loin le passer avec Harper ou réviser avec Luke. Sécher l'entraînement n'est pas une option : j'ai commis cette grossière erreur une fois et je n'ai jamais recommencé. La colère de mes parents avait largement dépassé le stade des cris et des menaces. J'ai écopé directement d'un long silence et d'une punition. Le lendemain, j'ai eu droit à une « séance de rattrapage ». Des heures plus tard, j'en tremblais encore d'épuisement. Après vingt kilomètres de course, j'avais dû enchaîner avec cinq cents pompes, mille abdos et deux heures de krav-maga. Un enfer. Dans n'importe quel autre foyer, on parlerait de maltraitance, mais qu'est-ce que j'aurais bien pu faire ? Appeler les services sociaux ? Raconter que mes parents m'infligeaient six heures d'entraînement infernal parce qu'ils appartiennent à une branche de la CIA inconnue du reste du monde et même d'une partie du gouvernement américain ? Et que je suis moi aussi destinée à intégrer ? Pas vraiment crédible. Alors, chaque matin, je me tire du lit à cinq heures tapantes pour m'entraîner avant le lycée.

– Réexplique-moi pourquoi tu veux manquer une fête chez Mark, insiste Harper, qui raccroche l'une de ses longues mèches blondes et bouclées derrière son oreille.

– Tu connais mon avis sur le sujet : primo, cette ignoble liqueur qui tourne en soirée te rend plus malade que de l'eau croupie. Deuzio, les fêtes de Mark Ricardi sont des désastres.

Les soirées de Mark, organisées dans la grande propriété de ses parents, dans le quartier select de New Albany, sont des événements notoires. Je n'ai assisté qu'à une seule d'entre elles et je me suis éclipsée avant que les choses ne dérapent pour de bon, mais les bruits qui courent m'ont suffi. Tout le monde finit toujours par y perdre ses vêtements (et sa dignité) soit pour un bain de minuit dans l'étang, soit dans de sombres jeux de boissons fortement dosées en tequila. Il y a toujours quelqu'un pour se battre, casser quelque chose ou tromper sa copine… Bref, quand on rentre de chez Mark, c'est l'haleine chargée et avec un arrière-goût d'amertume.

– On votera quand Mal arrivera, conclut Harper en prenant une gorgée de soda.

– Autant voter tout de suite, je rétorque en levant la main. Qui vote contre l'idée de tenir les cheveux de sa copine pendant qu'elle vomit dans une baignoire en marbre ?

Harper plisse ses yeux noisette, puis esquisse un sourire, découvrant entre ses deux incisives ce léger écart que j'adore, mais qu'elle déteste. Elle regrette de ne pas avoir porté de bagues au collège, quand tout le monde avait la bouche ferrée. Elle envisage de se faire poser ces machins en plastique transparent pour le corriger, mais je continue à l'en dissuader. Je trouve que ce petit détail lui donne un charme de mannequin.

– Tu exagères, c'était nettoyé en cinq minutes, s'offusque-t-elle en se penchant par-dessus la table pour me frapper la main.

– Répugnant. J'en avais la nausée sans avoir bu une goutte d'alcool, je rétorque sans baisser le bras.

– Oh, ça va, « maman ». Quelle RBJ !

– RB – quoi ?

– RBJ, réplique Harper en levant les yeux au ciel. Rabat-joie.

– Tu plaisantes, je suis une JBDLN : jusqu'au bout de la nuit.

J'adore cette habitude idiote de tout réduire à des acronymes. Nous codifions tellement d'expressions que plus personne n'arrive à suivre nos conversations. Nous avons nos classiques, comme « TP » « toujours prêtes », RL « relou » ou AMTDS « achève-moi tout de suite ». Ce sont nos petits préférés, mais nous en inventons chaque jour en allant toujours plus loin dans le ridicule, ce qui agace passablement nos amis. Tant pis. C'est notre marotte et ça nous plaît, alors OSEF. Comprenez « on s'en fout ».

– Hé, MacMillan ! m'interpelle une voix dans la file de la cantine. Je me retourne et aperçois Malika armée de son plateau bleu. Ça te dit de partager mes nachos ?

– Tu m'as déjà vue refuser des nachos ? je réplique.

MacMillan. De tous mes noms d'emprunt, MacMillan est celui que je préfère. J'ai toujours été Reagan, mais jamais la même. *Reagan Moore. Reagan Bailey. Reagan Klein. Reagan Schultz*. Personne n'a jamais su ma véritable identité. Reagan Elizabeth Hillis. Je ne l'ai plus prononcé à voix haute depuis si longtemps qu'il me faut parfois quelques instants pour m'en souvenir. Qui réfléchit pour donner son nom ? C'est pourtant ce que je dois faire, bien que cela ne me demande qu'une fraction de seconde. Ma mère affirme que plus le temps passe, plus elle doit lutter pour se rappeler son âge. Quand on a sept ou dix-sept ans, on n'hésite jamais. Mais d'après elle, en vieillissant, un léger doute s'installe et elle doit y penser : attends... est-ce que j'ai quarante-huit ou quarante-neuf ans ? C'est exactement pareil pour moi avec mon nom : plus je collectionne les pseudonymes, plus j'hésite.

C'est toujours la même histoire : dès que je m'habitue à un nouveau patronyme, je suis contrainte de l'oublier. Parce que la couverture de ma famille est compromise, ou parce que nous sommes surveillés et devons quitter la ville. Alors il faut charger la voiture au beau milieu de la nuit et remonter la rue pour la toute dernière fois. À chaque fois, j'ai l'impression qu'on m'arrache une partie de moi. Mais je ne l'ai jamais avoué à mes parents. Je ne veux pas qu'ils se sentent coupables. Pourtant, c'est comme si une version de moi-même – Reagan Moore, Bailey ou Schultz, ou autre – mourait en ne laissant qu'une ombre déchiquetée à ceux qui l'ont connue. Puis, quand j'adopte un nouveau nom et un nouveau passé, cette Reagan, ce fragment de moi-même, semble n'avoir jamais vraiment existé. De cela, je ne peux parler à personne. Je n'ai jamais confié à quiconque d'où nous venions ou à quoi ressemblait ma vie d'avant. En permanence, je dois réinventer un arsenal de mensonge, les rabâcher encore et encore jusqu'à ce qu'ils se transforment en vérité. Peu à peu, j'efface celle que j'étais à peine quelques mois plus tôt.

– Salut les filles, nous lance Malika en posant son plateau à côté de moi.

Oubliant qu'elle porte une micro-jupe, elle enjambe le banc pour s'installer.

– Aaaah, mes yeux ! Mes yeux ! gémit Harper en plaquant ses mains sur ses paupières.

– Qu'est-ce que j'ai encore fait ?

– Disons que toute la cantine vient de se rincer l'œil sans payer, je réplique en lui tapotant le genou.

– Ils n'en perdront pas la vue, ce n'est pas comme si j'avais fait l'impasse sur les sous-vêtements, rétorque Malika en faisant cascader ses longs cheveux noirs derrière ses épaules.

– Top, la culotte flamants roses, Mal ! la taquine Harper avec un clin d'œil.

Avec une mère japonaise et un père pakistanais, Malika ne passe pas vraiment inaperçue dans la banlieue blanche et protestante de New Albany, dans l'Ohio.

Sans compter qu'elle est, comme je le répète souvent, belle à vous rendre idiot. Un regard vers cette fille sublime et vous ne marchez plus droit.

– Tu te crois dans un club de strip-tease, Malika ? siffle quelqu'un derrière nous.

Inutile de me retourner : je la reconnaîtrais entre mille. La voix grave, presque rocailleuse, caractéristique de Madison Scarborough.

– D'un autre côté, renchérit-elle, c'était sûrement du déjà-vu pour la moitié des garçons.

– Hé, je joue peut-être les filles faciles, réplique Malika en pointant son index contre son torse, mais je ne suis pas du genre à me déshabiller pour le premier venu, moi.

– Une fille facile reste une fille facile, philosophe Madison en levant les yeux au ciel.

Alors que je m'apprêtais à lui rabaisser son caquet, elle tourne les talons pour se diriger vers la table où l'attend son équipe de hockey féminin. Je prends Malika par le bras.

– Ne t'en fais pas, je te vengerai plus tard.

Durant tout un été, je me suis entraînée au piratage informatique dans un camp spécialisé en Chine. En moins de quatre-vingt-dix secondes, je peux m'introduire dans l'intranet de l'école et modifier notes, absences ou autres. Un jeu d'enfant comparé aux systèmes que j'ai appris à maîtriser. D'ici ce soir, Madison écopera d'un D en physique et se verra privée du match de hockey de samedi, pour la rencontre amicale avec Upper Arlington, où elle devait être capitaine. Lundi, je remettrai tout dans l'ordre, ni vu ni connu. C'est plus que mérité, pour toutes les mesquineries qu'elle inflige quotidiennement aux autres. D'ailleurs, je n'utilise mes talents d'espionne que pour jouer brièvement les justicières.

À vrai dire, c'est cette garce de Madison Scarborough, avec sa passion pour les ragots et les scandales, qui nous a rapprochées l'an dernier. J'avais remarqué Malika et Harper dès ma première journée de cours. La première, parce qu'elle est sublime et la seconde, pour son côté naturellement cool. Elles ne fréquentaient pas les filles de l'équipe de hockey et de crosse, autoproclamées « populaires ». Harper et Malika étaient ce que Madison et son entourage appellent les « secondes zones ». Des filles qui, comme tout le monde, sont invitées aux grosses fêtes, mais jamais aux soirées plus confidentielles ou aux dîners d'anniversaire. Personne ne les ignore, mais elles ne sont jamais le centre de l'attention. J'en ai rapidement fait mon cercle d'amies « cible ». Je devais m'intégrer à un petit groupe sans histoire et m'y fondre le plus vite possible. Aussi, quand j'ai entendu les horribles rumeurs que Madison répandait à leur sujet, j'ai saisi ma chance.

Pendant plus d'un an, Madison était sortie avec un garçon, un gosse de riche qui portait des bermudas rose saumon, des lunettes de soleil hors de prix et terminait cinquante pour cent de ses phrases par : « dans notre résidence secondaire ». Même avec un crétin pareil, les filles y réfléchissaient à deux fois avant de s'approcher de l'ex de Madison. Quand ce type a proposé à Harper de l'accompagner à la soirée de l'école, Madison a raconté à tout le lycée que Harper était lesbienne. Elle a ajouté que les filles de l'équipe de hockey évitaient de se retrouver seules dans les vestiaires avec elle. Plus tard, quand Madison a appris que Malika flirtait avec un type qui l'avait laissé tomber deux ans plus tôt, elle a fait courir le bruit que Malika avait fait une vidéo porno. Alors que l'innocente Malika n'a encore jamais couché avec un garçon.

Profitant d'une pause entre deux cours, j'ai piraté son compte Twitter (« @PrincesseMaddie » #plusridiculetumeurs) et avec mes deux amies, nous avons composé une litanie d'excuses à l'adresse de toutes les pauvres filles qu'elle avait un jour persécutées. Les tweets ont disparu vingt minutes plus tard, mais cette petite vengeance a forgé ma place au sein de notre clan.

J'ai presque honte d'avouer que mes motivations pour me rapprocher de ces filles de « seconde zone » étaient liées à ma couverture, parce qu'au fond, j'adore tout chez elles. Harper et sa manie de se jeter sur les Skittles orange et violets parce qu'elle sait que je ne les aime pas. Ses lacets perpétuellement défaits, car elle met un point d'honneur à ne jamais faire de doubles nœuds. Malika et sa peur phobique des araignées alors qu'elle connaît absolument tous les films d'horreur par cœur et sa marotte de sortir avec un type de chaque continent, elle qui est encore vierge. Désormais, je les considère comme de véritables amies et plus seulement comme des figurantes dans ma stratégie pour demeurer invisible.

– Que c'est beau, un homme en uniforme, crie Harper par-dessus mon épaule avant de siffler bruyamment.

En me retournant, j'aperçois Luke Weixel. Ses joues pâles rosissent légèrement. Il regarde Harper en secouant la tête, ses lèvres esquissent un sourire maladroit, puis il braque ses yeux bleus sur moi.

Aujourd'hui, pour le corps des jeunes officiers réservistes, c'est une journée en tenue. Dans son pantalon sombre, sa chemise sable bardée de médailles et décorations, Luke est particulièrement séduisant. Avec son mètre quatre-vingt-dix, ses cheveux d'un blond doré et ses pommettes saillantes, il fait souvent tourner les têtes et grincer les chaises à la cantine, mais je dois avouer qu'habillé comme ça, il est canon. Moins pour l'allure que le vêtement lui donne que pour sa façon de le porter. En uniforme, il se tient un rien plus droit, marche d'un pas un peu plus alerte et arbore un sourire juste un peu plus radieux.

Je lève la main à hauteur de mon front et lui adresse un petit salut. Ses lèvres s'étirent encore et révèlent deux fossettes si charmantes que, quoi qu'il fasse, on en oublierait de lui en vouloir. Nous échangeons un regard, puis il quitte la file de la cantine pour nous rejoindre.

– Salut, les filles, lance-t-il en se glissant sur le siège près de moi.

Il me donne un léger coup d'épaule, le coin de sa bouche se redresse imperceptiblement.

– Ça va, Mac ?

Il est le seul que je laisse m'appeler « Mac ».

– Bonjour, soldat, je réplique d'une voix que je voulais plus affirmée.

Il pose le bras sur la table près du mien. Seule la mince épaisseur de mon gilet sépare ma peau de la sienne et le moindre contact entre nous parvient à me donner des frissons. Harper nous observe l'un après l'autre et, à sa mine réjouie, je comprends que mon teint mat vire au cramoisi.

– Luke, on a besoin de toi, intervient Harper en ramenant ses boucles folles en un chignon lâche. Reagan refuse d'aller à la soirée de Mark Ricardi.

– Quoi ? s'étrangle Malika, qui fait aussitôt la moue.

Elle ne résiste pas à ces soirées délirantes.

– Allez, Mac, insiste Luke. Les fêtes de Mark sont toujours épiques.

Son sourire s'élargit encore, révélant une rangée de dents blanches et parfaitement alignées. J'imagine que les orthodontistes font fortune dans les environs.

– D'épiques catastrophes, oui, je rétorque, répondant malgré moi à son sourire, si contagieux qu'il en devient agaçant.

– Voilà ce que je te propose, reprend-il. On y va, on s'installe dans un coin et on regarde le drame se nouer de loin.

Ce ne serait pas la première fois. Luke et moi nous retrouvons souvent ensemble à l'écart durant ces soirées, à inventer des dialogues entre les couples en pleine dispute ou entre les filles de l'équipe de hockey complètement ivres. Je ressors de ces séances de délire avec des crampes à la mâchoire.

– Alleeez, supplie Malika, les paupières closes et les mains jointes.

– Bon, d'accord, je cède avec un geste de défaite.

Les trois autres poussent un cri de joie et échangent des signes de victoire.

– Je ferais mieux d'aller chercher mon déjeuner si je ne veux pas arriver en retard en cours de physique, déclare Luke.

Il se lève et touche mon épaule.

– On se voit tout à l'heure.

Ses doigts effleurent mon omoplate, puis il pivote et l'écho de ses bottes lustrées résonne en direction de la file du réfectoire.

La sensation grisante qui s'empare de mon corps chaque fois que je me trouve près de lui s'estompe et je peux reprendre mes esprits. Mais alors que je tourne la tête, je me raidis. Je viens d'apercevoir un homme au regard si pénétrant qu'il parvient à me déstabiliser à plusieurs dizaines de mètres. Grand, robuste, avec des yeux noirs et profonds, l'inconnu porte le bleu de travail du personnel d'entretien de l'école. Je suis pourtant sûre de ne jamais l'avoir croisé. Il me toise quelques instants avant de se détourner. Il triture un sac plastique qu'il essaie d'ouvrir. Il ne réussit qu'à le déchirer et, d'agacement, le jette au sol. Un frisson me parcourt lorsqu'il me dévisage de nouveau. Puis il fait demi-tour et traverse le réfectoire en direction de la sortie, percutant au passage une élève avec une telle violence qu'elle grimace de douleur. Je guette une hésitation, un geste d'excuse, mais il ne s'arrête pas. Il continue, tête baissée.

DEUX

– Reagan, quelque chose ne va pas ? me demande doucement Malika en effleurant ma main.

Je tressaille et détache mon regard de la porte pour me tourner vers elle. Je me suis levée sans m'en rendre compte.

– Rien, j'élude avec un signe de tête. C'est juste que… j'ai oublié mon devoir de biologie dans mon casier. Harper, je te rejoins en cours.

Sans leur laisser le temps de répliquer, je ramasse mon sac et me dirige vers le panneau « sortie de secours » fixé au-dessus des deux doubles portes. Je me retiens de courir. Je ne veux alerter personne.

En poussant le battant, je me retrouve happée par le flot des élèves qui se pressent vers leur salle de cours.

Où a-t-il pu passer ? Je tends le cou pour essayer d'apercevoir l'extrémité du couloir et je distingue enfin ses cheveux noirs, tandis qu'il bifurque brusquement sur la gauche.

Mes automatismes reprennent le dessus : d'elles-mêmes, mes jambes se mettent à trottiner. Je heurte l'épaule d'une fille plus jeune.

– Désolée ! je lui crie.

Mais je ne m'arrête pas. Pas question de le perdre. De la main, je tâte la poche avant de mon sac, à la recherche de ma calculatrice. Les ingénieurs des Black Angels l'ont conçue et réalisée spécialement pour moi. Une pression sur un bouton libère un compartiment secret dont émerge un couteau à lame crantée. Dire que j'ai failli l'oublier ce matin… J'allais m'installer au volant de ma voiture quand je me suis aperçue que je l'avais laissée dans ma chambre. J'ai hésité quelques instants, songeant à m'en passer pour la journée, puis j'ai fait demi-tour. Les rappels constants de mes parents de ne jamais sortir sans arme me semblent soudain plus judicieux. Ils pensaient à des moments comme celui-ci. Mon esprit s'affole.

Je slalome entre les élèves qui finissent par s'écarter. Enfin, j'atteins le couloir où l'inconnu s'est engagé. Je repère aussitôt ses longs cheveux noirs et sa haute stature dans la foule d'adolescents. Nos regards se croisent et son visage arbore une expression plus agressive. Avant que j'aie pu tenter un mouvement, il ouvre la porte du gymnase et s'engouffre à l'intérieur. Je sprinte le long du couloir, le cœur battant, l'adrénaline mettant tout mon corps en ébullition. Je glisse la main dans la poche de mon sac, juste assez pour effleurer ma calculatrice. Je m'arrête un instant devant la porte, puis la franchis à mon tour. Elle se referme derrière moi avec un claquement sec.

La salle vide est plongée dans l'obscurité. Prudemment, j'avance vers le terrain de basket. Mes pas résonnent sous le plafond cathédral. Puis je m'immobilise et tends l'oreille. Je perçois un léger froissement de tissu suivi de quelques chocs étouffés. Quelque part, dans le noir, je devine l'homme qui se faufile sur la pointe des pieds. La plupart des gens ne parviennent pas à déceler ce genre de détails, mais après des années d'entraînement intensif, je reconnais entre mille le bruit de quelqu'un qui cherche désespérément à ne pas se faire entendre. Lentement, j'expire et recule pour plaquer mon dos contre le mur en parpaing. *Ne le laisse pas te prendre à revers*, me rappelle la voix de ma mère. Je plonge la main dans mon sac et presse le bouton de la calculatrice. Le manche du couteau surgit. De nouveau, je lutte pour identifier les sons étouffés de ses pas sur le parquet. Vers le milieu du terrain, une porte s'ouvre dans un grincement sinistre. De la lumière jaillit de la réserve. Une silhouette sombre se découpe dans le halo, avant de repasser presque aussitôt dans l'ombre, mais j'entends des pas lourds qui se rapprochent de mon côté du gymnase. J'agrippe mon arme, l'extrais de son compartiment secret et la tiens contre mon sac. La gorge nouée, je lance :

– Qui est là ?

L'écho de ma voix porte jusqu'au plafond.

Aucune réponse. Les bruits de pas s'amplifient. Une boule se forme au creux de mon ventre et la peur fait jouer des frissons le long de mes bras.

– Qui est là ? je répète, plus fort.

Au-dessus de moi, un néon crépite puis bourdonne légèrement en s'illuminant.

– Reagan ? Qu'est-ce que tu fais ici ?

La faible lueur révèle M. Hutta, le prof de sport, vêtu d'un short et d'un polo deux tailles trop petits, à quelques mètres de moi, près du tableau électrique.

Pétrifiée, j'agrippe toujours le manche du couteau tout en balayant du regard le reste de la salle. Je m'attends à apercevoir l'inconnu recroquevillé dans un coin ou cherchant à s'échapper par une porte de derrière. Mais il a disparu.

– Désolée, monsieur, je bredouille, cherchant une excuse.

Je laisse la lame retomber dans mon sac et la sens glisser au fond de la poche. De ma main libre, je tire un billet de cinq dollars de mon jean, avec lequel je comptais m'acheter un brownie pour le déjeuner.

– L'un des employés de l'école a laissé tomber ça dans le couloir. J'essayais de le rattraper pour le lui rendre. Je l'ai vu entrer dans le gymnase. Vous ne l'auriez pas aperçu ?

– Oh, tu parles de Matteo ? s'exclame-t-il en fronçant les sourcils sur ses petits yeux chafouins. Le nouveau ? Un grand brun ?

– C'est ça.

Je me détends légèrement.

– Oui, je l'ai croisé dans la réserve, explique le prof en désignant d'un geste la porte entrouverte.

Il s'avance vers moi d'un pas mal assuré, les jambes écartées. Arrivé à ma hauteur, il m'arrache le billet des mains et le glisse avec un sourire satisfait dans sa poche.

– Ne t'inquiète pas. Je les lui rendrai.

Bravo, Reagan. J'ai perdu ma cible et cinq dollars.

Derrière moi, les portes du gymnase s'ouvrent sur une classe de seconde, dont les rires et les bavardages noient le chuintement électrique des néons.

– Ne sois pas en retard pour ton cours, Reagan, me lance le prof par-dessus son épaule, avant d'approcher du milieu de terrain où l'attendent ses élèves, affalés sur le sol.

Je hoche la tête, mais il ne me prête déjà plus aucune attention. Il saisit le sifflet qui ne quitte jamais son cou de taureau et le chahut se dissipe. Je tourne les talons et me dirige vers la sortie.

– Bande de veinards, annonce-t-il. Aujourd'hui, vous aurez droit à votre exercice préféré : deux kilomètres de course minutée.

Comme un seul homme, toute la classe gémit avant de se lancer dans un concert de protestations et d'excuses bidon.

Du calme, me murmure une petite voix. *Tu t'es emballée pour rien.* D'un geste nerveux, je tire sur la bandoulière de mon sac. J'inspire profondément, tente de décontracter les muscles, de relâcher le diaphragme. Mais rien n'y fait.

J'atteins la porte, pose la main sur le métal glacé de la poignée et, de nouveau, les fourmillements me reprennent. Je sens un regard sur moi. Je me retourne et ma queue de cheval me fouette la joue. J'ai à peine le temps de distinguer l'ombre furtive d'un homme qui se faufile par la sortie de secours, puis disparaît.

TROIS

Laisse tomber, je me répète en regagnant le couloir. *Ce n'était rien.*

De nouveau, je prends une profonde inspiration, pour mieux contrer la sensation d'angoisse qui me paralyse les doigts et les orteils. Mais mon cauchemar éveillé revient tout de même... Sa main sale plaquée sur ma bouche. La lame crantée d'un couteau contre ma gorge. Un souffle humide, des menaces rauques à mon oreille. Je peux presque sentir le contact froid de l'acier sur ma peau, des postillons tièdes. Je ferme les yeux, m'efforçant de repousser cette vision, mais la scène se poursuit, d'un réalisme effrayant. Il presse l'arme contre mon cou, entaillant l'épiderme d'où un filet de sang s'échappe.

J'essaie de me dégager, mais j'ai les pieds et les poings liés... Je veux hurler, mais ce n'est qu'un écho étouffé qui résonne entre des parois métalliques.

Arrête, arrête, arrête... Mon esprit m'implore d'abréger cette torture. Je plaque la main droite sur mon visage, agitant violemment la tête pour dissiper l'hallucination, comme si mon cerveau était un écran magique qu'on efface d'une secousse. Enfin, le cauchemar commence à se disperser.

– Est-ce que ça va ?

La voix me ramène à l'instant présent.

Devant moi, Luke me dévisage et s'avance pour me prendre par les épaules. Je laisse retomber mes bras le long de mon corps, priant pour qu'il n'ait pas surpris mon accès d'angoisse.

– Oui, j'élude, avant de presser les doigts contre mes tempes. C'est juste une migraine.

Il plisse les yeux et, penchant la tête, observe mon expression. Je feins un sourire qui convaincrait la plupart des gens, mais il me connaît bien. Trop bien, sans doute. Mes tentatives de manipulation fonctionnent mal avec lui.

– Tu es sûre que ça va aller ? demande-t-il de nouveau.

Il fait glisser ses mains dans mon dos.

– Je t'assure, ce n'est rien, je bredouille, à court d'excuses. Dès que je suis un peu stressée, j'ai la migraine.

– Stressée ? Pourquoi ?

– Eh bien, euh... tu sais... j'angoisse pour mon entretien à l'université de Templeton, ce week-end, je brode, non sans mal.

Avec lui, les mensonges me viennent plus difficilement. C'est agaçant. Il a le don de m'arracher la vérité. Ou presque.

– Ah, la fac de tes rêves...

Encore une histoire que je lui ai servie. Il repose les doigts sur mon épaule et la serre affectueusement.

– Tu vas t'en sortir comme un chef, Mac.

– Merci. Leur cursus de médecine semble clairement le meilleur, j'ajoute avec plus d'assurance, suivant à la lettre mon récit soigneusement préparé.

Nous nous dirigeons lentement vers le labo de biologie.

– Mais... j'ai peur de tout rater.

– Tu n'as qu'à venir chez moi, vendredi soir. On s'entraînera pour ton oral, propose-t-il.

Son invitation me prend de cours.

– Ça marche... Merci.

– Pas de quoi. Et ça peut vraiment aider. J'étais tellement stressé pour ma série d'entretiens d'admission à West Point... Pour le tout dernier, face au sénateur, j'ai perdu tous mes moyens. Pourvu que je ne sois pas passé pour un idiot.

– Je parie que tu as assuré !

Je pose la main sur son avant-bras découvert, solide. Il ne m'en faut pas davantage. Un simple contact, et l'étincelle se propage à tout mon corps. J'espère encore que ces montées d'adrénaline finiront par cesser. Mais elles perdurent. Exactement comme une douleur, sourde, latente, à fleur de peau, prête à ressurgir.

– Alors, tu as réfléchi au type de médecine que tu comptes exercer, plus tard ? reprend Luke.

Nous en avons souvent parlé, mais je n'arrive jamais à choisir. Peut-être parce que pour moi, ce rêve n'a rien de réel. Mon avenir paraît pour ainsi dire tout tracé.

– Médecine d'urgence, réponds-je.

Ce n'est qu'un demi-mensonge. Si je décidais de m'inscrire à l'université plutôt que d'entrer chez les Black Angels, c'est ce que j'aimerais faire.

En théorie, la décision m'appartient. À mes dix-huit ans, je devrai choisir entre une vie normale à la fac et intégrer l'Académie des Black Angels. En pratique, on a déjà réglé la question pour moi. Mes parents ne se contentent pas d'espérer que je suive cette formation. Ils s'y attendent. Comme tout le monde, d'ailleurs. Je figure sur leurs listes depuis mes dix ans. *Une Black Angel née.* Ces mots étaient gravés dans mon esprit avant que je porte mon premier soutien-gorge. Même si je n'étais pas la coqueluche de l'agence, la pression resterait tout de même très forte.

Devenir un Black Angel, c'est une sorte d'héritage, une tradition presque jamais rompue. Mon père et ma mère, tous deux Black Angels de première génération, font exception. La plupart des agents sont des petits-enfants, voire des arrière-petits-enfants de Black Angels. Notre formation commence dès que nous découvrons le véritable « travail » de nos parents. Quand nous atteignons dix-huit ans, nous sommes largement prêts à intégrer l'école. Pas vraiment besoin de stage intensif au camp d'entraînement de la CIA (affectueusement surnommée « la ferme ») lorsqu'on pratique les arts martiaux depuis l'âge de quatre ans et qu'on manie les armes d'assaut depuis qu'on en a dix.

J'ai conscience de la noblesse de leur mission. Ils sauvent des vies, libèrent des otages, déjouent des projets d'attentat, mettent des criminels hors d'état de nuire. De vrais super-héros. Pourtant, malgré toutes ses qualités, la profession comporte son lot de défauts. Et depuis Philadelphie, la liste s'allonge...

– Enfin ! s'exclame Harper en nous voyant arriver en salle de biologie.

Je lui fais signe de se taire. Quelques tables plus loin, notre professeur nous tourne le dos. Il n'a pas remarqué notre retard. Harper comprend le signal et me sert un sourire penaud.

Luke et moi nous faufilons à notre place, laissons tomber nos sacs sur le sol et grimpons sur les tabourets juste à temps.

– Et n'oubliez pas, tout le monde ! nous interpelle M. Bajec. Interrogation demain après-midi !

J'adopte mon air le plus innocent et hoche la tête. Il se retourne vers le fond de la salle.

– C'était moins une, soupire Harper.

– À quoi tu jouais ? s'esclaffe Luke.

– Tu voulais nous faire prendre ? je renchéris en sortant mon cahier de cours.

– Désolée ! Mais aujourd'hui, c'est dissection. Et si vous comptez sur moi pour évider cette grenouille gluante, autant accepter un zéro tout de suite, s'exclame-t-elle en désignant le pauvre batracien, pattes écartées, qui n'attend plus que le scalpel.

– Ça va, je m'en charge, je cède en enfilant une paire de gants de protection avant de saisir les ciseaux qu'elle me tend.

Juchée sur le tabouret près de Luke, elle inscrit avec soin nos noms sur la fiche de travaux pratiques.

– Pardon, je suis la pire partenaire du monde, s'excuse Harper en se cachant derrière son cahier.

– Ne te dévalorise pas, voyons, plaisante Luke tout en m'observant tandis que j'incise l'abdomen de la grenouille. Tu apportes un petit plus à ces dissections.

– De l'audace ! renchérit Harper.

– Sans parler des bruits de nausée, j'ajoute. Vraiment, le cours ne serait pas le même sans toi.

– Heureusement qu'une future médecin se trouve parmi nous, sinon, on serait fichus, commente Harper.

Je réprime une grimace, songeant que j'ai passé ma vie à raconter des histoires. Pour moi, c'est devenu une seconde nature. Ce constat m'effraie, mais lorsque je vois mes amis croire à mes propres mensonges, c'est encore pire.

J'ouvre le ventre de la petite bête, révélant une myriade de minuscules œufs noirs.

– On dirait bien que nous avons une femelle.

En levant le nez de ses notes, Harper manque de tomber de son tabouret.

– Oh, c'est répugnant, s'étrangle-t-elle.

– Mac, tu préférerais manger ces œufs ou bien... commence Luke.

– Arrête, Luke, ou je vais vomir, l'interrompt Harper en lui donnant un grand coup de cahier sur le bras. Tu lanceras tes paris stupides avec Reagan plus tard, quand je ne pourrai pas vous entendre.

Elle plaque ses mains sur ses yeux lorsque je prends l'un des scalpels pour racler la couche d'œufs.

– Tu sais qu'à la fac, je devrai disséquer un être humain ? je renchéris.

– Tu plaisantes ? Tais-toi. Sinon, c'est le contenu de mon estomac qui va finir sur cette table. Et je ne plaisante pas, cette fois. Véridique. Alors, change de rejet, s'il te plaît.

– De rejet ?

– De sujet. Je voulais dire de sujet, se corrige Harper en se tenant le ventre.

J'éclate de rire.

– Quel cinéma ! Heureusement que je t'adore.

– M. Weixel, pourrais-je vous voir un instant, s'il vous plaît ?

M. Bajec rajuste ses lunettes cerclées de noir sur son nez et, d'un bref mouvement de doigts, fait signe à Luke d'approcher.

L'inquiétude obscurcit l'expression de Luke, mais d'un haussement d'épaules, il retrouve son calme naturel.

– Oh oh, « M. Weixel ». Ça n'augure que du bon, plaisante-t-il avant de bondir de son tabouret en défroissant son uniforme puis de s'avancer vers le bureau du professeur.

Mon regard s'attarde sur lui une seconde de trop. Je sens déjà les yeux de Harper se poser sur moi et je devine le sourire qui se dessine sur ses lèvres.

Je baisse la tête, ôte mon gant couvert de substance visqueuse et lui prends la fiche de TP des mains pour commencer à noter mes observations.

– Pourquoi est-ce que Mal tient absolument à aller à la fête de Mark ? je demande, sans lui laisser le temps de faire un commentaire. J'ai bien cru qu'elle allait fondre en larmes quand je lui ai dit que je préférais m'abstenir. Ce n'est quand même pas la bière tiède qui l'enthousiasme à ce point ?

Harper soupire, déçue de ne pas pouvoir me cuisiner au sujet de Luke.

– En fait, elle a appris que Peter Paras amènerait des Australiens sexy. Ils sont à New Albany pour le programme d'échange de l'équipe de foot.

– J'aurais dû m'en douter.

Après avoir flirté avec un nageur sud-africain venu pour une compétition et avec un Français pendant ses vacances, Mal a déjà pu rayer l'Europe et l'Afrique de son tableau de chasse. Désormais, elle vise l'Océanie et l'Amérique du Sud.

– Je vois que Luke t'a fait changer d'avis, en tout cas. Comme d'habitude ! reprend Harper en me regardant fixement, sans doute pour éviter le cadavre de la grenouille.

– Qu'est-ce que tu sous-entends ? je réplique en rédigeant mes notes, où je précise l'emplacement des poumons et du cœur.

Harper penche la tête de côté.

– Arrête de me RDC, tu veux ? Pas à moi ! Sérieusement, qu'est-ce qui se passe entre vous deux ?

– Rien on est juste TBC.

Je me focalise sur ma feuille, affectant un air blasé. Pas question de trahir une réaction. Pourtant, mon pouls résonne jusqu'à mes oreilles. Ce n'est pas une légère palpitation, mais un cognement sourd.

– TBC ? répète-t-elle en plissant le nez, tâchant de décoder les lettres.

– TBC. Très bons copains.

Incrédule, elle arque les sourcils et secoue la tête.

Mais je ne mens pas. Luke et moi sommes devenus vraiment proches. C'est sans doute mon premier véritable ami. Certes, pour m'en faire d'autres, il aurait fallu que j'aie l'occasion de m'intégrer dans une école. Nous habitons New Albany depuis à peine plus d'un an. Nous n'étions jamais restés si longtemps en place depuis mon entrée au lycée. Mais ça n'est pas l'unique raison. Luke et moi avons tout de suite accroché.

J'adore Malika et Harper. Avec elles, je me sens heureuse. Mais aussi parfois très seule. Car je ne peux jamais réellement être moi-même. Avec personne, d'ailleurs. La dissimulation est ancrée en moi, avec la nécessité de me conformer au récit de notre couverture et le besoin de me fondre dans la masse, quoi qu'il arrive. Et je m'en veux. Elles croient si bien me connaître. Elles pensent que je n'ai pas de secret pour elles parce qu'elles peuvent achever mes phrases pour moi. Mais celle qu'elles connaissent, c'est Reagan MacMillan, cette fille forte au caractère bien trempé que j'ai créée de toute pièce. Je me demande parfois quels aspects de ma personnalité sont réels et lesquels sont fictifs.

Avec Luke, c'est différent. Notre amitié n'a rien de convenu ou de stratégique. Il a entraperçu des fragments de la véritable Reagan. Et ça, ça me file une peur bleue. J'ai conscience que tout cela pourrait disparaître de ma vie. De la sienne. Pour quelqu'un comme moi, il n'y a pas de *happy end.*

Harper jette un bref coup d'œil derrière elle pour s'assurer que Luke ne nous entende pas.

– Franchement, Reagan, vous allez tellement bien ensemble. Ça fait des mois que c'est fini entre Hannah et lui. Je ne comprends pas ce que tu attends. Je vois bien, rien qu'à sa façon de te regarder, que…

– Harper.

Je l'interromps, parce que chacun de ses mots pèse trop lourd. Tout ça, je refuse de l'écouter.

– Il me regarde comme n'importe qui d'autre. Pas question de gâcher notre amitié.

– Certaines choses en valent parfois la peine, tu sais.

Elle tend la main pour toucher la mienne. Je fixe ses ongles, au vernis gris à peine plus sombre que mon gilet.

– Ne me dis pas que tu n'as jamais songé à sortir avec lui ou peut-être…

– Il n'y a rien entre nous ! je tranche un peu trop brusquement.

J'enfile une nouvelle paire de gants avant de reprendre le scalpel et d'inciser le cœur de la grenouille.

– On change de rejet, tu veux bien ?

– De rejet ? répète-t-elle en fronçant les sourcils.

– De sujet.

QUATRE

La lourde porte du bâtiment de sciences s'ouvre sur l'une des petites cours du lycée. L'établissement de New Albany passerait presque pour un campus d'université avec ses élégants édifices de briques, ses hautes colonnes blanches, ses toits à coupoles et ses pelouses impeccables. Je jette un regard à l'énorme horloge qui surmonte la façade du gymnase. Quatorze heures dix. J'adore ces après-midi libres. Il me reste juste assez de temps pour terminer mes devoirs de maths avant que la sonnerie de quinze heures ne retentisse.

Je rajuste la sangle de mon sac et m'avance sous un soleil radieux qui illumine les jaunes, roux et bruns des feuillages. D'ici une semaine, la saison éclatera de couleurs. De toutes les régions où j'ai vécu, les automnes de l'Ohio sont de loin mes préférés. Récoltes de pommes, de citrouilles, labyrinthe dans les champs de maïs et maisons hantées : ces clichés de l'ordinaire américain qui vous catapultent dans un tableau de Norman Rockwell.

Tandis que je traverse la cour, mon regard est attiré par une chevelure blonde en bataille, une silhouette frêle qui se recroqueville près de l'entrée du gymnase. Je reconnais Claire Weixel, la sœur cadette de Luke. Ses petits bras serrent ses livres contre elle comme un bouclier. Aveuglée par le soleil de l'après-midi, je plisse les yeux et les protège avec ma main. Enfin je les aperçois : trois filles surgissent derrière une large colonne et cernent Claire. Je me raidis, mais les observe encore quelques instants, de loin, pour m'assurer que je ne me montre pas paranoïaque. La meneuse enfonce ses doigts potelés dans la maigre épaule de Claire et la repousse dans un coin sombre où personne – en tout cas pas les professeurs – ne les verra. Le dos de Claire heurte violemment le mur et elle réprime une grimace de douleur.

– Bon sang ! Pas ça, je lâche dans un souffle.

– Allez ! Donne-le, j'entends la plus costaud lui crier à mesure que je m'approche. Sors-le maintenant ou tu vas dérouiller.

– Tu n'as pas trouvé plus cliché, comme réplique ? je siffle en l'écartant d'un geste.

Les poings sur les hanches, je me plante devant la petite Claire tremblante et observe le trio de plus près. La première est grande, assez forte, avec de longs cheveux noirs et des yeux en amandes. Elle doit bien peser cinq kilos de plus que moi, mais elle pourrait presque passer pour ma sœur : même chevelure, même silhouette. Mais nos points communs s'arrêtent là. Avec leurs jeans déchirés, leurs cheveux gras et leur mine renfrognée, elles arborent la parfaite panoplie des terreurs. Incapable de m'en empêcher, j'éclate de rire.

– Vraiment ? Vous êtes sérieuse ? Ça fait quoi d'être un stéréotype ambulant ?

– Hein ? Tu me dis quoi, là ? crache la meneuse en me regardant de haut en bas.

Je lève les yeux au ciel.

– Je me demande : tu as piqué tes répliques et tes fringues sur le tournage de *Skins* ? Si tu veux la jouer hardcore, cherche au moins un angle plus original !

– Dégage, siffle-t-elle en tâchant de me contourner.

– Fiche-lui la paix, je lâche, articulant lentement chaque syllabe.

– Sûrement pas. Elle nous doit un devoir d'espagnol, rétorque la fille en tirant sur son épaisse chemise à carreaux, trop chaude pour une journée pareille.

– Reagan, ça ne fait rien, souffle la petite voix de Claire derrière moi. Je leur avais dit qu'elles pourraient copier sur moi.

– C'est ça, maintenant, donne-nous ta feuille.

Elle me devance pour arracher un livre des mains de Claire. Le gros volume tombe lourdement sur le béton et des papiers s'éparpillent à mes pieds. Je dois rassembler tout mon sang-froid pour ne pas la frapper.

– Ne t'approche pas d'elle, je m'emporte en pointant l'index à quelques centimètres de son nez.

– Ne me touche pas, toi, rugit la fille en écartant mon bras.

– Recommence ça et toi et moi, on aura un sérieux problème, je marmonne, tâchant de garder mon calme.

– Dégage, Reagan, renchérit-elle. Cette histoire ne te regarde pas.

– Évidemment qu'elle me regarde. Claire est mon amie. Alors c'est toi qui vas déguerpir et la laisser tranquille.

Je m'avance, l'air menaçant.

– Comme tu veux. Je comptais lui donner une leçon, mais c'est toi qui vas prendre pour elle.

Elle serre le poing et fait craquer ses phalanges l'une après l'autre contre sa paume. J'arque un sourcil, blasée.

– C'est censé m'impressionner ?

– La plupart des gens voient ça comme un avertissement, avant que je leur fracasse la tête.

– Tu peux toujours essayer, je réplique en riant.

– Vraiment ? Tu rigoles, là ? s'exclame-t-elle en reculant d'un pas. Tu ne sais pas qui je suis ou quoi ?

Je secoue la tête.

– Aucune idée. Mais à partir d'aujourd'hui, tu seras la nulle à qui j'ai collé une raclée.

J'ai touché une corde sensible. Ses yeux brillent de colère et elle se jette sur moi, le poing levé vers mon visage. Je sens Claire se raidir derrière moi. Avant que la fille ait pu m'atteindre, j'attrape son gros poing à deux mains et la fais pivoter sur elle-même pour l'immobiliser par une clé de bras. Elle laisse échapper un cri de douleur, lutte pour se dégager, mais je la plaque contre le mur et lui appuie la joue contre la brique.

– Bordel… ! grogne-t-elle. Arrête ! S'il te plaît, lâche-moi.

Pour toute réponse, j'enfonce le genou dans son dos.

– Si tu t'avises, ne serait-ce qu'une fois, de toucher Claire, je ne te tordrai pas simplement le bras, je souffle à son oreille. Je le casserai en deux. Pigé ?

– Oui, oui, d'accord. C'est promis. Allez, lâche-moi.

Je desserre mon étreinte et la repousse. Une pression de trop, et l'os se serait rompu. En fait, je rêvais d'utiliser mes techniques de krav-maga : la faire basculer, enchaîner des coups rapides au ventre, dans les reins et à la tempe. Agripper son front à deux mains et le fracasser sur le sol. Un peu excessif, peut-être.

– Alors, on fait moins la brute, hein ?

La fille se réfugie entre ses deux complices. Elle me jette un regard meurtrier et ses joues pleines d'acné rougissent. Ses copines ricanent.

– Taisez-vous, vous deux ! crie-t-elle en les entraînant. Allez, on se tire.

– Eh ben, Tess, cette fille t'a collé une vraie raclée, commente l'une de ses amies tandis qu'elles s'éloignent.

– J'aurais pu l'avoir.

Tess. Voilà donc son prénom. Le trio évalue une dernière fois ses chances de me casser la figure, puis se ravise et disparaît.

La petite main de Claire effleure mon épaule. Je me retourne et m'aperçois qu'elle tremble encore. Mon cœur se serre malgré moi. Elle m'avait avoué que des filles lui cherchaient des histoires et qu'on ne l'invitait jamais aux anniversaires ou aux soirées, mais j'étais loin d'imaginer qu'on s'en prenait physiquement à elle.

– Est-ce que ça va ?

En l'enlaçant, je sens ses bras minces se plaquer contre mon dos. Tandis qu'elle pose la tête contre mon épaule, quelques larmes roulent sur ses joues et imprègnent mon cardigan, jusqu'à ma peau.

– J'ai l'habitude, murmure Claire d'une voix douce.

– Pourquoi ne pas m'en avoir parlé ? Je les aurais arrêtées.

Je me recule pour l'observer.

Quoi qu'elle ressente, ses yeux la trahissent. Claire ne sait pas faire semblant et elle n'essaie jamais. Aujourd'hui, son regard me dit qu'elle se sent seule.

– Ce n'était jamais le bon moment, répond-elle en baissant la tête.

– Tu peux venir me voir quand tu veux. On vit littéralement à vingt pas l'une de l'autre.

« Littéralement », parce que nous les avons comptés, au printemps. Luke, Claire et moi cherchions à déterminer la distance exacte qui sépare nos deux maisons : vingt pas en marchant, quinze en courant.

– Je ne voulais pas t'embêter avec ça, élude-t-elle avec un haussement d'épaules. Nous ne nous voyons plus beaucoup ces derniers temps. Tu étais occupée…

Aussitôt, je culpabilise. Elle a raison. Voilà des mois que je ne lui consacre plus de temps. Je ne lui fais plus découvrir de nouveaux groupes et je ne l'écoute plus me parler des garçons qui lui plaisent. Je passe de plus en plus de temps avec Luke et de moins en moins avec elle. J'aurais dû réaliser combien cela l'affectait. Comme son frère, Claire est douce et intelligente, mais le rapprochement s'arrête là. Au lycée, elle ne partage pas la même aura. Rien qu'une réputation et un nom de famille lourds à porter. J'aurais dû faire plus attention à elle, prendre sa défense… et je n'ai pensé qu'à moi.

– Luke est au courant ?

– Non, je ne veux rien lui dire, répond Claire, déterminée. Tu sais qu'il cherche toujours à me protéger et il serait capable de tout. Je ne veux pas qu'il risque le moindre ennui pour West Point.

La première fois que j'ai aperçu Luke, il était assis sur les marches du perron, devant chez lui, avec Claire. Elle séchait ses larmes et il la consolait, le bras passé autour de ses petites épaules. Je les ai regardés, hypnotisée par ce moment touchant entre un frère et sa sœur. Lorsqu'il a levé les yeux et m'a remarquée, derrière ma fenêtre, j'ai manqué de tomber à la renverse, gênée de mon intrusion.

– Je suis désolée.

– Ça ne fait rien, répond Claire, même si nous savons toutes les deux que c'est faux.

– N'oublie pas que tu peux toujours venir me parler, d'accord ?

Je serre brièvement ses doigts dans les miens.

– Promis.

Elle me lâche et se penche pour récupérer le livre et les feuilles éparpillés sur le sol. Je m'agenouille pour l'aider.

– Je ferais mieux d'y aller, explique-t-elle enfin. Merci de m'avoir sauvée !

– Pas de quoi.

Je lui tends ses affaires, puis époussette mon jean. Elle s'éloigne de quelques pas avant de se retourner.

– Ne culpabilise pas parce qu'on se voit moins, toi et moi, me lance-t-elle. C'est Luke qui t'accapare. Je trahis peut-être un petit secret entre frère et sœur, mais je crois que tu lui plais vraiment.

Je réprime un mouvement de surprise. Elle ne fait que confirmer ce que Harper me répète depuis des mois, mais Claire est une source beaucoup plus fiable. Luke et elle sont aussi proches qu'un frère et une sœur peuvent l'être, un lien forgé dans l'ombre écrasante d'un père colonel, un homme influent à la carrière sans tache. On ne compte plus les photos accrochées dans la maison familiale où il est salué par des députés, sénateurs et généraux en tout genre qu'il a côtoyés durant ses années dans l'armée. Officiellement à la retraite, il continue son activité en tant que consultant pour des opérations. Il part parfois pendant des mois à l'étranger, pour conseiller les militaires.

Vu ses états de service, je me montre très prudente en sa présence. Il est plus chaleureux qu'on ne le penserait pour un homme de sa stature, mais je sais que sous ces cheveux grisonnants se cache un cerveau paramétré pour décrypter le moindre geste, le moindre mot. Exactement comme le mien.

La dernière phrase de Claire ricoche dans ma tête. Pourtant, je refuse de céder à l'effet de ses paroles. Je ne suis pas préparée pour réagir aux situations de ce genre. Luke n'est pas une composante que, comme tout le reste, je peux évaluer et catégoriser instantanément. Mon pouls s'est accéléré et je le sens battre dans la veine de mon cou. Je fixe mes pieds, redoutant de trahir autant de secrets qu'en révèlent les grands yeux de Claire.

– On se retrouve plus tard ? je lance, cherchant à couper court.

Je tente de lui adresser un dernier sourire, mais il me semble maladroit. Elle s'apprête à parler, scrute mon expression puis se ravise. Enfin, elle esquisse un signe avant de filer. Le souffle que je retenais depuis quelques secondes m'échappe et je plaque les mains sur mes hanches, refoulant les émotions qui menaçaient de sortir de la boîte où j'ai l'habitude de les enfouir, au plus profond de moi. J'appuie plus fermement les doigts contre ma peau et c'est comme si la vague refluait. Pendant quelques instants, je savoure cette absence totale de sensation, puis reprends une respiration normale.

Au-dessus de moi, de gros nuages bouffis défilent sur le bleu du ciel. Je cherche le double cœur accroché à mon bracelet, presse le métal froid entre mon pouce et mon index puis m'avance sous le soleil en direction de la bibliothèque.

CINQ

Au volant de sa Range Rover, Harper file le long des larges avenues qui bordent le Country Club de New Albany. Elle chante à tue-tête les paroles d'un vieux titre de Miike Snow sur ma playlist Spotify. À vrai dire, c'est celle que Luke a préparée pour moi. Il me concocte toujours une courte sélection de morceaux qui me plairont.

– J'aime quand les artistes indé le restent, décrète Harper en baissant le volume.

Je souris pour moi-même. Harper déteste voir ses musiciens favoris se retrouver sur les médias grand public. Elle fait semblant de mépriser les infos trash et la culture pop, mais j'ai découvert quelques magazines *people* sous son lit. Je n'y peux rien, c'est ancré dans mon ADN : je dois explorer chaque centimètre carré de mon environnement, analyser le moindre atome des gens qui m'entourent. J'avoue : je suis aussi une fouineuse patentée. Autant dire que son abonnement secret à un journal douteux et ses playlists cachées remplies de titres sirupeux de chanteurs méchés aux visages poupins ne m'ont pas échappé. Je ne l'ai jamais taquinée à ce sujet, de peur de la mortifier. Je la laisse jouer les filles cool. Quelque part, chez Harper, ce n'est pas qu'une façade. Elle se moque de ce qu'on peut penser d'elle et ne cherche jamais à impressionner personne. Pourtant, je me demande parfois à quel point elle fait semblant. À quel point nous faisons tous semblant…

La chanson se termine et *Fly Me to the Moon* par Frank Sinatra commence. J'esquisse un sourire et me tourne vers elle, anticipant sa réaction. Ses grandes boucles s'agitent lorsqu'elle secoue la tête et elle éclate de rire.

– Tu as officiellement les goûts musicaux les plus absurdes du monde, déclare-t-elle en ralentissant devant le luxueux bâtiment du Country Club.

Ma famille n'est pas membre, mais la sienne et celle de Luke, si. Mes parents m'accordent quelques rares samedis de libres pour profiter de leur piscine olympique ou d'un match de tennis sur le court en terre battue.

– Éclectiques, très chère. On appelle ça des goûts « éclectiques », je rétorque avant de lui susurrer les paroles en chœur avec Frank. *In other words, hooold my hands. In other words, daaarling, kiss me.*

Je me penche vers elle, la bouche en cœur. Elle s'esclaffe et me renvoie un baiser de la main.

– J'oubliais, les Wombats passent à Newport vendredi prochain, reprend-elle en contournant le green impeccable.

Cette splendide journée d'octobre a attiré quelques golfeurs élégants qui profitent d'un ultime parcours avant que le gris et froid mois de novembre n'annonce la période de fermeture.

– Le frère de Carlee Abertathy travaille au bar de la salle de concert. Il nous a promis des entrées et un verre gratuit. Ça te tente ?

– À voir. Si mes parents sont absents, carrément. S'ils sont là, impossible.

– Tu seras fixée quand ?

– Vendredi.

– Quoi ? Mais on ne peut pas lui demander les billets au dernier moment ! Pourquoi tu ne connais jamais leur emploi du temps à l'avance ?

– Ils sont journalistes, Harper. Ils vont là où l'info se passe, quand elle se passe.

Journalistes : leur nouvelle identité. Officiellement, mon père est photographe et ma mère rédactrice pour

Associated Press. Ce prétexte justifie leurs départs soudains, parfois prolongés, sans qu'ils n'aient jamais à publier une ligne dans le journal local. La couverture parfaite. D'ordinaire, les agents de la CIA en missions clandestines se font passer pour des diplomates, mais les membres de la division des Opérations spéciales, en particulier les Black Angels, bénéficient des meilleures couvertures, des légendes les plus élaborées. À l'inverse du personnel de la CIA, qui se limite à collecter des informations auprès de contacts étrangers, les Black Angels se retrouvent en permanence confrontés au danger, même sur le sol américain. C'est la branche dont le gouvernement prétend ne pas connaître l'existence et dont le président ignore jusqu'au nom. Enfin, il sait probablement quelque chose... c'est le président, après tout. Mais autour des Black Angels, une forme d'omerta règne dans le milieu. Il a sans doute entendu parler d'un groupe clandestin qui se charge d'exécuter pour le compte de la CIA toutes sortes « d'opé noires » qu'elle ne peut officialiser. Mais il préfère en rester là. En savoir trop, c'est s'exposer soi-même et risquer la vie des agents.

Je me tourne vers Harper.

– Où en est ta candidature pour NYU ?

Harper vise une université et une seule. Voilà pourquoi elle a décidé de s'y prendre tôt pour sa demande d'admission.

– J'ai presque bouclé mon dossier. Pourvu qu'ils m'acceptent. Tu n'imagines pas à quel point j'ai hâte de quitter cette ville de bouseux.

Elle s'immobilise pour laisser passer une voiturette remplie de quadras en route pour le prochain trou. De sa main gantée, le conducteur nous remercie.

Aussitôt, je vole au secours de New Albany :

– Tu exagères !

J'avoue qu'avant d'emménager ici, je considérais moi aussi Colombus comme un endroit paumé, mais je me suis prise d'affection pour cette région. J'ai connu tant de villes différentes… Des mégapoles, comme Los Angeles, Philadelphie et Chicago. Des villes-frontières, comme Derby Line dans le Vermont, ou Laredo au Texas. Columbus s'est révélé le parfait intermédiaire.

– C'est un désert culturel ! Pas d'art, aucune diversité, fait remarquer Harper en passant le bras par la vitre ouverte, laissant l'air filer entre ses doigts.

– Qu'est-ce que tu fais du quartier de Short North ? Sur High Street, on croise une galerie d'art tous les trois mètres.

– En tout cas, rien pour les passionnés de cinéma comme moi. Peut-être qu'une fois que j'aurai fini mes études et réalisé quelques films indépendants qui marcheront, je reviendrai en tourner un ici. Histoire d'y apporter un peu de civilisation.

Le morceau change, la voix rocailleuse de Louis Armstrong emplit l'habitacle.

Harper sait déjà ce qu'elle veut faire de sa vie : l'école de cinéma de NYU, puis cap sur Los Angeles pour devenir la prochaine Sofia Coppola. Elle a choisi sa route et cette perspective l'enthousiasme. Lorsqu'elle parle de l'avenir, elle rayonne. Même chose pour Luke, qui rêve de suivre les traces de son père et d'intégrer la prestigieuse académie militaire de West Point depuis l'enfance. S'ils pouvaient, ils passeraient sans hésiter cette dernière année de lycée en accéléré pour entamer ce nouveau chapitre de leur existence. Je les envie. J'envie leur optimisme, leurs possibilités infinies, leur chance de pouvoir prendre leur destin en main. Parfois, cette jalousie devient presque douloureuse. Je ne me suis jamais sentie maître de ma propre vie. Quant à mon avenir, il ne m'appartient manifestement pas.

Harper quitte l'artère principale du quartier pour s'engager dans ma rue, Landon Lane. De part et d'autre de la route, d'énormes chênes joignent leurs branches, formant un dais flamboyant. Le long des trottoirs se succèdent des bâtiments en brique tous plus élégants les uns que les autres. New Albany a fait de la brique sa marque de noblesse. Elle se retrouve partout. Très BCBG, certes. Mes amis ne cessent de s'en plaindre, mais secrètement, j'apprécie cet ordre, cette perfection :

les pelouses impeccables, les parterres de fleurs soignées, les kilomètres de barrières aux piquets nettement alignés.

Notre maison à New Albany est de loin ma favorite parmi celles où j'ai vécu. Les briques rouges et blanches alternent en façade, ce qui lui donne des airs de dix-huitième siècle, alors qu'elle n'a qu'une petite dizaine d'années. Deux colonnes soutiennent le fronton du porche et des volets noirs encadrent chaque fenêtre.

Harper s'arrête dans notre allée et j'ouvre la portière.

– On révise toujours la biologie chez Luke, ce soir, vers vingt heures ?

J'attrape mon sac et agite l'index sous son nez.

– Bien sûr ! Mais je ne peux pas rater cette interro si je vise une bonne moyenne, alors on planche sérieusement, cette fois, Harper.

Harper élève la procrastination au rang de discipline olympique. Lors de notre précédente séance de travail en groupe, nous avions passé les quatre-vingt-dix premières minutes devant YouTube et Instagram.

– C'est ça, réplique-t-elle en levant les yeux au ciel, faisant battre ses longs cils. Tu es la fille la plus brillante que je connaisse, tu collectionnes les A et tu paniques sans arrêt à l'idée de rater une interro. Tu sais que pour nous, les moins doués, ça finit par devenir vexant ?

– Faux. J'ai écopé d'un B au dernier contrôle de maths !

Harper fait mine de vouloir m'étrangler en se penchant au-dessus de l'accoudoir et sourit comme moi.

– Han ! Non ! Alerte info ! Reagan MacMillan a eu un B ! Et en plus, ajoute-t-elle avec un clin d'œil, j'ai cru comprendre que c'était un B +.

– Certes.

Là-dessus, je sors de la voiture.

– À plus tard, miss Surdouée !

Je claque la portière et remonte l'allée pavée qui mène à notre maison, avant de me retourner pour contempler le ciel. Les jours raccourcissent et le soleil amorce sa descente quotidienne vers l'horizon. Les nuages ventrus prennent des teintes brunes et crème, et le bleu semble strié de lignes or et orangées.

Harper donne un bref coup de klaxon avant de faire demi-tour. Tandis qu'elle s'éloigne, un tourbillon de feuilles mortes s'élève dans son sillage. Ses feux arrière s'allument lorsqu'elle marque le stop au carrefour, puis la voiture s'éloigne.

J'attrape la poignée de la porte lorsque le grondement d'un moteur me surprend. En me retournant, j'aperçois une fourgonnette grise, sans inscription, qui descend la rue. Elle ralentit devant chez nous et la silhouette du conducteur se penche pour observer notre allée. J'essaie de le regarder, mais le reflet des arbres obscurcit la vitre et je ne distingue pas son visage. Avec une boule au ventre, je dévale les marches du perron, mais au moment où j'atteins le trottoir, le véhicule redémarre en trombe et disparaît.

Je remue les bras pour détendre mes nerfs à vif. Je pousse la lourde porte d'entrée de la maison et me glisse dans le grand vestibule avant de tourner le verrou derrière moi. Adossée au battant lisse, j'ai le souffle court et le cerveau en ébullition. Dois-je parler de cette camionnette à mes parents ? De l'étrange employé, au lycée ? Que penseront-ils ? Que diront-ils ? Mes crises de paranoïa s'étaient pourtant calmées… Ils ont même accepté de me laisser seule chez nous, sans la surveillance de Samantha, lorsqu'ils partent en mission. Ils me croient enfin capable de me contrôler.

Après notre fuite de Philadelphie, chaque véhicule non identifié dans la rue, chaque inconnu qui s'aventurait près de chez nous, le moindre coup d'œil trop appuyé dans ma direction et mon cœur s'emballait. J'étais persuadée que le tueur nous retrouverait et que nous ne serions plus jamais en sécurité. Or chaque voiture, chaque étranger ou chaque regard avait une explication rationnelle. C'était de mon propre instinct que je devais me méfier. Mon imagination me jouait des tours. D'abord, j'ai fait tout mon possible pour dissimuler mes craintes et mes angoisses. Mes parents pensaient qu'il s'agissait d'une phase temporaire, un passage à vide, après le traumatisme de l'intrusion. Ils ignorent que je lutte toujours. Que les crises continuent.

Au printemps dernier, j'ai remarqué que j'étais suivie. Du moins, je le croyais. Cette impression m'était venue après deux fausses alertes, j'ai donc gardé mes doutes pour moi. J'ai enfoui ma peur, mes angoisses dans leur petite boîte, au plus profond de moi. Mais un jour, alors que mes parents étaient en mission, je me maquillais dans ma chambre quand j'ai soudain eu du mal à respirer. Presque aussitôt, je me suis retrouvée en sueur et mon cœur s'est mis à cogner si fort que je le sentais battre sous ma chemise. De mes mains moites, j'ai agrippé le rebord de la table. Je tremblais de tous mes membres. J'ai d'abord cru que je faisais un arrêt cardiaque, que j'allais mourir ou que je devenais folle. Je me suis laissée glisser sur le carrelage glacé, le dos appuyé contre mes placards et je suis restée là, priant silencieusement pour que ma poitrine se débloque et que je puisse à nouveau respirer. Samantha m'a retrouvée pelotonnée sur le sol, quelques minutes plus tard. Elle m'a étendue par terre et a posé un linge humide sur mon front brûlant en me demandant de décrire mes symptômes.

– Qu'est-ce qui m'arrive ?

– C'est une crise de panique, a-t-elle répondu à voix basse.

Elle s'est assise près de moi et a caressé mes cheveux sombres en m'assurant que cela passerait et que tout allait s'arranger. Lorsque mes jambes ont enfin cessé de trembler, elle m'a aidée à me relever et a insisté pour que je m'allonge sur mon lit.

Après deux heures passées à côté d'elle devant la télévision, où des présentateurs bourrés de caféine répétaient leurs titres en boucle sur les chaînes d'info, j'ai fini par retrouver mon calme. De nouveau, je respirais normalement.

– C'était dû à quoi, d'après toi ? lui ai-je demandé.

Sam a tourné son corps mince et puissant vers moi et a posé la tête sur l'oreiller.

– Je n'en sais rien, a-t-elle avoué avec un geste d'ignorance. Je n'ai jamais eu de crise de panique, mais j'ai entendu dire qu'elles pouvaient être effrayantes.

– C'était terrifiant, ai-je confirmé, d'une petite voix.

Nous nous sommes dévisagées pendant quelques secondes, chacune attendant que l'autre parle.

Elle m'a pris le bras et a fait glisser le tissu bleu de ma manche entre le pouce et l'index.

– Je sais que les événements de Philadelphie t'ont traumatisée. Mais tu ne crains rien, ici.

– Je sais..., ai-je répondu, même si je n'y croyais pas.

Pas une seule seconde.

– Écoute, ma puce, je ne veux pas te mettre la pression, a-t-elle poursuivi en grattant les bouloches de mon édredon. Mais si tu es victime de ce genre de crises, nous allons devoir avertir tes parents et ils préféreront peut-être arrêter ta formation. Ou du moins, ne pas te destiner aux interventions de sauvetage ou de neutralisation.

Sam m'a alors expliqué que ces attaques de panique pouvaient m'embrouiller les idées, altérer mon discernement et se révéler dangereuses pour moi comme pour mes équipiers sur le terrain. Elle ne l'a pas clairement formulé, mais je sais lire entre les lignes : un autre incident de ce type et je pourrai dire adieu aux Black Angels.

– Je t'en prie, l'ai-je implorée. Ne leur dis rien. Pas encore.

Elle n'a rien dit. Et moi, j'ai appris à refouler la peur.

La crise ne s'est pas reproduite. En revanche, les cauchemars éveillés l'ont remplacée. Ils s'insinuent dans ma tête, parfois sans crier gare et sans le moindre signe avant-coureur. Ils paraissent en tout point semblables à ceux qui vous réveillent en sursaut, la nuit, le souffle court et en nage, si ce n'est qu'ils se produisent de jour. Je n'en ai parlé à personne. Au fond, c'est peut-être commun. Peut-être que tout le monde s'invente ces scénarios du pire… en moins réalistes, moins violents que les miens. Je pourrais poser la question, mais je ne suis pas certaine de vouloir connaître la réponse. Ce ne serait qu'un élément de plus sur la longue liste qui fait de moi quelqu'un d'anormal.

Depuis notre arrivée à New Albany, l'année dernière, nous ne nous sommes jamais trouvés en situation de danger. Alors, que pourrais-je bien leur raconter ? Qu'un employé du lycée m'a regardé de travers ? Qu'une fourgonnette a roulé au pas devant chez nous cet après-midi ? Les automobilistes ralentissent sans arrêt pour admirer les maisons de ce quartier chic. Je n'en soufflerai donc pas un mot. Comme toujours, tout se passe dans ma tête.

– Maman ? Papa ?

Pas de réponse. Je traverse le couloir au parquet luisant, où seul le claquement de mes talons rompt le silence. Ma démarche naturelle (autant qu'elle puisse l'être puisque j'ai appris à me mouvoir furtivement depuis je me tiens debout) est inaudible. Je file comme une ombre. À tel point que les gens bondissent lorsque je m'approche sans un bruit. Voilà pourquoi je signale ma présence par un pas lourd. Assez pour qu'on m'entende deux étages plus haut, à l'autre bout de la maison. Quand je tape des pieds, mon père me surnomme *Elefante*. « Éléphant » en espagnol. Il me laisse arriver dans le couloir et chantonne : « *Elefaaanteee* ». Ça me fait toujours rire.

Je passe la tête dans la cuisine, puis dans le séjour attenant, les deux pièces où ils se tiennent le plus souvent. Je peux compter sur les doigts d'une main les occasions où je les ai vus s'asseoir dans le salon ou la salle à manger. Je m'immobilise, guettant le vague écho d'une télévision allumée ou d'un bruit de pas à l'étage. Mais rien.

La porte du garage grince quand je la pousse. Je descends les trois marches en béton et m'approche des placards métalliques. Une petite trappe révèle le digicode et j'entre les six chiffres. Les barres d'acier se déverrouillent, puis je tire fermement sur les poignées des faux placards, qui s'ouvrent sur un escalier en bois. Partout où nous avons vécu, nous possédions un bunker secret de ce genre. Le CENTRAL nous déniche toujours une maison à la cave inachevée, afin de l'équiper d'un stand de tir, d'une armurerie, d'un gymnase et, bien entendu, d'une salle de crise.

– Vous êtes là ? je lance vers le sous-sol.

Des coups de feu me répondent. Je referme la porte derrière moi et dévale les marches. Je m'immobilise sur la dernière et souris en observant mon père et ma mère dans leurs pulls chics et leurs jeans parfaitement coupés. Sans leur gros calibre, ils passeraient presque pour des parents ordinaires. Avec son carré blond, simple, ma mère affiche un air de quadra active trop occupée pour se pomponner pendant des heures. Comme moi, elle est grande et mince, mais la ressemblance s'arrête là. D'ailleurs, je ne tiens pas vraiment de mon père non plus. Il est brun avec d'immenses yeux noisette, tandis que les miens sont d'un noir profond et en amande. Sur nos photos de famille, je fais toujours figure de pièce rapportée. Je jurerais qu'on m'a adoptée si des clichés du jour de ma naissance ne prouvaient que je suis bien sortie du ventre de ma mère. Beurk.

Une détonation retentit et les balles déchirent la cible en papier : en plein cœur et en pleine tête.

– Dans le mille ! je lance d'une voix forte alors qu'ils rechargent.

Ils se retournent et sourient en m'apercevant.

– Reagan ! Tu es rentrée, s'exclame ma mère en ôtant son casque.

– J'arrive à l'instant.

Je traverse la salle sans perdre de temps. On ne vient pas au sous-sol pour bavarder. Une fois en bas, je dois m'entraîner. J'attrape ma carabine M4 sur l'étagère réservée à mon arsenal puis dépose un baiser sur la joue que me tend ma mère.

– Nous sommes passées chez Starb, avec Harper, j'explique. Elle m'a raccompagnée.

– Starb ? répète mon père en fronçant les sourcils. Tu peux traduire ? Je ne parle pas l'ado.

– Starbucks.

– Et alors ? Pas de café pour nous ? s'exclame-t-il.

– Désolée, papa.

Je m'installe derrière eux à la table d'assemblage. J'examine le fusil un bref instant, avant de m'atteler à son démontage et nettoyage hebdomadaire, une étape nécessaire pour éviter qu'elle s'enraye ou se dérègle.

– J'ai pensé que la poudre risquait de gâcher un latte vanille.

– Pas faux, marmonne-t-il, en jetant un regard à son téléphone.

Il ne quitte jamais son smartphone. Je l'ai même vu vérifier ses messages en se brossant les dents. Il reste en contact constant avec le CENTRAL.

– Ça a été, au lycée ? demande ma mère.

– Contrôle de maths. J'ai eu un A à mon devoir sur l'histoire européenne, j'explique en libérant le magasin de la carabine avec un claquement sec. Ah, et j'ai botté les fesses d'une fille qui s'en prenait à Claire. La routine, quoi.

– Sacrée nénette, Reagan, commente mon père, levant le pouce d'une main et saisissant son Glock 27 de l'autre.

Je pourrais lui dire que j'ai découvert un traitement miracle pour le cancer, il me ressortirait toujours la même phrase. *Sacrée nénette*. C'est sa manière agaçante, mais aussi adorable, d'exprimer sa fierté.

Ma mère croise les bras, peu enthousiaste à l'idée que je joue les terreurs au lycée.

– Ne me dis pas que tu t'es servie des techniques de krav-maga à l'école !

– Oh, trois fois rien, je m'empresse d'ajouter tout en vérifiant que la chambre et le canon de l'arme sont vides.

– Reagan…

– C'était juste un mouvement, maman. Elle s'apprêtait à me frapper au visage. Et puis, je n'allais quand même pas laisser ces filles brutaliser Claire !

– Tu as raison, se ravise-t-elle en écartant une mèche blonde de son front. Tu es faite pour les missions de sauvetage. Je te le répète depuis des années. Tu es née pour les Black Angels.

Je manque de lever les yeux au ciel. Je vais finir par le savoir.

– J'ai reçu un e-mail du service des admissions, à la fac de Templeton, au sujet de mon entretien samedi. À quelle heure devrons-nous partir ?

Je repousse le levier, enclenche la culasse.

– Mon rendez-vous est fixé à quatorze heures, mais j'aimerais arriver une heure avant pour explorer le campus.

– Désolée, ma puce, tu devras y aller sans nous, annonce mon père sans sourciller tout en reprenant un chargeur pour son pistolet sur l'étagère. On nous attend ce soir à Washington.

– Quoi ? Mais cet entretien était prévu depuis des mois ! je m'exclame en levant le nez de ma carabine.

– Tu sais comment fonctionnent nos missions, ajoute ma mère avec un haussement d'épaules. Le CENTRAL peut nous convoquer à tout moment.

Mon père recharge son arme avec un cliquètement sec.

– Qu'est-ce que ça change ? Ce n'est pas comme si tu visais vraiment l'université.

Évidemment. Qu'est-ce que j'espérais ? Aucun d'eux ne s'est jamais demandé si cette vie était celle dont je rêvais. À treize ans, on m'a expliqué, en passant, qu'à ma majorité, la décision m'appartiendrait. Mais le sujet n'est jamais revenu sur le tapis. Toutes les occasions semblent bonnes pour me rappeler la voie qu'ils m'ont choisie, que je sois d'accord ou non. Je ne réclame pas grand-chose. Rien qu'un léger doute sur ce que je désire pour mon avenir.

– Je sais. J'aurais juste voulu visiter la fac avec vous.

Je baisse la voix en même temps que mon arme, m'efforçant de ne pas m'emporter. Cela ne servirait à rien alors, à quoi bon ? J'aimerais éprouver de la colère, mais déjà la résignation l'étouffe. Je reprends mon M4 et me dirige vers l'étagère. Je déteste quand ils me font ce coup-là. Pas tant leurs remarques lapidaires sur mon destin tout tracé que le fait qu'ils ne soient jamais là pour moi. À quoi bon prévoir des sorties qu'il faut systématiquement annuler ? Les vacances en famille, les fêtes : peu importe l'occasion, les Black Angels passeront toujours avant, quoi qu'il arrive.

– Désolée de te décevoir, Reagan, intervient ma mère d'une voix étonnamment douce.

Je me tourne vers elle. Son sourire a disparu, ses paupières semblent lourdes. Je secoue la tête, serre les dents et me détourne. Des excuses, j'en ai entendu toute ma vie. « Désolés d'avoir oublié ton anniversaire. » « Désolés de t'avoir laissée seule pour Noël. » « Désolés d'avoir manqué ta pièce de théâtre. » Mais il reste d'autres blessures, qu'ils feignent de ne pas comprendre. « Désolés que Sam t'ait pratiquement élevée. Désolés de te mettre constamment en danger. Désolés de t'avoir contrainte à mentir jour après jour. Désolés de t'avoir forcée à choisir entre une existence normale et celle-ci. Désolés que tu ignores le sens du mot « normal ». » Leurs excuses, j'en ai assez. Celles qu'ils répètent comme celles qu'ils ne prononceront jamais.

Bang ! Mon père vise une nouvelle cible. À l'inverse de ma mère, il n'a pas senti ma déception. Elle continue de me dévisager et son regard pénétrant cherche le mien. Je repose le M4 sur mon étagère et me dirige vers la salle de combat.

– Reagan, insiste-t-elle entre deux coups de feu.

Mais je m'éloigne, feignant de ne pas l'entendre. Je ne veux pas me retourner et qu'elle puisse lire l'expression désemparée qui marque sans doute mon visage. J'enfile mes gants d'entraînement et fixe la phrase, peinte en épaisses lettres noires sur les murs de tous les gymnases que nous avons connus.

« Qui reçoit beaucoup devra donner autant. »

La devise officieuse des Black Angels. C'est vrai... nous recevons beaucoup. Un entraînement incomparable. Des maisons de rêves. Des salaires mirobolants. Plus encore, la possibilité génétiquement transmise d'œuvrer pour le bien. Pendant dix ans, cette devise m'a inspirée. Je me la répétais avec fierté. Mais depuis peu, elle est devenue un lien, tressé de culpabilité, qui m'enserre les mains.

Je me tourne vers le mannequin, mais ma mère reste plantée au milieu des tapis et braque ses grands yeux verts sur moi. Elle entrouvre la bouche et je sens les mots se former dans son esprit, mais pas sur ses lèvres. Elle se ravise, son expression change. Elle plisse les paupières et son corps se raidit. De nouveau, elle essaie.

– Plaquage au sol pour se libérer d'un étranglement, m'annonce-t-elle en s'avançant vers moi.

Elle passe les doigts autour de ma gorge et me presse contre le mur, juste sous la devise des Black Angels.

– Allons-y.

Pendant une fraction de seconde, je cherche son regard. Mais elle resserre son étreinte. À l'évidence, il n'y a plus rien à dire. J'appuie de tout mon poids sur ses bras, à ma droite, et envoie sa tête cogner sur la gauche. Je lève le genou pour l'atteindre entre les jambes et dans le ventre jusqu'à ce qu'elle lâche prise et que je puisse me dégager.

– Bien. Continue, ordonne-t-elle, en m'agrippant par le cou, cette fois d'un angle différent.

J'ai si souvent répété cet exercice que les synapses de mon cerveau ne s'en émeuvent même plus. Mon corps sait de lui-même comment réagir. D'une main, je tire sur ses doigts et de l'autre, je feins de la frapper à l'aine puis de lui donner un coup de coude dans le menton pour lui échapper. En trois secondes, je me libère.

– Bien. Recommence.

Ma mère se précipite vers moi, m'attrape sur le côté et me bloque par une prise d'étranglement. Je n'oppose aucune résistance, mais envoie le poing entre ses jambes et passe le bras derrière elle pour attirer sa tête en arrière et la plaquer contre le tapis. Son dos heurte le sol et l'écho du choc résonne entre les parpaings et le béton. Elle lutte pour retrouver le souffle que je lui ai coupé.

– Désolée, dis-je en lui tendant la main pour l'aider.

– Ne t'excuse pas, répond-elle, haletante. C'était parfait.

Ses lèvres roses esquissent un sourire. Elle saisit ma main.

– Recommence.

SIX

Mon téléphone vibre sur le comptoir de la cuisine. J'effleure l'écran et un message de Harper apparaît.

Je pars de chez moi dans 5 min. Zedd a posté 2 vidéos Gniales sur Instagram. On les regardera avant 2 réviser. PS Créé-toi 1 compte !

Je fuis les réseaux sociaux. Pas le droit. C'est l'un des interdits les plus stricts des Black Angels. Je deviendrais trop facilement repérable. Le comble serait que quelqu'un dans mon nouvel entourage tombe sur une vieille image de moi sous un nom différent. J'ai suffisamment de mal à démêler le fil de mes mensonges. Je prétends donc tout simplement être trop cool pour Facebook et détester qu'on me prenne en photo. D'ordinaire, la ruse fonctionne.

Je lui réponds.

Harper ! Pas d'Instagram, de Vines, de Pinterest, de Snapchat ou de YouTube. Biologie !

Je fixe l'écran, attendant sa réaction.

Tu marches à tous les coups ! Bises.

Je souris avant, comme toujours, d'effacer nos messages. Je redoute trop que mes parents les lisent. D'ailleurs, je parie qu'ils ne s'en privent pas. Nous sommes tous les trois des assassins surentraînés, mais également de vrais fouineurs.

J'observe mon reflet dans le miroir de la salle de bains. J'ai lutté pour donner à mes longs cheveux bruns un peu de texture et j'ai relevé quelques mèches avec des épingles. Mais impossible d'obtenir un résultat correct. Normalement, je me contenterais d'un chignon ou d'une queue de cheval, mais Luke préfère que je les détache. Il préfère aussi quand… Stop. Je mériterais des claques. Je ne peux pas me permettre de penser à lui de cette manière. Je dois cesser d'espérer quelque chose entre nous, pour lui comme pour moi.

– Arrête de te gâcher la vie, je répète à voix haute, avant d'éteindre la lumière.

Je remue les épaules et tente d'oublier les papillons qui s'agitent dans mon ventre. Avant de rencontrer Luke, c'est une expression dont je ne comprenais pas le sens. J'imaginais qu'il s'agissait d'une métaphore ridicule pour laisser entendre que quelqu'un nous plaisait. Mais la première fois qu'il m'a touchée, les papillons se sont tous envolés. Nous venions de gagner un match de foot contre les voisins et il a simplement fait mine de me serrer contre lui. Il a passé la main le long de mon bras, de haut en bas, de bas en haut. Lentement. Des millions de petits nœuds se formaient dans mon ventre, mon cœur battait à tout rompre, mon pouls résonnait à mes oreilles et j'ai dû m'obliger à respirer. Un an plus tard, dès qu'il m'effleure, c'est la même histoire.

Mes talons claquent sur les lattes du parquet.

– Reagan ! appelle ma mère.

Je regrette aussitôt de ne pas avoir adopté ma démarche de Black Angel.

– Mince, je siffle entre mes dents.

À son intonation, je devine qu'elle veut me parler de Templeton, où ils ne pourront pas m'accompagner, et je n'ai pas vraiment envie d'aborder le sujet. Ma mère, elle, cherche toujours à « mettre les choses à plat », peut-être pour se persuader qu'elle remplit sa mission maternelle, mais ce soir, je n'en ai pas le courage. Au fond, je crois qu'elle attend simplement que je la rassure, que je lui dise que tout ça n'a pas d'importance, que je me débrouillerai sans eux. Alors, c'est ce que je fais. À chaque fois, je récite docilement mes répliques et lui sers ce qu'elle espère entendre, pour mieux enfouir les regrets. Peut-être pour mieux dormir la nuit.

– Reagan, tu veux venir une minute, s'il te plaît ? me crie-t-elle de nouveau.

Je m'arrête en soupirant, puis fais demi-tour. Je traverse le couloir et suis la lumière qui filtre sur les lattes sombres par la porte entrebâillée de sa chambre.

Lorsque j'entre, elle lève la tête vers moi. Elle est si jolie, avec sa peau laiteuse et ses grands yeux... Elle s'est démaquillée et a passé un peignoir de bain crème qui enveloppe sa fine silhouette. J'aperçois une petite valise noire ouverte sur le couvre-lit gris. Elle y empile des affaires soigneusement pliées. Un mélange de tenues « civiles », jeans, pulls et t-shirts, et de vêtements noirs – leur panoplie de super-héros.

– Vu la taille des bagages, j'imagine que le voyage sera bref.

J'avance sur la moquette claire et me laisse tomber sur le fauteuil club, les pieds sur le repose-pied assorti. Elle observe mes semelles sur le cuir d'un air sévère.

– J'espère pour toi que tes bottes sont propres.

– Ne t'inquiète pas. Je n'ai pas pataugé dans la boue et la bouse de vache depuis quelques jours. Depuis le temps, je les ai nettoyées sur la moquette.

– Doucement sur l'ironie, réplique-t-elle en examinant ma tenue.

À cette heure-ci, elle a davantage l'habitude de me voir en pyjama ou en pantalon de jogging. Pas en t-shirt moulant rouge et en jean noir.

– Je peux savoir où tu vas ?

D'un geste, je désigne la fenêtre qui donne sur la maison des Weixel.

– Chez Luke. On doit réviser pour notre interro de biologie.

– Tu ne crois pas que tu ferais mieux de te coucher tôt ? répond-elle avec un soupir.

Ce n'est pas Luke qui l'ennuie. C'est le temps que nous passons ensemble.

– Il doit me prêter ses notes pour les deux cours que j'ai ratés lorsque nous sommes partis à Washington.

Je joue la culpabilité, car les Black Angels m'obligent parfois à manquer le lycée. D'ordinaire, ça marche bien.

– Bon, très bien, cède-t-elle, pas vraiment convaincue.

– Alors, vous rentrez quand ? je reprends avec un signe de tête en direction de sa valise.

– Ce sera rapide, explique-t-elle en retournant à son rangement. Deux jours, pas plus.

– Si seulement ils pouvaient avoir besoin de vous quand nous n'avons rien de prévu.

J'essaie d'adopter un ton dégagé et de ne pas m'appesantir. Mais elle se redresse. Son regard sérieux me paraît tout à coup très triste et je devine quelques remords. Tant mieux. Mais aussitôt, je m'en veux de la culpabiliser. Un vrai cercle vicieux.

– Je suis désolée de ne pas pouvoir t'accompagner, samedi.

Elle appuie la hanche contre le lit. Elle observe fixement les chaussettes de mon père. Les déplie. Les replie.

– Ça ne fait rien, je comprends.

Je hausse les épaules, je suis le script.

– Après tout, ce n'est qu'une facette de ta couverture, renchérit-elle en balayant d'un geste le sujet, et avec lui les regrets que je pourrais éprouver. Tu n'as qu'à trouver une copine pour t'accompagner.

J'esquisse un faible sourire.

– Oui, bien sûr.

Ils ne se demandent jamais où je serai ou ce que je ferai l'an prochain. Dès qu'ils évoquent mon avenir avec certitude, la boule que j'ai au ventre depuis Philadelphie se réveille.

– Le pire, c'est que nous allons manquer le gala du Country Club, avec les parents de Harper, poursuit-elle sans lever la tête.

Alors c'est cela, le pire ? Je serre les poings et inspire profondément. Les yeux fermés, je m'efforce de me concentrer sur le mouvement tranquille de ma poitrine. Parfois, j'ai envie de hurler. Je voudrais les entraîner jusqu'au bunker, au sous-sol, et leur crier : « Cette vie, c'est vous qui l'avez choisie ! » Les déménagements, les couvertures, les mensonges, le danger. Ils ont pesé le pour, le contre, puis ont pris leur décision. Moi, je n'ai pas eu ce privilège.

Ma mère a vécu mon rêve : brillante diplômée de premier cycle de médecine à vingt ans, elle a poursuivi ses études à la prestigieuse faculté John Hopkins. Elle exerçait la chirurgie traumatologique depuis moins d'un an lorsque la CIA l'a recrutée. Devenue l'un de leurs meilleurs agents, elle a ensuite été nommée au service des Opérations spéciales, la plus secrète des forces paramilitaires américaines. C'est là qu'elle a connu mon père. Équipiers, ils ont fini par tomber amoureux et se marier. Ils étaient si doués et si respectés au sein de leur division que le gouvernement leur a proposé de passer dans la clandestinité et d'intégrer les Black Angels. Une promotion inédite pour quelqu'un dont la famille n'est pas déjà membre depuis au moins deux générations. Voilà presque vingt ans qu'ils vivent une double vie.

– Alors, en quoi consiste la mission ? je demande, une fois calmée.

– Reagan, tu sais que je ne peux pas te dire grand-chose, me rappelle ma mère en se dirigeant vers le fond de la pièce.

Elle ouvre le premier tiroir dans son placard et en sort quelques sous-vêtements.

– Eh bien, raconte-moi ce que tu as le droit de me dire.

Je décroise les bras et, d'un mouvement machinal, passe l'index sur un pli du cuir souple et usé du fauteuil. Les lèvres pincées, elle semble hésiter.

– Maman, si vous voulez que j'intègre l'Académie, tu ne crois pas que je devrais savoir dans quoi je m'engage ? J'ai le droit de connaître ce qui m'attend, non ?

– C'est vrai…

Elle parle à voix basse et paraît soudain fatiguée, dépassée par ce qu'elle doit affronter. Avec un long soupir, elle s'assoit sur le rebord du lit.

– Mardi, cinq touristes américains ont été enlevés en Colombie. Le responsable est un baron de la drogue, un certain Santino Torres, surnommé « *El Martillo* ». À présent, il exige la libération de ses complices détenus par les autorités fédérales aux États-Unis, dont son frère.

– J'en déduis que les États-Unis vont refuser ?

– Évidemment. Ce sont des trafiquants de drogue condamnés. D'ailleurs, tu n'ignores pas que le gouvernement ne négocie jamais avec des terroristes : ils ne vont pas commencer avec des petites frappes du calibre de Torres. Nous devons intervenir et sans perdre de temps, car il a annoncé que si ses hommes n'étaient pas relâchés lundi matin…

Elle s'interrompt, curieusement dominée par l'émotion.

– … Si les États-Unis n'accèdent pas à sa requête, il exécutera les otages et filmera le meurtre en direct.

– Salopard, je souffle.

D'ordinaire, elle n'aime pas m'entendre jurer, mais cette fois, elle ne relève pas.

– Tu penses qu'il en est capable ?

– *El Martillo* signifie « le marteau » et crois-moi, il n'a pas écopé de ce surnom pour rien. Il a déjà beaucoup de sang sur les mains.

– Pourquoi faire appel aux Black Angels ? C'est le genre de missions dont les Opé spéciales pourraient se charger, non ?

– Sans doute, mais les circonstances sont particulières, explique ma mère en écartant ses mèches blondes de son visage.

Distraitement, elle passe le doigt le long de sa joue, le regard perdu.

– D'abord parce que ton père et moi faisions partie du commando qui a neutralisé le cartel de Torres aux États-Unis.

– Tu veux dire que vous avez envoyé son frère en prison ?

Elle acquiesce lentement et je songe aussitôt à l'employé bizarre du lycée. Leurs ennemis ont déjà tenté de nous retrouver et je suis sûre qu'ils n'ont pas l'intention d'en rester là. Mais avant que j'aie pu articuler un mot, elle poursuit.

– Torres a trois frères, ses plus proches conseillers au sein de son groupe, et ils sont aussi fous et dangereux que lui. Je dors plus tranquille en sachant l'un d'eux derrière les barreaux. L'autre raison qui nous pousse à y aller, c'est que la fille du sénateur Taylor, Anna, figure parmi les otages. Elle a dix-huit ans.

– Quoi ? je m'étrangle. Comment a-t-il réussi à l'enlever ?

– Elle voyageait en Amérique du Sud avec des amis. Les renseignements essaient encore de comprendre comment Torres a pu la localiser. Ils ont quelques hypothèses. Le sénateur est l'un des rares élus à connaître l'existence des Black Angels. Il voulait la meilleure équipe possible pour se charger de l'opération.

– Où la retient-il ?

– C'est un détail que je ne peux pas te révéler, ma chérie... Secret défense. Je t'en ai déjà sûrement trop dit. Si tout se passe comme prévu, nous devrions entrer et sortir de Colombie en moins de deux jours.

Elle range ses derniers vêtements dans sa valise, puis s'occupe des armes. J'aperçois des couteaux, des revolvers, des munitions, des liens en plastiques et des oreillettes, tous parfaitement alignés sur le lit. À les regarder, sachant à quoi ils vont servir, mon estomac se soulève. Je dévisage alors ma mère. Son corps s'affaire de lui-même, mais son esprit semble ailleurs. Pour ses missions, elle parvient généralement à garder une certaine froideur, un détachement – une obligation, si on ne veut pas devenir fou. Pourtant, je sens bien que celle-ci l'affecte et pénètre cette carapace qu'elle s'est forgée.

– Maman… pourquoi fais-tu tout ça ? je demande, d'une voix à peine audible.

Les muscles de son cou se crispent. Oubliant ses préparatifs, elle se tourne vers moi. Lorsqu'elle m'observe, j'ai parfois l'impression d'être transparente. C'est la même chose pour moi : je ne la vois pas toujours. Mais à présent, nous nous voyons clairement.

– Quoi ? élude-t-elle, alors qu'elle m'a parfaitement comprise.

– Tout ça, j'ajoute en englobant d'un geste l'arsenal déployé sur le lit. Tu risques ta… Je veux dire, tu n'as jamais… Tu ne connais pas cette fille. Ni aucune des personnes que tu sauves. Alors, pourquoi ?

Elle soutient quelques instants mon regard dans un silence pesant, lourd de la question qui me brûle les lèvres et de la réponse qu'elle ne pensait pas avoir à donner.

Enfin, elle s'éclaircit la gorge.

– C'est la fille de quelqu'un. Quant aux autres…

Elle s'interrompt. Pose une main sur sa poitrine.

– Ces gens sont des mères, des frères, des tantes. Ils sont chers à quelqu'un, quelque part Je refuse de les laisser mourir comme ça. Seuls, terrifiés, implorants. Pas si je peux l'empêcher.

– Tu n'as jamais peur ?

Je parle d'une voix si fluette que les mots ne semblent même plus sortir de ma bouche.

– Je mentirais si je prétendais le contraire. Mais j'ai la certitude – c'est peut-être l'unique certitude dans ma vie – de faire ce que j'étais censée faire. Si mon existence avait un but, c'était celui-là.

Je prends une inspiration trop brève, trop vide. J'aurais pu deviner sa réponse. Elle choisira les Black Angels, quoi qu'il arrive. Je me détourne, mettant un terme à l'échange.

Quand je la regarde de nouveau, elle s'est décomposée, peut-être parce qu'elle a lu la déception sur mon visage. Je sais qu'elle m'aime. Je l'entends chaque fois qu'elle me dit bonjour ou bonne nuit. Je le sens lorsqu'elle me serre dans ses bras ou qu'elle me console d'une caresse sur mes cheveux. Oui, c'est bien de l'amour, mais d'un autre genre. Un amour qui a un rival. Un amour qui passera toujours après.

Je toussote. Et reprends le fil de mon script.

– Tu es vraiment courageuse, maman.

– Toi aussi, Reagan, réplique-t-elle. Qui reçoit beaucoup devra donner autant.

– Oui, je sais.

– C'est une vocation, Reagan. Peu de gens l'ont et moins encore disposent du talent nécessaire pour la suivre. Mais toi, tu es l'un de ces rares élus, n'est-ce pas ? insiste-t-elle en soulevant sa mallette pour ranger ses armes.

Tandis qu'elle scrute mon visage, ses mots me submergent, inlassablement, comme un gigantesque raz-de-marée. *Une vocation. Une vocation.*

Jamais elle ne s'était approchée si près de la question fatidique : est-ce que je veux de cette vie ? Elle n'est que rhétorique. Elle n'appelle qu'une seule réponse : oui. J'ouvre la bouche pour la lui donner, puis me ravise. Pétrifiée, elle serre sa mallette noire contre sa poitrine, suspendue à mes lèvres.

Une vibration brise le silence et, de toute ma vie, je n'ai jamais été aussi soulagée de recevoir un message. Je cherche mon téléphone. C'est Luke.

Tu es prête ?

– C'est Luke ? m'interroge ma mère en déposant sa mallette sur le lit, avant d'y placer les couteaux et les revolvers.

Je range mon portable.

– Oui. Il me demandait si j'arrivais.

– Tu sais que je l'aime bien, fait observer ma mère en me jetant un bref regard. Mais je te conseille simplement de te montrer prudente. Vous venez de deux mondes très différents et… je ne veux pas que les choses se terminent mal. Pour toi comme pour lui.

Moi non plus, je réponds pour moi-même, tout en esquissant un sourire forcé.

– Nous sommes amis, rien de plus.

Aujourd'hui, j'ai l'impression de répéter cette phrase en boucle.

Je bondis de mon siège et m'approche d'elle alors qu'elle empile ses engins de mort dans sa mallette. Je touche son épaule et sens son peignoir, duveteux comme un nuage sous mes doigts. Je me penche pour embrasser sa joue fraîche. Elle effleure mon visage et tapote mes cheveux. J'attends qu'elle me regarde dans les yeux, mais elle s'en garde bien.

– Sam veillera sur toi, reprend-elle tout en entassant machinalement ses munitions.

– Compris.

Je tourne les talons et me dirige vers la porte.

– Sois prudente pendant notre absence, d'accord ? me lance-t-elle.

– Vous aussi, soyez prudents.

Sur le seuil de la pièce, j'appuie la main sur le chambranle. Je me retourne et vois ma mère glisser ses dernières balles dans son chargeur. Ce soir, elle paraît soudain si petite. Comme si elle pouvait se replier et tenir dans cette minuscule boîte en argent où elle range son alliance.

– Je t'aime, maman, je souffle d'une faible voix, comme je le fais toujours lorsqu'elle part en mission.

Elle se redresse, plonge ses yeux dans les miens. J'y lis quelque chose qui me fait mal.

– Moi aussi, répond-elle, avant de se concentrer sur son arsenal.

L'espace d'une seconde encore, je continue de l'observer. Je mémorise la fine ligne de son sourire, ses mèches blondes qui caressent sa mâchoire lorsqu'elle s'agite. Je fixe cette image, puis la classe dans mes souvenirs. Enfin, je m'éloigne pour traverser le corridor, descends les marches, ouvre la porte et, en courant, je franchis les quinze pas qui me séparent de la maison de Luke.

SEPT

Quand je franchis la porte, le froid matinal envahit mes poumons. Je dévale les marches du perron, puis observe l'atmosphère veloutée de l'automne. Une légère brume semble suspendue dans l'air et des perles de rosée s'accrochent aux brins d'herbe. Le lourd parfum floral de l'été a depuis longtemps disparu, cédant la place à celui des sous-bois, tandis que la végétation se cramponne à ses dernières semaines de vie.

Luke se tient devant notre allée, vêtu d'un short et d'un large sweatshirt brun aux couleurs de l'équipe de crosse. En m'apercevant, il esquisse un beau sourire que je ne peux m'empêcher de lui rendre. Je ne lui ai jamais proposé de venir courir avec moi : il s'est simplement mis à m'attendre tous les matins à cinq heures quarante-cinq. À présent, je n'imagine pas ce jogging quotidien sans lui à mes côtés, me poussant à me dépasser.

– J'étais à deux doigts d'envoyer une équipe de secours, s'exclame-t-il en désignant son bracelet connecté.

Je lui donne un coup de hanche.

– Horreur ! J'ai une minute de retard ?

– Deux, réplique-t-il en tapotant sa montre. Alors, Mac, impossible de sortir du lit, ce matin ?

– J'avais envie de rester pelotonnée sous la couette, je mens en feignant de bâiller.

Il est loin de se douter que j'ai déjà fait trente minutes de krav-maga et quinze d'entraînement au tir.

Nous nous engageons sur Landon Lane. Les feuilles écarlates craquent sous nos pieds, recouvrant le trottoir comme un tapis.

Nous atteignons le bout de la rue puis bifurquons sur les pistes cyclables qui quadrillent le quartier et traversent le terrain de golf.

– Prête pour l'interro de biologie ? me demande-t-il.

– Autant que possible, je réplique en riant.

Harper n'a évidemment pas tenu ses bonnes résolutions et nous avons fini par entrecouper l'isomérie et l'isomérie cis-trans d'incursions sur Instagram et Snapchat.

– Je ne me sens pas vraiment d'humeur pour un devoir, aujourd'hui. Et M. Bajec n'est pas du genre à faire de cadeaux.

– Tu préférerais une interro de bio tous les jours pendant un an, ou bien nettoyer les toilettes dans le vestiaire du gymnase une fois par semaine avec une brosse à dents ?

Nous amorçons une côte et je souffle.

– Mmmh, attends. L'interro, je crois. J'aime mieux ne pas savoir ce que vous fabriquez dans ce vestiaire immonde.

– D'accord. Autre question, poursuit-il alors que nous atteignons la butte : tu préférerais des griffes d'ours à la place des mains, ou une queue de sirène à la place des pieds ?

Je replace une mèche de cheveux derrière mon oreille et m'esclaffe.

– Griffes d'ours, clairement. Je deviendrais invincible.

– Mais très poilue.

– Pas faux. Mais tant pis, je prends quand même les griffes. À toi : sur une île déserte, tu préférerais te retrouver coincé seul ou bien avec quelqu'un que tu détestes ?

– Ah, difficile, celle-là, marmonne-t-il en secouant la tête.

Ses yeux bleus pétillent de malice avant même qu'il ne me sourie.

– Tu me prêterais ta patte d'ours, pour me débarrasser de la personne en question, si je ne peux vraiment plus la supporter ?

– Bien sûr ! je pouffe.

Luke et moi ne nous lassons jamais de ce petit jeu.

– Tes parents sont contents de visiter Templeton avec toi, demain ? reprend-il alors que nous longeons le Country Club.

Vu l'heure matinale, je remarque un nombre inhabituel de voitures sur le parking, avant de me rappeler que nous sommes vendredi, jour où le prof de yoga sexy est de service. Harper aura peut-être même réussi à se motiver dès six heures pour le bel Australien.

Je serre les dents.

– Ils ne viennent pas.

– Comment ça, ils ne viennent pas ? répète Luke en ouvrant de grands yeux.

– Ils partent en reportage, je réplique avec un haussement d'épaules un rien trop désinvolte. Une manifestation quelque part en Amérique du Sud, je crois.

– Tu n'es pas trop déçue ?

– Non, ce n'est pas bien grave. Tant pis. Le boulot passe avant tout.

Je mens, bien sûr. À Luke autant qu'à moi-même. J'ai parfaitement conscience de ce que je cherche à faire. Je fais semblant de m'en moquer pour mieux m'en convaincre. En réalité, l'indifférence de mes parents me fait encore l'effet d'une gifle.

– Qui t'accompagne, alors, demain ?

– Personne. J'irai seule, je réponds, d'une voix aussi guillerette que possible.

– Pas question. Je viens avec toi.

– C'est gentil, mais ce n'est vraiment pas la peine. Templeton est à une heure et demie de route. Je me débrouillerai très bien. D'ailleurs, tu as des activités avec les jeunes réservistes, le samedi, non ?

– Ça ne fait rien. Je sécherai.

– Ça ne te causera pas de problèmes ?

– Peut-être un peu. J'écoperai sans doute de quelques corvées au bureau, rien de bien méchant.

– Luke, je ne veux pas que tu te retrouves avec des ennuis à cause de moi.

– J'adore chercher les ennuis pour toi, réplique-t-il, d'un ton légèrement plus sérieux que je ne l'attendais.

Je me tourne vers lui. Il sourit, les pommettes écarlates.

– D'accord, j'accepte.

Je baisse les yeux et je me mords les lèvres, pour mieux dissimuler mon enthousiasme. Mon cœur bat à toute allure. J'ignore si c'est la côte, les endorphines ou Luke.

– Allez, on fait la course jusqu'au sommet, s'exclame-t-il en saisissant mon poignet.

Il désigne la butte du menton.

– À trois... un, deux, trois !

Nous attaquons la montée, en parfaite cadence. Mais il me dépasse d'une demi-tête et ses longues jambes commencent à gagner du terrain. J'agrippe le bas de son pull d'une main, mais il tente de se dégager.

– Mac ! Tricheuse, s'esclaffe-t-il.

Il plaque son bras sur mes épaules pour m'empêcher de le doubler.

– C'est toi, le tricheur ! je crie en tirant plus fermement sur son vêtement, coupant Luke dans son élan.

Avec un dernier effort pour le ralentir, je m'échappe. Mes pieds frappent le bitume, mes muscles me brûlent, à l'agonie, mais Luke reste sur mes talons.

Je bascule le torse en avant comme pour franchir une ligne d'arrivée imaginaire et lève les poings en l'air, telle une championne olympique devant une foule invisible en délire. Je bondis sur le trottoir.

– C'est qui la plus forte, hein ? C'est qui ?

Luke s'immobilise, se plie en deux, les mains sur les genoux et l'air amusé.

– C'est vrai, c'est toi, halète-t-il en me regardant danser de joie. Même sans tricher, je crois que tu aurais quand même gagné.

Le poing sur la hanche, j'agite mon index sous son nez

– Hé, c'est toi qui as triché !

– Quelle menteuse ! C'est toi qui as commencé !

Faussement outrée, je lui donne un coup de coude.

– Quoi ? Cette pichenette ridicule ! Toi tu m'as carrément retenue avec ton bras !

– D'accord, d'accord. Si tu veux. Tu as gagné, Mac.

Il me prend par les épaules et m'attire contre lui. Même après une course, il sent bon : un mélange de savon, de sous-bois et de chewing-gum à la cannelle. Instinctivement, je l'attrape par la taille et joue distraitement avec les cordons de mon sweat-shirt.

Nous marchons dans un silence tranquille, seulement troublé par le craquement des feuilles brunâtres sous nos pieds. Au-dessus de nous, les arbres révèlent la plus belle performance artistique de la nature. L'automne, c'est un peu le dernier feu d'artifice du monde avant que l'hiver n'éteigne toutes ses couleurs.

Un souffle de vent rompt l'immobilité du matin. Il ébouriffe mes cheveux et agite les branches. Luke m'attire contre lui pour me frictionner le bras. J'ai chaud, mais je me mets brusquement à frissonner.

– Tu as froid ? Tu veux mon pull ?

D'une main, il resserre son étreinte et de l'autre, relève son sweat-shirt pour le retirer, dévoilant accidentellement son torse sculpté.

– Non, non, ça va, je réponds, tout en essayant de me dominer.

Pourtant, mon corps refuse d'obéir. Mon pouls s'accélère et une bouffée de chaleur me monte aux joues.

Au vrombissement sourd d'un moteur, je me retourne : une fourgonnette grise. Est-ce la même ? À New Albany, les habitants de ces quartiers cossus ne cessent de faire rénover ou de transformer leur maison. Plombiers, maçons et autres électriciens défilent en permanence à chaque coin de rue. À mesure qu'elle se rapproche, je détaille et classe ses caractéristiques : peinture gris anthracite. Immatriculée dans l'Ohio. Pas de fenêtres latérales. Marque GMC. Modèle du début des années 2000. Je tente d'apercevoir le conducteur derrière la vitre, mais le soleil n'a pas encore franchi l'horizon. Le véhicule passe furtivement sous un lampadaire. Cette fraction de seconde me suffit à distinguer un visage que je ne reconnais pas et qui m'observe fixement : taillé à la serpe, avec de longs cheveux noirs et des yeux inquisiteurs qui me glacent le sang. Il accélère en nous dépassant et disparaît sur la route 62 avant que j'aie eu le temps de mémoriser le numéro d'immatriculation.

– Ça va, Mac ?

Luke me regarde et je comprends alors que je me suis figée, la respiration bloquée.

– Qu'est-ce qui t'arrive ?

– Rien, je le rassure avec un sourire forcé.

– Tu trembles toujours.

– Finalement, j'ai peut-être un peu froid.

Je me dégage de son étreinte et l'attire par l'extrémité du pull.

– Viens, on fait la course pour rentrer.

HUIT

– *You don't know me, but I'm your brother.*

Je m'égosille en chœur, installée dans la pièce aménagée au-dessus de l'immense garage des Weixel. J'attrape une télécommande sur la table et m'en sers comme d'un micro. Je grimpe sur un pouf posé dans un coin et entonne les paroles à pleins poumons. Pour le refrain, je saute de mon perchoir comme une rock star et pointe ma télécommande vers Luke, hilare, installé sur le canapé en cuir.

– *Takin'it to the streeets,* hurle-t-il avec moi.

Je chante la partie de Michael McDonald.

– *Takiiin'it to the streets !*

Je remue les épaules en rythme, bondis dans tous les sens.

– *Takin'it to the streeets!*

Luke plaque des accords sur un piano imaginaire.

– *Nooo more need for running!* je susurre en me jetant à genoux.

Luke n'arrive plus à garder son sérieux.

– *Takin'to the streets.*

– *Oh, oh oh, na, naaa.*

Étendue sur le sol, je ferme les yeux sur les derniers accords. En redressant la tête, j'aperçois Luke renversé sur le grand canapé. Il se tient les côtes. J'adore le voir comme ça. Mort de rire au point de ne plus pouvoir articuler un son.

Je me précipite vers l'autre extrémité du sofa, où j'atterris lourdement. Il est minuit, ce vendredi soir, et nous attaquons le quatrième soda et le sixième disque. Claire passe la nuit chez leur grand-mère, et le colonel Weixel et sa femme sont absents pour le week-end : personne pour nous reprocher de faire trop de bruit.

– T'es dingue, s'étrangle Luke, essoufflé.

Il se redresse et s'appuie sur le bras du canapé.

– J'adore quand tu pars dans tes délires, Mac.

Je hausse les épaules, secoue mes cheveux :

– Il faut croire que tu déteins sur moi.

Visiblement flatté, Luke me sourit.

– À ton avis, on est les deux seuls élèves de terminale au monde à passer notre vendredi soir planté sur un sofa à écouter les Doobie Brothers ?

– Sûrement. Mais j'assume.

Luke et moi partageons les mêmes goûts éclectiques. Les crooners et les standards. Les morceaux de pop. Le jazz. On aime tout. Mais les groupes des années 1970 occupent une place toute particulière dans notre panthéon : Chicago, les Doobie Brothers, Steely Dan. Nous avons réquisitionné tous les vieux disques de ses parents. Presque tous les week-ends, on finit par jouer de l'*air guitar* sur *China Grove* des Doobie Brothers, ou en mimant des scènes du clip de *Saturday in the Park* de Chicago, comme deux crétins (Luke imite le vendeur de glaces à la perfection). Je ne vis plus que pour ces instants idiots. Ces moments où je cesse d'être l'enfant choisie des Black Angels, où je suis simplement Reagan. Du moins, presque Reagan – qui qu'elle soit vraiment.

Luke secoue sa canette vide, la pose sur la table et se lève.

– Un autre ?

J'appuie ma joue brûlante contre le cuir frais du sofa.

– Non, merci. Je ferais mieux d'arrêter les sodas si je veux fermer l'œil ce soir.

Luke s'approche du mini-réfrigérateur installé dans le coin de la pièce, puis m'apporte une bouteille d'eau.

– Madame est servie, annonce-t-il avant de se laisser tomber sur les coussins.

J'adore ce canapé. Il est si profond que deux personnes pourraient facilement y dormir sans se gêner. Je me souviens du jour où les Weixel l'ont acheté, l'an dernier. Les livreurs ont mis une bonne heure pour réussir à le glisser par la porte arrière, le hisser en haut des escaliers et le faire entrer dans la pièce du dessus. Lorsqu'il fut enfin installé à sa place, Luke et moi nous sommes dévoués pour l'inaugurer et assouplir le cuir encore raide. Nous avons passé la nuit à écouter des disques et regarder des films. Depuis, il est devenu doux et malléable. Je suis des doigts ses profonds sillons tout en me demandant lesquels de ces plis sont les souvenirs de nos vendredis et samedis soirs.

Je débouche la bouteille.

– Tu sauras quand, pour West Point ?

– Je recevrai bientôt le résultat pour la nomination parlementaire. Je saurai si j'obtiens l'appui d'un élu. Je commence à stresser un peu…

Il saisit la télécommande et baisse le volume pour que la voix de Michael McDonald ne nous oblige pas à hurler.

– Ce sera annoncé ?

– Une lettre nous informera en cas de réponse positive, explique-t-il avec une grimace.

– Par courrier ?

– Dingue d'imaginer que mon avenir tout entier se joue sur un si petit morceau de papier.

Je le rassure avec un clin d'œil.

– Je ne m'inquiète pas pour toi.

Je tends le bras et touche la peau lisse de sa main. Mes doigts s'attardent une seconde de trop et le vertige si familier me reprend. Puis je me penche pour poser ma bouteille, rompant le contact.

– J'espère que tu as raison…

J'observe ses lèvres, d'un rose irréel, presque corail. Le genre de bouche qu'on s'attend à trouver entre les pages de *GQ* ou sur l'image retouchée d'un acteur. Pas sur le visage d'un gamin de dix-huit ans prêt à intégrer l'armée.

– West Point serait dingue de ne pas t'accepter. Ils t'ont sélectionné pour leur formation d'été ! Ils ne prennent qu'un candidat sur six ! Autant dire que c'est du gâteau, pour toi. Tu es premier de ton groupe de jeunes réservistes, tu vas devenir major de promo au lycée…, j'énumère en comptant sur mes doigts.

– Avec toi !

Je l'interromps d'un geste et poursuis ma démonstration.

– … tu t'entraînes avec ton père depuis ton enfance, tu connais tout du maniement des armes, et tu es un tireur hors pair.

Il y a quelques mois, Luke m'a emmené au stand de tir où il s'exerce avec le colonel au moins deux fois par semaine. Bien entendu, j'ai affirmé que je n'avais jamais tenu un revolver de toute ma vie et j'ai laissé Luke me donner une leçon. Pour mon premier essai, j'ai accidentellement logé ma balle dans le mille. Cette fois-là encore, mon camouflage a vacillé devant lui. Il n'en croyait pas ses yeux. J'ai invoqué la veine du débutant et vidé le reste du chargeur en périphérie de la cible, mon masque bien en place. Luke, lui, a agrandi le trou au centre. Je reconnais une personne bien entraînée quand j'en vois une, et Luke l'était.

– Merci, Mac, répond-il en posant la main sur ma cheville dénudée. J'apprécie ta confiance. Mais tu sais qu'ils pratiquent une sélection drastique et que les prétendants sont nombreux. J'angoisse dès que j'approche de la boîte aux lettres. Je voudrais tellement y arriver… J'aimerais simplement être vite fixé.

Son beau visage, si plein d'espoir et d'inquiétude, m'émeut. Je suis convaincue que ses succès lui ouvriront les portes de West Point. Mais c'est son cœur qui fera de lui un grand officier. Depuis longtemps, je lui envie son ambition passionnée, sa volonté inébranlable de servir notre pays, en dépit des difficultés. Je comprends soudain qu'il possède justement ce qu'il me manque. Je donnerais n'importe quoi pour lui en prendre une partie.

Il lâche ma cheville.

– Si on s'entraînait pour ton entretien, demain ?

La tiédeur de ses doigts s'attarde quelques instants sur ma peau.

– Bonne idée !

Je replie les jambes et redresse le dos. Je lisse mes cheveux sur les épaules, ouvre de grands yeux et arbore le sourire ingénu d'une future étudiante.

– Parfait, s'exclame Luke qui s'assoit, plus raide, en essayant d'adopter la même posture que moi. Alors, première question : si tu étais un animal, lequel tu choisirais ?

Je lève un sourcil dubitatif.

– C'est une blague ?

Il hoche la tête, sûr de lui.

– Ils abordent parfois des sujets bizarres durant les entretiens.

– Oh, heu… je bredouille en m'agitant. Je n'en sais rien. Peut-être un lion. Ou un guépard. Un genre de gros chat qui court très vite et qui peut vaincre n'importe quel ennemi. Et toi ?

– Un animal dans un zoo, répond-il du tac au tac.

Je manque de m'étouffer.

– De tous les animaux du monde, tu choisirais un animal captif ?

– Tu ne trouves pas qu'ils ont la belle vie ? réplique-t-il, le sourire pétillant. Si tu es un lion dans la savane, d'accord, tu culmines au sommet de la chaîne alimentaire, tout ça, mais tu dois te débrouiller pour chercher ta nourriture. Tu surveilles en permanence tes arrières, de peur qu'un autre te tue ou te pique tes copines lionnes. Tu parles d'un stress ! Dans un zoo, il se prélasse toute la journée. On t'apporte ton steak à heures fixes. Moi je trouve ça génial.

Entre deux éclats de rire, j'ajoute :

– Peut-être. Je crois qu'en fait, ce sont les chats adoptés qui ont la meilleure vie. Tu partages ton temps entre les caresses, les siestes au soleil et les heures devant la fenêtre.

– Peut-être… Sauf quand tu atterris chez des cinglés qui t'habillent avec des vêtements de poupée et te font danser sur des chansons de Doris Day.

Je le dévisage, ahurie.

– Ça t'évoque des souvenirs ?

Luke baisse la tête, laissant ses cheveux blonds retomber devant ses yeux, puis secoue lentement la tête.

– Pauvre, pauvre Moustache…

– Tu habillais vraiment ton chat avec des vêtements de poupée ? Mais tu es dingue ?

– Et je ne te parle pas des chapeaux. Des chapeaux de paille. Des bonnets. Des casquettes. Enfin, c'était surtout Claire, mais je l'aidais de temps en temps. Quelle vie de chien pour ce malheureux chat…

Je m'esclaffe si fort que j'en attrape des crampes. Ce n'est pas seulement le ton emphatique, savamment comique, de Luke qui m'amuse, mais aussi son expression. Il paraît tellement adorable. Parfois, il lui suffit de dire quelque chose, même de sérieux, pour que je me mette à rire.

– Bon, question suivante.

Il saisit le paquet de chips posé sur la table, engloutit une large poignée et poursuit :

– Si tu étais une chips, quel type de chips serais-tu ?

– Tes sujets deviennent absurdes, fais-je observer d'un air consterné.

– Eh, tu as demandé qu'on s'entraîne pour ton entretien !

Il me tend le paquet.

– Alors, quel genre de chips je serais ? je murmure distraitement en en croquant une.

Je laisse le gras et le sel imprégner ma langue, songeuse.

– Des gaufrées.

– Pourquoi ça ?

– Parce que je suis élégante, mais aussi modulable : on peut me mettre à toutes les sauces. Guacamole, houmous : je m'adapte. Et puis, je suis délicieuse.

– Brillante répartie pour une question idiote, commente Luke, amusé, en me reprenant le sachet. Bon, maintenant je pose le plus de questions possible et tu réponds sans réfléchir. Dis ce qui te passe par la tête. Prête ?

J'étire les jambes et me frappe les cuisses.

– Prête !

– Frites ou *potatoes* ?

– *Potatoes.*

– Trois détails de ta vision de l'enfer.

– *Who Let the Dog Out* en boucle, la puanteur constante des odeurs corporelles et des repas uniquement constitués de boulettes de thon.

– Des boulettes de thon ?

– Ne cherche pas. Ma grand-mère sicilienne nous les prépare chaque fois qu'on lui rend visite parce qu'elle sait que mon père adore ça. Rien que d'y penser, j'ai la nausée.

– J'avoue, ça ne donne pas envie. Bon. On t'offre un super-pouvoir, qu'est-ce que tu choisis ?

– La téléportation.

– Ton modèle ?

– Ma mère.

– Ton point fort ?

– La loyauté.

– Ton point faible ?

– L'anxiété.

J'ai répondu sans même y songer. Aussitôt, je lis la surprise dans l'expression de Luke. L'anxiété. Je peux presque voir mes paroles s'échapper de ma bouche, blanches et évanescentes, un fin nuage dans le sillage d'un avion. Je regrette de ne pas pouvoir les ravaler.

Il cligne des yeux et se ressaisit, mais le silence s'installe pendant d'interminables secondes. Je me détourne de son doux visage inquiet et désolé.

– J'ignorais que tu avais ce problème… commence-t-il, choisissant ses mots avec soin.

Mon regard s'aventure par-dessus son épaule, vers la fenêtre sombre qui encadre ma maison, plus noire encore.

– Eh bien, ce n'est pas pathologique. J'ai simplement tendance à imaginer le pire. J'aimerais pouvoir faire autrement.

– Je comprends.

Il prend une profonde inspiration et repose sa main tiède sur ma cheville.

– Tu cherches à passer pour une fille insouciante, mais je vois que tu cogites beaucoup.

Je hausse les sourcils, mais ne suis pas vraiment surprise.

– Ah oui ?

– Bien sûr.

Il dessine des courbes sur ma peau.

– Je ne veux pas que tu t'obliges à feindre ce que tu n'es pas. Je veux juste que tu sois… toi-même. Avec le bon, le moins bon, l'anxiété. Je serai là quoi qu'il arrive.

Nos regards se croisent et tout paraît soudain suspendu. Je ne m'étais même pas aperçue que la musique s'était arrêtée. Je m'apprête à répondre, puis me ravise et fixe le disque qui tourne, encore et encore sur la platine, dans le silence.

– Promis ?

– Juré.

Ses doigts jouent sur ma cheville nue et je lui fais face. Tout mon corps frémit.

J'ignore si c'est son contact ou le fait qu'il soit peut-être le seul à me connaître vraiment, mais tout à coup, j'ai du mal à respirer. Lorsqu'il retire sa main, ma peau me brûle. Je voudrais qu'il la repose. Qu'il me touche et ne me lâche plus jamais. Je le tiens à distance depuis si longtemps ! Pour son bien, je le sais. Mais ce soir, l'interminable liste de bonnes raisons pour ne pas le laisser s'approcher plus près s'amenuise, s'efface, s'évapore.

Sans que je comprenne pourquoi, je me remets à trembler de tous mes membres, exactement comme ce matin. Je ramène mes bras contre ma poitrine et les frictionne.

– Tu as froid ? me demande Luke.

– On dirait bien, je murmure, essayant de ne pas claquer des dents.

Il s'écarte et tapote le coussin près de lui.

– Viens.

Je me glisse de son côté et appuie la nuque sur le cuir moelleux, le visage dirigé vers l'écran noir du téléviseur et la platine, où le disque tourne toujours. Luke m'enveloppe de ses bras et réchauffe ma peau parcourue de frissons.

– C'est mieux ?

– Oui, merci, je murmure en posant la tête contre sa poitrine.

Je la sens se soulever à chaque respiration et mon estomac rebondit comme une boule molle. Je dois trouver une distraction, et vite.

– Et si on regardait un film ?

Luke attrape la télécommande et allume l'écran.

– Je crois que le DVD d'*American Beauty* est resté dans le lecteur. Je sais que tu l'aimes bien.

– Parfait.

Il presse le bouton et tandis que le générique commence, Luke m'attire contre lui et appuie le menton sur mes cheveux.

– Une dernière question, reprend-il. Ton moment préféré ?

– De tous ? je demande en me tournant vers lui.

Il hoche la tête et je sonde ma mémoire. Avant New Albany, ma vie ressemblait à *Un jour sans fin*. Entre l'entraînement et l'école où on ne faisait jamais vraiment attention à moi, nous avons si souvent changé de vie, du jour au lendemain, que je n'arrivais jamais à nouer des relations au beau milieu d'une année scolaire. Mes parents me rabâchaient que j'étais destinée à des choses plus importantes que des anniversaires ou des soirées pyjama. Mais cet argument ne me réconfortait guère, au lycée, quand j'entendais les autres élèves préparer leur sortie du week-end, espérant secrètement que quelqu'un m'inviterait.

Ici, tout s'est transformé pour moi. Quelque chose s'est déclenché. Cet endroit, ces gens... Avant New Albany, le quotidien ne semblait qu'une vague répétition générale avant mon entrée à l'Académie. C'est là que ma vie devait commencer. Mais depuis notre arrivée, j'oublie parfois que je suis une Black Angel. Qu'on a tracé ma voie avant ma naissance. Je n'ai plus l'impression de flotter au-dessus de mon propre corps, d'être le spectateur de mon destin. Aujourd'hui, je me sens vivante.

Luke me donne un léger coup de coude, signe qu'il attend ma réponse.

– Je ne sais pas, j'avoue avec un signe de tête. J'ignore s'il s'est déjà produit. Et toi ?

– Moi non plus, reprend-il en écartant une mèche de mon visage. Mais celui-ci arrive en haut de la liste.

Chacun de ses mots bourdonne à mes oreilles, résonne dans mon esprit. J'acquiesce et baisse les yeux, perdue dans le bleu de son pull. Ses doigts passent sous mes cheveux, grimpent et descendent le long de ma nuque.

De bas en haut. Des frissons me traversent et je me demande s'il les perçoit. S'il ressent la même chose. Je tressaille lorsque sa main glisse dans mon dos. Le silence nous enveloppe, pourtant rien ne semble immobile. La pièce devient un énorme circuit électrique. Je vois presque les atomes rebondir entre ma peau et la sienne. Je lève la tête et mon regard trouve le sien. Mon cœur s'emballe, mes lèvres frémissent. Ses mèches d'un blond doré cachent ses yeux et je me retiens de les remettre en place.

– Mac, je... murmure-t-il.

Je m'appelle Lester Burnham...

Le monologue du film résonne dans les haut-parleurs et l'interrompt. Je me détourne vers l'écran et expire le souffle que je bloquais. Ses mains glissent le long de mes bras et chaque muscle, chaque cellule, chaque atome de mon corps, comme un désir moléculaire, en somme, me hurle de l'embrasser. Mais je ne peux pas.

J'ai prié pour que ces sentiments, cet emballement s'estompent, mais rien ne fonctionne. Ils me hantent, s'accentuent à chaque contact. Je ne devrais pas laisser ses doigts danser sur ma peau. Je ne devrais pas le laisser m'enlacer. Je ne devrais même pas me trouver ici. Mais je ne peux pas faire autrement. Je ne peux pas m'éloigner de lui. Je ne peux pas m'empêcher de le voir et le toucher. Je ne peux pas m'interdire de vouloir l'embrasser. Et je crois qu'il n'y arrive pas non plus. Je me persuade d'oublier ces sensations, mais elles me procurent toujours une même réaction : une euphorie absolue.

Luke continue de suivre la courbe de mon dos du bout des doigts pendant que nous regardons le film en silence. Ma peau frémit encore. Je supplie mon corps de s'endormir. Il finit par m'obéir et je sombre dans le noir.

NEUF

Une lumière chaude filtre dans la pièce et me tire doucement de mon sommeil. L'écran du téléviseur reste noir, mais un léger chuintement tranche dans le silence suspendu. On a oublié de l'éteindre.

Près de moi, la silhouette de Luke remue et je m'aperçois que ce que je prenais pour un oreiller est en fait son épaule. Aussitôt, je panique. Bon Dieu. Je me réveille chez lui. À côté de lui. Non, pas à côté, mais pratiquement *sur* lui.

Je referme instantanément les paupières. Je l'entends se passer la main sur le visage, bâiller, puis de nouveau se frotter les yeux. J'hésite à me retourner et lui dire bonjour, mais ma raison l'emporte et je feins de rester endormie. Avec douceur, il fait glisser ma tête pour libérer son bras et la dépose sur le grand coussin. Le cuir du canapé grince tandis qu'il se redresse. Puis il s'immobilise et le silence retombe. Alors que je devine son regard sur moi, je me demande à quoi il songe. Son corps se penche vers moi. Je respire son odeur quand il écarte mes cheveux de mon visage. Je n'avais jamais eu le privilège de le côtoyer au saut du lit, mais il dégage un parfum curieusement enivrant. Peut-être même plus entêtant qu'après une douche. Il s'attarde un instant près de moi, et je prends une nouvelle inspiration, tâchant de décomposer les notes. Une lointaine trace de savon, de déodorant que la marque doit vendre comme « brise marine » et un rien de sueur, vestige de ses rêves. Je voudrais le retenir, lui demander de rester afin de savourer cette essence un peu plus longuement, mais je franchirais sans doute la barrière entre la copine fantasque d'en face et la dingue psychotique.

Le canapé se creuse lorsqu'il m'enjambe pour se lever. Je l'entends fourrager dans un placard et revenir déposer sur moi une épaisse couverture, puis il sort par la porte et la referme sans bruit derrière lui. Ses pas étouffés résonnent sur le parquet, puis s'évanouissent. De nouveau, le chuintement de l'écran emplit la pièce.

J'ouvre enfin les yeux, à la recherche d'une horloge. Une jolie pendule ancienne en métal est accrochée près du bar et indique neuf heures vingt et une. Il nous reste deux bonnes heures avant de nous mettre en route pour Templeton.

Je me passe la main sur le visage. Quand je m'extirpe du canapé, les lattes du plancher grincent sous mon poids. Je m'approche du miroir au-dessus de la console et examine mon reflet. Mes cheveux sont ébouriffés et mon mascara s'est légèrement étalé sous les cils, mais je craignais trouver une mine plus désastreuse. À la hâte, je démêle mes mèches du bout des doigts et les attache en queue de cheval, puis frotte chaque paupière du bout de l'index avant d'attraper mon sac pour chercher une pastille de menthe et mon baume à lèvres.

J'ouvre la porte puis traverse le long couloir aux lambris de bois jusqu'à l'escalier qui mène à la cuisine. En descendant sans bruit, je perçois le tintement d'une cuillère contre une tasse, puis m'immobilise. Il siffle. J'enfonce les pieds dans l'épaisse moquette et écoute. Je crois reconnaître l'air : un chant de Noël dont le nom m'échappe, même si j'ai les paroles sur le bout de la langue. Luke sifflote la dernière mesure ; un bref silence s'ensuit, puis il recommence. Avec un sourire, je dévale les marches. Lorsque j'entre dans la pièce, il m'adresse un clin d'œil et, sans s'interrompre, me tend une tasse de café chaud. Le fait qu'il ne s'arrête pas pour me dire bonjour me ravit : c'est comme si nous exécutions une routine quotidienne qui dure depuis des années.

Je m'installe devant l'îlot de cuisine en marbre blanc et gris.

– Un peu tôt pour les chants de Noël, non ?

– Je siffle ça tout le temps, explique-t-il en me passant le lait et les quatre (oui, quatre) sachets d'édulcorant que je prends avec mon café. Juin, décembre, octobre, peu importe. C'est mon air.

– C'est pourtant la première fois que je l'entends.

– C'est parce que j'ai la délicatesse de garder ça dans l'intimité de ma voiture ou de ma chambre. Inutile d'infliger ça aux autres.

– Comment s'appelle cette chanson, déjà ? Je ne retrouve pas le nom, ça va m'obséder toute la journée.

Je me penche sur ma tasse pour verser lentement le lait. Le nuage de vapeur me caresse le visage et je regarde le noir profond du café virer au caramel sombre.

Luke entonne les paroles.

– *Le bon roi Wenceslas pour la Saint-Étienne se mit en voyage…*

– C'est ça ! je m'exclame, avant d'achever pour lui : *Laissant la neige blanche dans son sillage…*

– Je sais, je suis bizarre, avoue Luke en prenant une gorgée de café.

– Vrai, mais c'est adorable.

Je souffle sur le rebord de ma tasse et savoure une gorgée qui me brûle la langue.

– Bien dormi ? reprend Luke en attrapant le lait.

– Très bien. Et toi ? Je n'ai pas ronflé au moins ?

– Non, tu ne ronfles pas. Par contre, je t'ai servi d'oreiller une bonne partie de la nuit.

– Désolée, je marmonne en piquant un fard. Il faut croire que tu as l'épaule confortable.

– Aucun problème, Mac. Et puis, tout le plaisir était pour moi.

Je cache mon sourire derrière la tasse, puis jette un regard à l'horloge digitale du four.

– Je ferais mieux d'aller me préparer.

Je saute du tabouret avant d'attraper mon sac sur la table.

— On part dans une heure ?

– Ça marche.

– Je prends ça pour la route, j'ajoute en levant ma tasse de café.

– D'accord. À tout de suite.

Je me glisse à l'extérieur et compte les dix-huit pas jusqu'à la porte de ma propre cuisine (oui, nous avons aussi mesuré la distance de ce côté-là). Chaque enjambée me paraît plus pesante que la précédente. Je déteste me retrouver seule chez moi. J'introduis la clé dans la serrure, donne un tour et pousse la porte. Aussitôt, l'alarme se déclenche. Les hululements stridents s'amplifient, résonnent entre chaque mur et semblent s'insinuer sous ma peau. J'ai trente secondes pour la désactiver avant que le signal ne court-circuite l'alerte de police et remonte directement jusqu'au CENTRAL. Je claque le battant, dépose ma tasse et mon sac sur le plan de travail et me précipite vers le débarras attenant au garage où est installé le système de sécurité avec panneau de contrôle dernier cri. Je compose le code à dix chiffres et, enfin, les sifflements perçants s'interrompent.

Dans la cuisine plongée dans l'ombre, je laisse glisser mes doigts sur le comptoir lisse et, tout en avalant mes dernières gorgées de café, j'observe la pièce. Le réfrigérateur ronronne quelques instants, puis, après un clic, se tait et la maison bascule de nouveau dans le silence. Je frissonne. J'ai l'impression qu'il fait bien plus froid que chez Luke et pourtant, le thermostat indique un confortable vingt degrés. Je me frictionne les bras et grimpe l'escalier en colimaçon jusqu'à ma chambre. Le claquement de mes talons résonne sur le parquet et j'imagine mon père appeler « *Elefanteee* ».

En passant près de la chambre d'amis ouverte, un détail attire mon attention sur la fenêtre donnant vers la rue. Une fourgonnette grise est immobilisée contre le trottoir, mais le moteur tourne : une fumée d'échappement s'élève à l'arrière. Je me glisse dans la pièce et m'approche discrètement de la vitre, avant de m'accroupir pour observer depuis l'angle inférieur droit. Le véhicule est garé un peu plus loin, devant la maison des Saldoff, et dans le rétroviseur côté conducteur, je distingue une silhouette au volant.

Un vrombissement me surprend et je me redresse. J'essaie de me dominer tandis que ma poitrine se soulève par saccade. Ce n'était que le vibreur de mon téléphone, mais là, seule, je ne me sens pas tranquille. Je jette un regard à l'écran. Sam.

Je m'écarte de la fenêtre et lance en décrochant

– Bonjour, Sam.

– Bonjour à toi. Ravie que tu te sois décidée à rentrer chez toi.

Je lève les yeux vers le joli cadre posé en haut de la bibliothèque. En réalité, c'est une caméra. Elles sont placées dans chaque pièce de la maison. Du moins, pas dans les salles d'eau, évidemment. Nous avons des limites.

– Coucou, tante Sam ! je réplique en agitant la main en direction de l'objet. Tu m'as attendue toute la nuit ?

– J'ai vérifié quelques fois les images, mais je viens de recevoir une alerte m'informant que l'alarme s'était déclenchée, chez toi. Je me suis dit que tu étais enfin rentrée.

– Comme tu le vois.

– Alors ? Tu veux me dire où tu étais ?

Ma réponse fuse automatiquement.

– Chez Harper.

– Reagan… insiste Sam d'un air entendu.

À quoi bon mentir ? Elle sait toujours où je suis.

– Chez Luke, j'admets avec un soupir. J'étais chez Luke.

– Ah, un peu de vérité. Donc ? L'hymen est encore en place ? demande-t-elle en pouffant.

– Sam ! je m'exclame, outrée, ce qui la fait rire davantage.

Dans mon enfance, je l'appelais tante Sam. Elle s'occupait de moi et me protégeait comme si j'étais sa propre fille. Depuis quelques années, je la considère moins comme une tante que comme une grande sœur. Une grande sœur un peu curieuse et envahissante…

– J'attends une réponse…

Je la sens sourire à l'autre bout du fil.

– Évidemment que non. Euh, je veux dire, il ne s'est rien passé. Luke et moi, on est juste…

Je m'apprêtais à dire « amis », mais je n'arrive même plus à me mentir.

– … enfin, je ne sais pas vraiment ce que nous sommes, mais il n'y a rien entre nous. On a bu quelques sodas, écouté quelques disques. Personne ne s'est déshabillé.

Je me laisse tomber sur le jeté de lit immaculé, sur lequel je ne suis pas vraiment censée m'asseoir et encore moins m'allonger.

– Retire au moins tes chaussures, me sermonne Sam. Ta mère t'étripera si tu laisses la moindre tache sur ce dessus de lit.

Je lève les yeux au ciel, mais j'obéis.

– Tu comptes lui en parler ?

– De quoi ? Du jeté de lit ou du fait que tu aies découché cette nuit pour rentrer avec les cheveux en bataille.

– Les deux.

– Non, promis. Mais Reagan, ajoute-t-elle après un silence. Je pense que tu devrais bien réfléchir à ce que tu es en train de faire.

– Qu'est-ce que je suis en train de faire, au juste ?

Je sais parfaitement ce qu'elle sous-entend.

Je jette un regard par la fenêtre. La fourgonnette a disparu. Les Saldoff commencent peut-être de nouveaux travaux chez eux. L'espace d'un instant, la peur m'envahit, mais je la repousse presque aussitôt.

– Toute cette histoire avec Luke…

Elle pousse un profond soupir.

– Je n'ai rien dit jusqu'à présent, car j'attendais de voir jusqu'où irait ton amitié pour lui… mais je pense que tu devrais te montrer très prudente. Si tu comptes entrer à l'Académie et devenir une Black Angel, les choses risquent rapidement de se compliquer entre vous. Or je sais que tu ne veux pas le blesser.

– Bien sûr que non, je rétorque, la boule au ventre.

Les lèvres pincées, j'observe la pièce. Mon regard se pose sur une vieille photo de mes parents, sur la table de chevet. Je tends la main, effleure le rebord du cadre argenté. Il renferme un cliché pris sur le vif, le jour de leur mariage. La cérémonie s'est déroulée sur une plage, en Floride. Mon père est assis dans un grand fauteuil en bois et ma mère se tient sur ses genoux, les bras autour de son cou, le front appuyé contre le sien, prise d'un fou rire. Lui l'enlace, un sourire radieux aux lèvres. Ils semblent au milieu d'une discussion hilarante. J'ignore pourquoi, mais c'est la photo que je préfère d'eux. Peut-être parce qu'elle paraît tellement réelle, d'une parfaite imperfection. Comme si elle représentait ce que l'amour est vraiment : ce va-et-vient constant entre deux personnes, donner et recevoir. Elle dit une chose, il en répond une autre. Elle éclate de rire. Il lui touche le bras. Avec un peu de chance, c'est dans ces moments simples qu'on trouve le bonheur. Et c'est comme cela qu'on veut passer le reste de sa vie. Dans une interminable conversation intime avec le seul être dont on ne se lassera jamais.

– Reagan... Nous espérons tous te voir intégrer les Black Angel, poursuit Sam. Tu es née pour ça, littéralement. Mais je souhaite aussi le meilleur pour toi. Alors, écoute ton cœur. Que te dit-il ?

Avec une profonde inspiration, je secoue imperceptiblement la tête. Évidemment : Sam est la seule qui prend la peine de me poser cette question.

– Que c'est ce que je dois faire, je réponds à voix basse.

Une boule se forme, grandit au fond de ma gorge, mais aussitôt, je la ravale.

– C'est mon devoir envers mes parents et mon pays.

– Mais toi, Reagan. Qu'est-ce que tu désires vraiment ? Ne réfléchis pas à ce que ton père et ta mère préféreraient. Pense à ce que tu veux, toi.

Rester dans la lumière. Quitter cette vie d'ombre et de danger. Ou au moins, avoir le pouvoir de choisir. Alors, je mens.

– Je n'en sais rien.

J'ai bien fait de m'allonger : mes jambes flageolent. Comme si elles cédaient sous le poids de mes doutes, de mes paroles, de mes mensonges. J'enfonce la tête dans les coussins moelleux qui décorent le lit, dérangeant leur disposition parfaite. À l'autre bout du fil, Sam s'est tue. Je l'entends respirer. Réfléchir.

– De quoi as-tu si peur, Reagan ?

Je ferme les yeux et écoute mon propre souffle : inspiration, expiration. De quoi ai-je peur ? De tout. De déclencher la fureur de mes parents et de gâcher mes talents si je m'inscris à l'université. De vivre en permanence dans la crainte et l'aliénation si je choisis les Black Angels. De ne jamais tomber amoureuse et de ne jamais trouver le bonheur.

De nouveau, je mens d'une voix faible et lointaine.

– Je ne sais pas.

Sam pousse un soupir suivi du léger choc de ses dents contre l'ongle de son pouce. Un de ses tics. J'ignore si elle l'a remarqué, mais il ne m'a pas échappé. Elle ne dit rien, laisse le silence grandir pour mieux m'inciter à le combler. C'est une technique psychologique que je connais aussi bien qu'elle. La police, les journalistes l'emploient fréquemment. Il suffit d'observer un interrogatoire ou une simple interview pour s'en rendre compte. Ils se taisent, parce qu'ils savent que les gens ont le silence en horreur. Il les met mal à l'aise. Ils finissent toujours par le briser en lâchant les mots qu'ils ont sur le bout de la langue, même ceux qu'ils ne veulent pas prononcer.

– Tu n'as qu'une vie, reprend-elle enfin. Personne ne te fournira de mode d'emploi et tu ne peux pas exister pour les autres. Tu dois suivre ta propre voie.

– Mais mes parents et mon entraînement…

– Reagan, je ne vais pas te mentir, m'interrompt-elle. Tu possèdes un talent inouï. Ce serait un coup dur pour l'Agence si tu choisissais de ne pas y entrer. Mais si tu n'es pas véritablement motivée, tu ne lui seras d'aucune utilité.

Les larmes montent et me brûlent le coin des yeux. Je ferme les paupières pour ne pas leur permettre de couler. J'inspire profondément, presse les doigts contre mes hanches et m'oblige à me ressaisir.

– Le moment venu, tu sauras quoi faire. Mais lorsque cette certitude arrivera, tu devras l'écouter. Ne te détourne pas et ne la laisse pas s'échapper.

Je ne réussis qu'à articuler un mot.

– Compris.

– Bonne chance pour Templeton. Je resterai disponible si tu as besoin de quoi que ce soit. Je t'aime, Reagan.

– Moi aussi, Sam.

Je touche l'écran du portable pour raccrocher et le lâche. Puis je ramène mes bras contre ma poitrine. Elle s'élève et s'abaisse lentement, au rythme de mon souffle court. Je n'ai jamais vraiment pris le temps de réfléchir à ce dont je rêvais pour mon avenir. Je ne pensais pas avoir cette possibilité. Devenir une Black Angel semblait le seul choix qui s'offrait à moi. Mais envisager le futur ne devrait pas provoquer un tel mal-être physique. Auparavant, je le mettais sur le compte de l'angoisse : une paranoïa développée depuis l'incident de Philadelphie. Aujourd'hui, je comprends qu'il est peut-être plus profond.

Mes doigts cherchent mon bracelet à mon poignet gauche et pressent les cœurs pendant que je tâche de retrouver mon calme. Je vais devoir prendre une décision, je le sais. Sam vient de me tendre une bombe à retardement dont le compte à rebours a commencé.

DIX

– Old Templeton est l'aile la plus ancienne du campus.

Étudiante de première année, Katie sert de guide à notre petit groupe de candidats accompagnés de leurs parents, dans l'ombre de l'imposant édifice de pierre.

Avec ses fières tourelles, ses portes en bois massif et ses baies en ogives, Old Templeton est le joyau néogothique de l'université.

– C'est là que logent les étudiants en dernière année. Il a la réputation d'être le bâtiment le plus hanté. Personne ne voit d'inconvénient à partager sa chambre avec un ou deux fantômes ?

Des rires polis accueillent la réplique, même si, à l'évidence, Katie la ressert à chacune de ses tournées.

Je jette un regard complice à Luke, le sourire en coin. Ses iris bleus pétillent et il me répond par un clin d'œil.

– Voilà, notre visite s'achève ici, conclut Katie en frappant dans ses mains. J'espère qu'elle vous a plu et je vous souhaite une belle journée à explorer ce magnifique domaine.

Si Katie entendait s'en tirer à bon compte, elle se trompait lourdement. Deux couples de parents à l'air pincé s'avancent. Ils respirent les vieilles fortunes de la côte Est, engoncés dans leurs pulls et imperméables siglés, et assaillent la pauvre étudiante, prise sous le feu roulant de leurs questions.

– On dit que le taux d'admission ne dépasse pas 23 %. Quelle moyenne faut-il avoir au bac pour entrer ? Quelles notes avez-vous obtenues ?

– Parlez-moi des sororités étudiantes sur le campus. Les Delta Gamma existent-elles à Templeton ? Je suis une ancienne.

– Et pour les repas ? Est-ce que tout est bio ? Ils proposent des sushis ?

– La taille des chambres ne me convient pas vraiment. Est-il possible d'en obtenir deux ? Nous aimerions transformer l'une d'elles en dressing pour notre fille. Peut-on abattre la cloison ?

Leur progéniture se tient en retrait. Je jette un regard à une lycéenne affublée d'un sac Chanel et d'un collier de perles et à un garçon à l'air blasé, les yeux soulignés de khôl et les lèvres percées d'un anneau. Ils fixent leurs parents qui se battent pour arracher des réponses à la pauvre Katie.

Luke les désigne d'un signe de tête et me murmure :

– On appelle ça des parents-hélicoptères, non ?

– Clairement. Du genre à insulter le P.D.G. d'une entreprise quand leurs enfants n'obtiennent pas de stage, je remarque en riant.

– Un stage ? Tu plaisantes ! s'étrangle Luke. Ils menacent probablement de couper leurs dons si une quelconque fondation n'embauche pas leur progéniture après leurs vingt-cinq ans.

Je reprends avec un sourire empathique :

– Pauvre petite princesse, pauvre petit rebelle. Peut-être que s'ils atterrissent tous les deux dans cette fac, tout ça les rapprochera et qu'ils finiront ensemble.

– Ça me paraît mal parti. Le piercing et l'eye-liner ne colleront pas vraiment aux exigences parentales de la princesse.

Nous faisons demi-tour et nous dirigeons vers l'autre extrémité du campus, où Luke a garé sa voiture.

– Tu as sans doute raison.

Le long de l'artère principale de l'université, un silence agréable retombe, seulement troublé par le crissement des graviers sous nos pas. Le chemin traverse tout le parc et, de part et d'autre, des arbres imposants dont l'épaisseur des troncs trahit l'âge s'accrochent à leur feuillage rouge et or si intense qu'on les croirait en feu.

– S'il y a des saisons au paradis, je commente, le nez en l'air en contemplant ces teintes vibrantes, c'est à ça que l'automne doit ressembler.

– Je pensais exactement à la même chose, répond Luke en me regardant. C'est splendide.

Avec ses gargouilles monstrueuses, ses arches en ogives et ses toits fuselés, Templeton ne m'évoque rien de ce que j'ai connu. Cette région de l'Ohio ne compte que des collines, des forêts et des champs. La « ville » se limite à une épicerie familiale où les étudiants se fournissent en chips et boissons énergétiques, un bureau de poste, un café et une librairie universitaire. Un endroit sans histoire où personne ne ferme sa porte à clé et où on semble à l'abri de tout. L'exact opposé de ce qui m'attend.

– Alors, verdict ? me demande Luke.

Au même instant, la cloche de l'église centenaire sonne l'heure, d'un carillon lourd et plaisant. Je balaie le chemin du regard, songe à tous ceux pour qui ce son est devenu cher et j'éprouve une forme de nostalgie pour des souvenirs que je n'aurais jamais.

– J'adore ! je m'exclame, sans avoir à mentir.

Ici, j'ai l'impression de me sentir « chez moi ». Ou du moins, d'enfin comprendre ce que signifie cette expression. J'ai si souvent bougé dans ma vie que la notion ne m'est pas vraiment familière, mais elle me semble vouloir dire qu'on sait d'instinct, sans même y penser, qu'on a trouvé sa place.

– Génial, décrète Luke d'un air soulagé. West Point n'est qu'à quelques heures de route. Tu m'aurais vraiment manquée si tu t'étais retrouvée à l'autre bout du pays.

Les mots de Luke… toujours si sincères, si spontanés. Mon ventre se contracte en un million de petits nœuds. J'ai le cœur lourd, pris entre la tristesse et l'espoir.

– Moi aussi…

– Hé, Mac ! s'exclame-t-il brusquement en m'attrapant le bras. Cap' de te jeter sur ce tas de feuilles mortes ?

Il désigne une montagne de feuilles multicolores, rassemblées sur le bord du chemin, attendant d'être empaquetées.

Un sourire diabolique se dessine sur mes lèvres.

– Luke, tu sais très bien que je suis « cap'» de tout, je réplique.

Au cours de l'année précédente, j'ai ainsi effectué une série de pirouettes au beau milieu du labo de biologie. J'ai miaulé devant des inconnus au centre commercial et léché mon assiette debout, à la Cheesecake Factory, tout cela parce que Luke m'avait lancé un défi. Ce qu'il me propose est un jeu d'enfant. Je prends mon élan et me précipite vers le tas flamboyant, avant d'exécuter un plongeon. Des taches écarlates, rouille et or explosent tout autour de moi et retombent en voltigeant, recouvrant mon corps et mon visage. J'éclate de rire, soufflant une feuille jaune qui atterrit sur mes lèvres.

– Je te décerne un neuf-point-cinq, me crie Luke, les mains en porte-voix.

– Neuf et demi ? je m'exclame, en me redressant de mon mieux sur la pile mouvante. Tu plaisantes ? Ça valait largement un dix.

– Rien à redire sur la technique, mais tu as perdu quelques dixièmes sur la note artistique, commente-t-il en secouant la tête. Tu n'as pas tendu les orteils.

Je tapote les feuilles.

– Alors ? Qu'est-ce que tu attends ? Montre-moi à quoi ressemble un dix !

Le sourire de Luke s'agrandit. Les cailloux crissent sous ses pieds tandis qu'il se met à courir vers moi. Il bondit, les bras tendus, comme Superman en plein vol, jambes dépliées et pieds pointés, et atterrit juste à côté de moi, faisant jaillir les couleurs d'automne comme un bouquet final.

– Un dix, un vrai, j'acquiesce en riant, avant de chasser une feuille roussie de ses cheveux. Il n'y avait que toi pour réussir un saut aussi parfait là-dessus.

Je m'allonge sur ce matelas chatoyant, mon corps parallèle au sien. Nos jambes se touchent et j'attends qu'il s'écarte, mais il ne bouge pas. Alors nous demeurons étendus, enveloppés dans ce silence agréable. Au-dessus de nos têtes, une bourrasque malmène les feuilles encore cramponnées à leurs branches. Quelques-unes cèdent et viennent rejoindre leurs semblables autour de nous.

– C'est vraiment ma saison préférée. Mais c'est un peu comme le dimanche des saisons, déclare-t-il enfin, en faisant tournoyer une feuille sur son pédoncule.

Le rouge ardent alterne avec la teinte plus fade du revers.

– Le dimanche des saisons ?

– C'est comme cette petite angoisse qui t'étreint le dimanche soir : le week-end se termine et tu dois retourner en cours le lendemain. Pour moi, c'est à ça que ressemble l'automne. La plus belle période de l'année, légèrement gâchée parce que l'hiver s'annonce.

Je pouffe et pose la main sur sa poitrine

– J'adore tes raisonnements absurdes.

– Qu'est-ce que tu préfères ? me demande-t-il alors. Être millionnaire ou découvrir les secrets de l'univers ?

– Les secrets de l'univers.

Mon personnage choisirait l'argent, mais Luke mérite la vérité.

– Et toi ?

Il lève les yeux vers le ciel.

– Idem. Il y a tant de choses que j'aimerais connaître.

– Comme quoi ?

– Toutes sortes de trucs, comme… Est-ce que tu crois aux univers parallèles ?

– Je ne sais pas. Peut-être…

– Tu penses que quelque part, nous avons cette conversation, mot pour mot ?

– Aucune idée. Peut-être que dans un autre univers, on ne s'est jamais rencontré.

– Ou peut-être que nous n'avons pas cette discussion parce que nous connaissons déjà l'existence des univers parallèles. Ou encore que dans une dimension différente on regarde cette scène se dérouler en ce moment même.

Il pivote vers moi, les fossettes creusées. Il lève rapidement les sourcils et souffle :

– Ça file le tournis, hein ?

Je pouffe.

– Tu sais, Luke, pour quelqu'un qui n'a jamais touché à un joint, tu poses des questions sacrément perchées.

Il hausse les épaules et les branches dessinent des ombres sur son expression amusée.

– Mais tu aimes mes questions dingues.

– J'adore ça.

J'envoie une volée de feuilles vers lui. Il ferme les yeux lorsque les projectiles colorés l'atteignent et j'éclate de rire en le voyant se débattre.

– Mac, ne commence pas ce petit jeu avec moi, réplique-t-il en ripostant par une salve rougeoyante. Tu vas perdre.

– Ah oui ?

Je me redresse d'un bond, ramasse une grande brassée de feuilles que je déverse sur son visage.

– Et qu'est-ce que tu comptes faire, maintenant ?

– T'es fichue, Mac ! marmonne-t-il d'une voix étouffée.

Sans lui laisser le temps de réagir, je me jette sur lui, fais mine de lui donner un coup dans les côtes et l'enterre sous un monceau de feuilles.

– Alors, on fait moins le malin, hein ? je renchéris en le chatouillant.

– Mac, arrête, pouffe-t-il en se tortillant. Tu sais que je crains ça.

– Évidemment !

Je me tourne pour préparer une nouvelle salve, mais il profite de mon mouvement pour m'agripper par le poignet et me fait basculer sur le dos.

– Non, Luke ! je crie, les yeux fermés.

Je tente de me libérer. Hilare, il me bloque l'autre bras. La pile craque sous notre poids. Avec un éclat de rire, il enterre mon visage sous les feuilles. Je tousse et menace :

– Tu vas me le payer, Luke !

– C'est toi qui as commencé, chuchote-t-il à mon oreille.

Son souffle tiède effleure ma peau glacée et un frisson me parcourt le corps.

J'ouvre les yeux. Cherche les siens. Brusquement, je ne ris plus. Je ne respire plus. Je me perds dans la pâleur de son regard, la courbe de ses lèvres, le poids de son corps sur le mien. Avant qu'il ait glissé sa main sur la mienne pour mêler nos doigts, je sais exactement ce que je vais ressentir, comme si cela s'était déjà produit des centaines de fois.

Sans que je puisse articuler un mot, une pensée ou même reprendre mon souffle, il passe ses bras derrière ma nuque. Lorsqu'il m'attire à lui, je me sens aussi euphorique qu'impuissante. Une vague de chaleur s'empare de moi, traversant chaque veine, et les derniers remparts de ma réticence cèdent. Ses lèvres effleurent les miennes, s'y attardent, et ce contact provoque une étincelle, brûlante, lumineuse. Je réponds à cette bouche hésitante et le monde bascule dans l'obscurité. Il m'embrasse, d'abord avec une infinie douceur, une tendresse presque douloureuse. Puis son baiser monte crescendo, avec une telle intensité que j'agrippe son pull, comme pour me raccrocher à quelque chose de solide dans cette pénombre étourdissante. Mon cœur cogne dans ma poitrine. Le sang afflue dans mes veines et paraît tout assourdir autour de moi à l'exception de ce battement fébrile qui résonne à mes oreilles. Je me fonds contre lui, enveloppe son cou de mes bras, le serre contre moi. Ses lèvres caressantes et audacieuses ont un imperceptible goût de cannelle. Légers comme des plumes, ses doigts dessinent des arabesques sur ma peau, électrisant chaque atome.

Lorsqu'enfin il s'écarte, il pose son front sur le mien. J'ouvre les yeux et son regard cherche le mien. Nous sommes si proches que tout devient flou, mais je devine qu'un sourire éclaire son visage, aussi radieux que le mien.

– Tu te souviens quand je t'ai demandé ton moment préféré ? murmure-t-il, à bout de souffle.

– Oui ? je chuchote.

– Je crois que j'ai trouvé le mien.

Il se penche vers moi et une fois de plus, je me laisse glisser – sans filet – dans son baiser.

ONZE

– Toujours partante pour la fête chez Mark, ce soir ? Je t'emmène ?

Luke s'engage dans l'allée devant chez lui.

– Je te retrouverai sur place. J'ai promis à Harper d'arriver avec elle.

Je serre sa main, que je n'ai pas lâchée depuis Templeton.

J'ai passé les quatre-vingt-dix minutes de trajet à l'observer, à photographier mentalement chaque attitude, chaque expression. Le mouvement de ses lèvres pleines, de sa mâchoire dessinée quand il parle, de ses pommettes saillantes et ses fossettes creusées lorsque je le fais rire. La douceur tiède de son baiser sur ma main, de sa caresse sur ma peau. Je recueille chaque instant précieux et le classe dans ma mémoire.

– Je suis content de t'avoir accompagnée, déclare-t-il en immobilisant la voiture sous le vieux panneau de basket qui semble surgir de l'asphalte défoncé.

Je serre plus fermement ses doigts dans les miens.

– Moi aussi.

Il accroche une mèche de mes cheveux derrière mon oreille. Puis il effleure ma joue, jusqu'au menton, faisant naître de nouveaux frissons.

Il observe nos doigts entremêlés et touche le bracelet en argent à mon poignet. Il suit la succession de maillons jusqu'à rencontrer les deux cœurs entrelacés et les presse entre le pouce et l'index, laissant une trace sur le métal.

– C'est le bracelet de ta mère. C'est ton porte-bonheur, c'est ça ?

J'écarquille les yeux.

– Comment tu le sais ?

– Tu m'en as parlé, une fois, répond-il avec un sourire. C'était l'an dernier, en cours de chimie. Tu angoissais pour une interro et tu n'arrêtais pas de le triturer. Je t'ai demandé d'où il venait et tu m'as expliqué qu'il appartenait à ta mère, qu'il lui avait porté chance dans sa jeunesse et qu'elle te l'avait donné. Tu m'as dit que tu ne le quittais jamais.

– Tu te souviens de ça ? je m'exclame, stupéfaite qu'il ait retenu un détail aussi précis alors que nous nous connaissions à peine.

– Je me souviens de tout, répond-il en caressant ma joue, mes cheveux.

Son geste se fait plus audacieux, il attrape ma nuque et m'attire à lui. Je m'avance, lentement, respire le parfum suave de sa peau, sens son nez contre le mien et l'air tiède, presque sirupeux qui séparent nos lèvres avant qu'elles ne se touchent. L'espace entre nous paraît palpiter et mon cœur s'emballe. Lorsqu'enfin sa bouche trouve la mienne, mes mains glissent le long de sa poitrine. Il a beau se tenir tout proche, ça ne me suffit plus. Je goûte ses lèvres, et la moindre parcelle de mon corps frémit. Son doigt dessine le contour de ma mâchoire, effleure mon cou puis s'aventure au creux de mon épaule. Je perds la notion du temps.

Le nœud qui me comprimait l'estomac semble se délier. Mes craintes, mes regrets, mes doutes se dissipent et la douleur s'atténue, s'estompe, jusqu'à disparaître, remplacée par un secret espoir qui se cachait, tapi quelque part dans les tréfonds de ma poitrine. C'est sans doute ce qui arrive lorsqu'on embrasse la seule personne qui compte : le reste n'a plus d'importance.

Nous nous reculons et nos fronts se touchent. Luke me rend mon sourire, pendant que je tâche de retrouver mon souffle. En se penchant, il dépose un dernier baiser sur mes lèvres et me caresse encore une fois la joue avant de me lâcher.

– Alors, à plus tard ?

C'est plus une question qu'une affirmation. J'ouvre la portière et m'extirpe du siège.

– D'accord, je murmure, tremblante, encore ébranlée. À plus tard.

Je claque la porte et traverse la pelouse impeccable des Weixel, le cœur bondissant. Je tente de dissiper l'étrange sensation qui m'engourdit les membres et m'embrume l'esprit, craignant de m'effondrer.

Ce délicieux vertige m'empêche de former la moindre réflexion cohérente. Quelques mots dansent en boucle dans ma tête, comme une ronde ininterrompue. C'est arrivé. C'est enfin arrivé. Incroyable Luke. Incorrigible Reagan. Tout en grimpant les marches du perron, je regrette de ne pouvoir fixer cet instant où la possibilité de notre histoire monte en moi, comme un ballon gonflé d'espoir.

Je glisse la clé dans la serrure et pousse la porte, pensant subir le hurlement strident de l'alarme, mais elle ne se déclenche pas. En tendant l'oreille, je distingue le léger tintement de tasses à café contre le comptoir de la cuisine accompagné de voix étouffées. *Mince*. Ils sont rentrés.

Je referme le battant sans bruit, tâchant de me faire discrète, mais rien ne leur échappe. Ils ne sont pas Black Angels pour rien…

– Reagan ? appelle ma mère.

– J'arrive !

Je prends un air détaché, tout en m'approchant à pas furtifs du miroir dans l'entrée. J'ai les pommettes en feu, la bouche cramoisie. Mes cheveux, d'habitude si raides, sont ébouriffés et mon mascara a coulé sous mes cils. J'ai clairement l'air d'avoir batifolé dans les feuilles avec le voisin et ils s'en rendront immédiatement compte si je n'arrange pas ça très vite. Je me recoiffe de mon mieux avec mes doigts, me frotte rapidement les paupières, puis applique une généreuse couche de baume à lèvres en priant pour qu'ils croient que j'ai forcé sur le gloss. Quant à mes joues… comment dissimuler ce rouge ?

– Alors ? Où est ma progéniture ? plaisante mon père.

– J'arrive, je réponds en sortant mon téléphone.

Je baisse la tête et feins de composer un SMS en entrant dans la cuisine.

– Désolée, j'envoyais un message à Harper.

Je range mon portable dans ma poche avant qu'ils n'aient le temps de déceler le mensonge. Assise au comptoir, ma mère m'aperçoit et lève les sourcils. Mon père est installé face à elle, vêtu d'un jean sombre et d'un pull noir. Avec un sourire, il me prend dans ses bras et me serre plus fort que d'habitude.

– Ma fille préférée, commente-t-il en déposant un baiser sur le sommet de ma tête.

– Unique, je rectifie en l'enlaçant à mon tour. C'était rapide, comme voyage.

Je laisse tomber mon sac sur le sol et m'approche de ma mère pour l'embrasser, avant de m'asseoir près d'elle.

Elle me caresse les cheveux.

– Tu nous as manqué. Et nous ? Est-ce qu'on t'a manqué ?

– Oh oui, j'ai pleuré toutes les larmes de mon corps.

– Alors, quoi de neuf à New Albany ? s'enquiert mon père en plaçant ses mains puissantes et calleuses sur le comptoir.

– Rien. Toujours la même m… euh, chose, je me corrige.

Ma mère me fait les gros yeux.

– Reagan, qu'est-ce c'est que ce langage ?

Je la prends par les épaules.

– Allez, maman, avoue que tu m'aimes, même avec mes jurons.

– Absolument pas. Je ne t'ai pas appris à jurer comme un charretier, que je sache.

Je lui serre le bras, mais mon geste la fait grimacer. Je retire aussitôt ma main et la dévisage, attendant une explication.

Elle ne m'en donne aucune. Les yeux rivés droit devant elle, elle boit une gorgée de café. La manche de son pull glisse, révélant une bande qui lui entoure le bras.

– Maman ! Qu'est-ce que tu as ?

J'effleure les minuscules sillons du pansement. Elle se dégage et rabaisse sa manche pour mieux le cacher.

– Qu'est-il arrivé ? je répète, plus fermement.

– Rien, réplique-t-elle, sans me regarder en face. Quelques bleus et égratignures. Ça fait partie du boulot, tu sais, ma puce.

Mon père fixe le plan de travail et tapote distraitement sa tasse.

– Quelqu'un veut m'expliquer ?

J'attends quelques secondes, mais n'obtiens que du silence.

– La mission s'est mal passée ?

– Qu'est-ce qui te fait croire ça ? répond ma mère après une trop longue hésitation.

Elle ne se détourne pas. Ses yeux restent rivés sur le jardin sans le voir.

L'atmosphère détendue qui régnait quelques instants plus tôt n'était qu'une façade, qui se fissure un peu plus à chaque seconde. Elle laisse soudain passer le spectre qu'ils cherchent à contenir, mais qui s'échappe, lentement. Il se diffuse dans la pièce, dans chaque recoin, chaque surface, jusqu'à s'insinuer en moi.

– Je sens bien que quelque chose cloche. Qu'est-ce que vous me cachez ? Que s'est-il passé ?

Ils échangent un regard qui résonne comme une question : « Est-ce qu'on lui dit ? »

– Rien qui te concerne, ma puce, répond-elle enfin d'une voix douce, mais terne.

Je lève les yeux au ciel et me laisse glisser de mon tabouret.

– Vous savez quoi ? J'en ai assez ! Je ne suis plus une enfant depuis longtemps. Vous voulez me mettre un fusil d'assaut entre les mains, me faire enfoncer des portes et sauver des gens, comme vous ? Très bien. Alors commencez par me dire la vérité !

Excédée, je frappe le marbre du poing. Ma mère sursaute et mon père, surpris par ma colère, me regarde, ébahi. D'habitude, je me contente de hausser les épaules et de quitter la pièce.

– À qui tu crois parler comme ça ? s'énerve-t-il.

La violence du ton me renvoie sur mon siège.

– On t'informe de ce que tu dois savoir. Tu m'as bien compris ?

Le silence retombe comme une chape de plomb. Je les observe l'un après l'autre, analysant leurs expressions entendues, leurs lèvres pincées, leurs soupirs tendus. Quoi qu'ils cachent, c'est un grave secret.

– C'est injuste, je réponds, sans perdre mon calme.

– Devine quoi ? La vie est injuste. Après ce que nous venons d'endurer au cours des dernières vingt-quatre heures, je crois que tu n'as pas à te plaindre, reprend-il en élevant la voix.

La joie que j'éprouvais encore quelques minutes plus tôt s'est évanouie, remplacée par une vague de panique. Elle monte, brûlante, et emplit chacune de mes veines, contracte chaque nerf.

Furieux, mon père me dévisage, puis secoue la tête et quitte la pièce. Je l'entends traverser le couloir, puis claquer la porte de son bureau. Aux sons étouffés, je devine qu'il se laisse tomber sur son vieux fauteuil, qui gémit sous cette masse de muscles. De nouveau, plus un bruit. Ma mère fixe la porte, comme si elle espérait qu'il revienne pour l'aider dans ses explications.

– Maman...

Je pose doucement la main sur son bras. Elle se retourne, mais son regard, perdu dans le vague, ne croise toujours pas le mien.

Elle ouvre la bouche, puis se ravise. Après une longue inspiration, elle plisse le front et semble choisir ses mots avec soin avant de les prononcer.

– Un Black Angel va te suivre de près pendant quelques jours, annonce-t-elle en rajustant mon fin gilet rouge, comme lorsque j'étais enfant.

– Pourquoi aurais-je besoin d'être suivie ?

Je la dévisage, attendant qu'elle daigne enfin me regarder.

– Ne t'inquiète pas. Il se fondra complètement dans la masse, au lycée. Tu ne remarqueras même pas sa présence. Et à partir d'aujourd'hui, je veux que tu portes ton revolver en permanence.

Mon arme ? C'est du délire ! D'ordinaire, pas question de la sortir de la maison. Certes, je ne me sépare pas de mon petit couteau-gadget offert par les Black Angels et il y a une cache d'armes près de l'école. Mais on ne m'avait jamais demandé d'en garder une sur moi.

– Mon revolver ? Et un garde du corps ? Je ne comprends pas. Pourquoi j'en aurais besoin ?

– Tu devras aussi mémoriser tous les numéros qui t'identifient comme une Black Angel, continue-t-elle sans me répondre, le regard toujours fixe. Pour le moment, notre matricule est BA 178229. Si quelqu'un t'interroge, ou que tu dois te tirer d'affaire, donne-le : BA 178229.

BA 178229. BA 178229. Les chiffres tournent en boucle dans ma tête jusqu'à s'y graver.

– Mon nom de code est « Aube rouge ». Celui de ton père est « Fleuve noir ». Celui de Sam, c'est « Fanal ». Quant à toi, tu es « Ténèbres ».

Ils ne m'avaient jamais révélé mon nom de code. J'ignorais même que j'en avais un.

J'agrippe doucement l'épaule de ma mère pour l'obliger à me regarder en face.

– Maman, qu'est-ce qu'il s'est passé ? Pourquoi est-ce que tu me racontes tout ça ?

Enfin, ses yeux semblent plonger dans les miens. Ses iris émeraude me paraissent moins délavés. La tristesse a laissé place à autre chose. Une émotion que je ne parviens pas tout à fait à définir.

– Juste au cas où, lâche-t-elle, d'une voix aussi décidée que détachée.

– Au cas où quoi ?

Ma gorge se comprime. Elle respire profondément, puis se lève.

– Juste au cas où, Reagan.

Sans me laisser le temps répliquer, elle quitte la pièce, franchit la porte du garage et la referme derrière elle. J'entends la cache secrète s'ouvrir, puis c'est le silence.

La douce chaleur que Luke avait éveillée en moi s'est métamorphosée en une série de nœuds qui me compriment l'estomac et me clouent sur place. Je fais glisser vers moi la tasse de café abandonnée sur le comptoir de la cuisine et en bois une gorgée. Et tandis que je fixe le liquide noir, je comprends brusquement ce que j'ai aperçu dans le regard de ma mère. Ce qui avait éclipsé la tristesse et la culpabilité, c'était de la peur.

DOUZE

Que s'est-il passé pendant cette mission ? Quelles seront les conséquences ? Qui nous prend pour cible ? Et surtout, combien de temps nous reste-t-il avant de quitter définitivement New Albany ?

Mon esprit s'emballe et les questions que mes parents éludent me hantent. J'ai attendu dans la cuisine une bonne dizaine de minutes, à terminer le café laissé par ma mère. Les yeux rivés sur la porte du garage, j'ai guetté le grincement du fauteuil de mon père dans le bureau. Attendu que l'un d'eux daigne reparaître et m'explique pourquoi j'ai besoin d'une surveillance, ou d'une arme vingt-quatre heures sur vingt-quatre.

Puisqu'aucun d'eux ne s'est donné cette peine, je décide de trouver les réponses moi-même.

Je m'installe devant mon ordinateur et la terreur lancinante que j'essayais de dominer revient, plus violente. J'aurais dû comprendre à l'instant où j'ai franchi la porte : ces voix étouffées, ces sourires forcés, ces mouvements saccadés, la tension si palpable qu'elle imprégnait toute la pièce. Ils sont complètement bouleversés et refusent de m'expliquer pourquoi. Or, ce sont des pros. Ils ne comptent plus les missions. Ils savent que les choses peuvent mal tourner. Et pourtant, cette fois, c'est différent. Jamais je n'avais décelé cette peur sous-jacente chez eux.

Je me concentre sur ce que ma mère m'avait révélé de l'opération avant leur départ et les détails refont surface : *Anna Taylor. Santino Torres. Un baron de la drogue. La Colombie.*

J'entre le nom d'Anna Taylor dans la barre de recherche et Google me renvoie une bonne centaine de fils d'actualité. Le premier attire mon regard.

La fille du sénateur Taylor exécutée durant une mission de sauvetage.

La phrase me cloue à mon siège. Merde.

Je clique et lis l'article de CNN. Sur la photo, Anna tient le bras de son père et semble me dévisager. Une superbe blonde aux cheveux longs, aux yeux bleus et au sourire radieux. Une page m'invite à lancer une vidéo. Je clique sur « Play ».

La journaliste brune qui apparaît sur l'écran m'apprend ce que je voulais savoir.

« Anna Taylor, fille de l'ancien homme d'affaires devenu sénateur Josiah Taylor, a trouvé la mort au cours de l'opération de sauvetage qui visait à la libérer de son ravisseur Santino Torres, surnommé "Le Marteau", le chef d'un cartel de drogue colombien. Elle avait été enlevée avec quatre autres ressortissants américains en début de semaine. Les preneurs d'otages exigeaient le retour de trois trafiquants colombiens actuellement détenus par les autorités fédérales aux États-Unis. Selon certaines sources, un groupe non identifié est intervenu tôt dans la matinée, parvenant à délivrer Stephanie Litton et Jen Meredith, deux jeunes femmes qui voyageaient en compagnie d'Anna Taylor. Toutes trois étaient d'anciennes élèves du lycée Sidewell Friends, à Washington. Un couple du Massachusetts, Richie et Mila Barcelona, kidnappé en même temps que les trois amies, a également été libéré. Anna Taylor n'a pu être secourue avant d'être abattue. Elle devait entrer à l'université de Georgetown à l'automne. Elle venait d'avoir dix-huit ans. »

Ils ont donc perdu un otage. Et pas n'importe lequel : la fille d'un sénateur. Les interventions de sauvetage échouent rarement. Les victimes collatérales pendant les raids se comptent sur les doigts d'une main.

– Mon Dieu… je murmure.

Car je comprends soudain les conséquences que ce drame entraînera pour les Black Angels et surtout pour mes parents. La tempête médiatique. Les répercussions au CENTRAL. Mais ce n'est sans doute pas tout. Il s'est probablement passé autre chose au cours de cette mission. Une chose qui expliquerait cette étrange panique.

Je sens des larmes d'angoisse monter, mais les ravale aussitôt et laisse les réflexes de mon entraînement en pilote automatique. Je me fige, prends une longue inspiration. L'oxygène envahit mon corps et je retrouve le détachement nécessaire. Pour agir, je n'ai d'autre choix que de maintenir cette tragédie à distance. Je dois l'empêcher de s'insinuer en moi, de pénétrer ma carapace, de m'affecter. *Bloque les émotions, rejette le poison*, me murmure la voix de ma mère. J'obéis.

Je pianote fermement sur les touches du clavier. *Rehenes Estadounidenses. Santino Torres*.

Plusieurs pages de journaux colombiens apparaissent. Je passe en revue les résultats. *El Informador*, un quotidien de Santa Marta, titre : « El hijo de Santino Torres se murió en rescate de rehenes ». Traduction : « Le fils de Santino Torres tué dans une opération de sauvetage ».

Bingo.

Je presse les doigts contre mes tempes et lâche un juron.

Je clique sur le lien puis parcours l'article. *Raid à Santa Marta. Groupe américain non identifié. Alejandro, quatre ans. Abattu d'une balle dans la tête par l'équipe d'intervention. Mort dans les bras de son père. Anna Taylor. À genoux. Pleurant, suppliant. Exécutée. Son corps abandonné. Brûlé plus tard dans la nuit. Une promesse de vengeance pour Torres.*

« *Venganza, venganza, venganza. Muerte a los Americanos.* »

Vengeance, vengeance, vengeance. Mort aux Américains.

Un goût de bile monte dans ma gorge. Si Torres a fait en sorte que la presse sorte cette information, c'est pour que les Américains la lisent et soient avertis.

Au bas de l'article, une photo m'anéantit. Les yeux sombres du petit Alejandro et son sourire si doux me plongent dans l'horreur. Le rempart que j'ai érigé contre elle se délite et s'effondre. Mon corps frémit, comme si mes mains, mes jambes, tous mes membres ne répondaient plus.

Nous allons partir, partir, m'alerte une voix dans ma tête. Je le sens, au plus profond de moi. D'ici vingt-quatre heures au plus, nous aurons disparu.

Quarante-huit, avec un peu de chance. La pièce tourne autour de moi, la panique m'étreint. Je voudrais ralentir le temps, préserver les trop rares minutes qu'il me reste à passer là, dans cette maison, dans cette vie, mais les secondes semblent au contraire s'accélérer.

Je me redresse, les jambes flageolantes. C'est comme si les parois d'une cellule se refermaient sur moi et qu'une substance me brûlait la peau. Je dois sortir d'ici. Aller courir… N'importe quoi pour tenir l'angoisse à distance.

J'ouvre brutalement le dernier tiroir de ma commode, en tire un jogging, un soutien-gorge de sport et un t-shirt. Je jette un regard par la fenêtre : le soleil commence à peine à décliner et sa chaleur s'éclipse, tandis la nuit s'impose peu à peu. J'attrape ma veste rouge, « juste au cas où ».

J'enfile mes baskets et traverse le couloir plongé dans la pénombre. La chambre de mes parents est fermée, mais un filet de lumière filtre sous la porte. Je devine le murmure de leur voix, mais ne distingue pas leurs paroles. Ni ce qu'ils préparent. Un frisson me parcourt le dos et je me surprends à trembler à l'idée de ce qui nous attend : un coup de fil dans la nuit. Les sacs d'urgence rassemblés dans la panique. La voiture remontant sans bruit notre rue, et mon visage pressé contre la vitre à regarder ma maison, ma vie disparaître…

Je dévale les marches et me précipite à l'extérieur où l'obscurité commence à tomber. L'air frais me fouette les joues et enfin, je peux respirer normalement.

Les feuilles crissent sous mes pas tandis que je quitte mon quartier pour m'engager sur l'une des pistes cyclables. Je force l'allure et lance la *playlist* « spécial jogging » concoctée par Luke le week-end dernier. La lointaine plainte d'un violon m'emplit les oreilles, suivie d'une batterie énergique et d'un *beat* de rap entêtant.

Mes pieds frappent le bitume et à chaque mesure, je m'oblige à accélérer. Je longe le centre-ville et me dirige vers le stade du lycée illuminé. Une fois devant le bâtiment, je m'étonne de voir des dizaines de véhicules garés sur le parking. Je pensais trouver les lieux déserts. J'ôte mes écouteurs et perçois des voix de filles. L'équipe de course de fond est installée au milieu du terrain. Elles rient, discutent de leurs projets pour le week-end tout en s'étirant et en massant leurs mollets endoloris. Je m'approche du portail et agrippe les barreaux froids à deux mains. Je devrais faire demi-tour, regagner le sentier ou changer carrément de direction. Pourtant je reste là, à les observer. Je colle ma joue tiède contre le métal, regrettant de ne pouvoir les rejoindre au lieu de me tenir là, en retrait. Une vague de solitude m'enveloppe et, bien que l'exercice m'ait réchauffée, je frissonne.

À chaque rentrée, je demande à mes parents si je peux m'inscrire au club de course de fond. À quoi bon ? La réponse ne varie jamais : « non ». *Ton entraînement est trop important*, argumentent-ils. Mon père me répète que je suis plus athlétique que n'importe laquelle de ces filles. Mais ce n'est pas pour le sport que je voulais intégrer cette équipe, ni par goût de la compétition ni même pour rester en forme. J'espérais juste prendre part à une activité normale et qui n'appartienne qu'à moi.

L'air vif du soir me brûle les poumons. J'ai d'abord l'impression que quelque chose ne va pas. Pressant une main contre ma poitrine, j'inspire. De nouveau, une douleur vive me traverse. Je m'aperçois alors que la sensation écrasante ne se concentre pas seulement sur mon thorax. Elle me ronge aussi les veines. La colère devient physique.

Je fais de mon mieux pour l'enfouir en moi. La masquer derrière le sarcasme ou le mépris. Mais j'ai beau regarder ces filles au milieu du terrain, impossible de trouver une raison de me moquer de leurs préoccupations futiles, de les balayer d'un revers de main. Car ce n'est plus un simple agacement ou de la frustration que je ressens. C'est de la rage.

Elle me saisit par vagues, comme un ressac. Le flot a grossi et le barrage cède. Je leur en veux de m'avoir arrachée à l'enfance à dix ans. De m'avoir forcée à renoncer à la danse et au foot pour me consacrer exclusivement à mon entraînement. De ces vacances passées à maîtriser des langues étrangères et les arts martiaux. De ces week-ends d'endurance, de tir, de musculation. D'avoir fait un luxe des moments de jeu, dehors, avec mes amies et de m'avoir contrainte à les abandonner derrière moi, au beau milieu de la nuit. D'avoir peuplé mes journées de cauchemars et de m'obliger à constamment redouter des crises d'angoisse. D'envisager de me séparer de l'unique personne qui m'ait jamais vraiment « vue », peut-être même aimée. De m'avoir fait enfouir chaque émotion en feignant d'aller bien. Il ne fallait surtout jamais pleurer, m'énerver, trahir la moindre trace d'humanité. J'ai l'impression d'être devenue un zombie, un robot. Toute ma vie, j'ai suivi leurs ordres à la lettre, j'ai enfilé des milliers de masques et aujourd'hui, je n'en peux plus. Je suis épuisée. Je ne supporte plus de vivre à moitié.

Le mental l'emporte sur le physique et je n'ai plus conscience de ce que je fais, jusqu'à secouer si brutalement la grille que le battant claque. La violence du choc métallique me glace. Il résonne dans les gradins déserts et fait aussitôt taire l'équipe de course de fond. Je reste là, figée, à regarder leurs queues de cheval s'agiter en même temps lorsqu'elles se tournent vers moi. Elles me dévisagent, bouche bée, comme si j'étais dingue. C'est peut-être le cas.

Je recule puis fais demi-tour, m'élançant à perdre haleine. Je redescends la colline d'une foulée brève, sèche, et mon cœur cogne tout aussi fort. La fureur me comprime la poitrine et je serre les lèvres. Je prends de profondes respirations, pour refouler cet air vicié, tout en fonçant sur les deux kilomètres qui me séparent de chez moi. Mon corps lutte, me crie d'abandonner, mais je ne m'arrête pas.

Je tire le clavier du digicode et entre les six chiffres pour déverrouiller la porte secrète du garage qui donne sur le sous-sol. Je dévale les marches d'un pas lourd, soulagée de trouver les lieux déserts et glacés. Je me dirige droit vers le mannequin réservé à l'entraînement de boxe, la hargne au ventre, brûlante contre ma peau en nage. Mes mains tremblent, mais je ne prends même pas la peine d'enfiler des gants. Tout ce que je veux, c'est défoncer la tête de ce mannequin.

J'arrache ma veste et la jette par terre. Un morceau de papier s'échappe de ma poche et retombe lentement sur le sol. Il est plié et les coins sont cornés. Je le ramasse, reconnaissant aussitôt l'écriture familière, ronde et droite de Luke. Il n'a tracé que cinq petits mots. *Je suis dingue de toi.* Les larmes que je luttais pour contenir reviennent à la charge et me piquent les yeux.

– Non, je murmure dans un souffle avant de fermer les paupières. Pitié, pas ça.

J'inspire. Une fois, deux fois. Puis je me précipite sur le mannequin. Coup après coup, le corps mou revient vers moi, comme s'il raillait ma colère.

Tu vas partir, le perdre, le laisser derrière toi, me souffle ma conscience à chaque choc désespéré.

Les sanglots me viennent malgré moi et enfin, de grosses larmes chaudes roulent le long de mes joues. Je n'essaie même plus de les retenir ou de les chasser. Pour la première fois depuis des années, je les laisse couler.

Ma vue se trouble, mais je continue de taper, jusqu'à ce que je ne puisse plus distinguer le mannequin qui revient une fois de plus à la charge.

– Eh merde, je hurle en le repoussant avec une telle force qu'il s'écrase sur le sol avec fracas.

La douleur résonne dans tous mes muscles, si paralysante que je m'effondre à genoux.

– Pitié, non, je murmure tandis que les sanglots redoublent et me secouent.

Non, ne me l'enlevez pas. Je ramène mes jambes contre mon torse et cache mon visage contre mes genoux. Cette angoisse, que je redoutais le plus, revient finalement. Elle sort de sa boîte, se répand comme un poison. Les gardes du corps, les noms de code, les armes à feu : tout ça n'est qu'un début. Si Torres n'est pas très vite neutralisé, la menace augmentera d'un cran et nous ne pourrons plus l'arrêter. Nous serons contraints de disparaître.

J'agrippe mes mollets et me balance d'avant en arrière sur le béton froid. Je pleure pour Anna Taylor, pour Alejandro, pour Luke, pour mes parents et pour moi. Je pleure à m'en déchirer la poitrine. Enfin, je repousse mes cheveux qui s'agglutinent sur mes joues humides et je surprends mon reflet déformé sur la mallette remplie d'armes. J'ai les yeux bouffis, les paupières noircies par le mascara.

– Je n'y arriverai pas, je murmure en essayant de me calmer.

J'ai le visage en feu, mais les larmes le refroidissent rapidement.

Je me force à me redresser, poussant sur le sol dur pour me lever. Je ne peux pas rester là. Je dois remettre de l'ordre dans tout ça. Avant qu'il ne soit trop tard.

TREIZE

Harper et moi nous dirigeons, bras dessus bras dessous, vers la maison des Ricardi. Tous mes sens sont en alerte. Le crissement des graviers sur le trottoir me semble soudain assourdissant, le parfum sucré et acidulé de Harper plus suave, et l'air de cette fin d'octobre plus froid. L'entraînement a repris le dessus, m'obligeant à décomposer chaque geste.

Fais-le, Reagan. Fais-le pour lui.

– Copiiines ! couine une voix depuis une fenêtre.

Je lève les yeux. Au premier étage, Malika agite frénétiquement la main.

– Ramenez vos fesses, *pronto* !

– On arrive, lui crie Harper.

– Elle est déjà saoule, fais-je observer pour ancrer la fausse Reagan dans l'instant présent.

Fais comme si de rien n'était. Comme si de rien n'était. Je me répète l'ordre jusqu'à réussir à feindre un sourire.

– Pas question de jouer les baby-sitters, ce soir, je renchéris.

Pour bien montrer que je l'ai dit la première, je touche mon nez.

C'est une habitude d'Harper et j'ai appris à l'imiter. Harper s'empresse de tapoter sa narine, trop tard.

– Pff ! Tu crains, Reagan, bougonne-t-elle en me donnant un léger coup de coude. Je te préviens, c'est toi qui t'y colles la prochaine fois.

– D'accord, d'accord.

Nous gravissons le perron de l'imposante maison. Avant même d'avoir franchi le seuil, je reconnais les basses du dernier tube hip-hop qui pulse à l'intérieur. Je pousse la lourde porte et le tempo s'accentue.

– Eh bien, Mark a vu grand cette fois-ci ! Rien à voir avec les petites réunions intimes qu'il organise d'habitude. J'ai l'impression que tous les premières et terminales sont venus.

– Et la moitié des secondes, à ce qu'on dirait, je renchéris.

Alors que nous nous frayons un chemin dans le vestibule bondé, je passe la foule en revue, surprise par le nombre de jeunes visages que j'aperçois avant de croiser celui de quelqu'un que je ne m'attendais pas à rencontrer. Tess, la brute qui harcelait Claire. Elle s'est lissé les cheveux et maquillée. Elle paraît soudain plus avenante. Je soutiens son regard en arquant les sourcils et aussitôt, elle file en direction de l'escalier menant au sous-sol. Visiblement, elle a retenu la leçon.

Nos bottes résonnent sur les dalles en marbre blanc. Cette bâtisse respire la vieille fortune : antiquités, cadres en argent massif, tableaux anciens. Mais je relève quelques notes « nouveaux riches » : l'écran plasma démesuré, des photos de familles un peu trop grand format et un lustre trop monumental pour la pièce. Très m'as-tu-vu.

J'entraîne Harper à l'autre bout de la vaste salle, en direction de la cuisine. Si je veux aller jusqu'au bout, ma détermination ne me suffira pas. Il va me falloir du courage sous forme liquide.

Sur le marbre veiné du plan de travail s'entassent des gobelets en plastique remplis de bière, des verres de vin portant des traces de rouges à lèvres et des cadavres de bouteilles.

J'attrape deux grands gobelets rouges et les inspecte pour m'assurer qu'ils sont propres, prête à me servir, quand un type de l'équipe de foot nous accoste.

– Un shot, mesdemoiselles ?

– De quoi ?

– Vodka avec un trait de cranberry, répond-il en nous présentant le plateau.

Je préfère encore les shots à cette bière trop mousseuse. J'en saisis deux. Harper tend le bras, mais je les avale l'un après l'autre. L'alcool me brûle la gorge et me pique les yeux, mais une fois le trouble dissipé, je relève la tête. Harper me dévisage, bouche bée. Je ne bois presque jamais. Certainement pas par doubles doses.

– Eh ben ! me crie-t-elle pour couvrir la musique tout en souriant. Tu sembles en grande forme ce soir. Où est passée mamie Reagan ?

– Je l'ai laissée à la maison, je hurle dans son oreille, à ton tour de jouer les chaperons !

– Ça marche, acquiesce-t-elle en reposant aussitôt le verre qu'elle venait de prendre. Je vais y aller doucement. Alors, comment s'est déroulée la journée avec Luke ?

La simple mention de son nom me tire de ma torpeur. Je sens mes muscles se raidir, la boule se reformer dans mon ventre.

– Bien, je réponds avant de me détourner.

J'ignore ce que mon regard pourrait trahir, mais je ne veux pas qu'Harper le voie. Je jette un coup d'œil à la fenêtre, au-dessus de l'évier. La clarté de la pièce et les ténèbres à l'extérieur ont transformé la vitre en miroir déformant. Mon reflet m'observe, mais me renvoie une silhouette floue, aux traits creusés.

– Tu es sûre que ça va ? insiste Harper avec un geste vers moi.

– Super !

Mon sourire factice devient plus aigre encore que la vodka.

– Harper ! s'écrie Malika en traversant la cuisine à grandes enjambées pour la saisir par les mains. Dépêche-toi. Peter Pars est venu avec deux de ses copains australiens ultra-canon et je leur parlais justement de toi !

La pauvre Harper n'a pas le temps de décider si elle accepte de rentrer dans cette combine que Malika l'entraîne par le bras en lui vendant les qualités de son Australien. Grand. Brun. Ténébreux. Des abdos de rêve. Harper m'attrape au passage. Nous contournons les jeux d'alcool qui s'organisent dans la pièce puis regagnons le vaste espace de réception. Les filles de l'équipe de hockey se trémoussent et miment les paroles d'une chanson de Taylor Swift, sous les encouragements de trois types sur le canapé qui ont tous une tête à intégrer un club d'étudiants select. Je donnerais n'importe quoi pour me téléporter ailleurs. Mais je dois rester. J'ai une mission et je dois l'accomplir ce soir.

Je balaie la salle des yeux à la recherche d'une cible. Assis avec le groupe de l'équipe de foot, je remarque un brun dont le visage ne me dit rien. Il me regarde. Ses lèvres esquissent un sourire enjôleur. Parfait.

Alors que je me dirige droit sur lui, la claustrophobie me saisit de plein fouet. *Respire… trois inspirations par le nez, recentre-toi, sers-toi de l'entraînement. Garder mon calme.* Mais le bruit, la chaleur environnante m'oppressent. Comme un serpent prêt à frapper, la fête referme ses anneaux sur moi. Quelques pas, quelques respirations plus tard, me voilà près de lui. Je ravale mon stress croissant et diffuse dans chaque veine une dernière bouffée d'oxygène. L'indifférence revient. J'entre en piste.

– Salut ! Moi, c'est Reagan, je lance en lui tendant la main.

– Enchanté, Reagan, répond-il avec une forte inflexion australienne. Je m'appelle Oliver.

– Sexy, ton accent !

Je lui touche le bras. Laisse le charme opérer.

– Moins que les jolies Américaines, réplique-t-il du tac au tac, le regard pétillant.

Il est grand, avec des traits réguliers, un corps d'athlète, des chairs aussi lisses qu'une statue… Autant dire qu'un compliment de la part d'un garçon comme lui ferait perdre la tête ou les sens – ou les deux – à n'importe quelle fille dans cette pièce. Mais ses mots piquent comme des aiguilles, menaçant d'éclater ma bulle d'apathie. Un tressaillement dans mes muscles, une alarme dans mon esprit me crient de fuir. D'arrêter. Mais je ne peux plus.

– Qu'est-ce que c'est ? je poursuis en désignant son grand verre.

– Rhum arrangé. Tu veux essayer ? propose-t-il en me le tendant.

Je l'attrape et goûte. Le goût est plus fumé, plus ambré que celui de la vodka, mais il me brûle tout de même la gorge.

– Pas mal, je commente, avant de reprendre une gorgée.

Si je compte aller au bout, je n'ai pas le choix.

– Une jolie Américaine et en plus, elle sait boire, fait-il observer en se penchant vers moi, si bien que je sens son souffle contre mon oreille. C'est encore mieux !

Oliver effleure mon genou et je feins de ne pas réagir quand ses doigts s'y attardent. Son geste est ferme. S'il n'a rien d'irrespectueux, il n'a ni la douceur ni la tendresse de Luke. Après cette journée, je suis incapable d'imaginer laisser quelqu'un d'autre poser les mains sur moi. Les yeux rivés sur le parquet sombre, je sens le poids de la culpabilité plomber mon estomac déjà malmené. En me redressant, j'aperçois Harper qui m'observe, derrière les membres de l'équipe de foot. La tête inclinée de côté, elle fronce les sourcils et je devine ses pensées : *à quoi tu joues ?*

Ignorant son regard inquisiteur, je me rapproche d'Oliver.

– Alors, comment tu trouves l'Ohio ? je crie pour couvrir la musique lancinante.

– C'est très différent de l'Australie, répond-il en s'appuyant sur mon bras. Mais ça me plaît. C'est vraiment très beau et plus j'explore les lieux, plus je découvre des choses intéressantes.

Il s'écarte, révélant un sourire si ravageur qu'on lui pardonnerait tout. C'est peut-être la vue de ses dents trop blanches, le mélange explosif d'alcool dans mon estomac vide ou la perspective de ce que je dois faire, mais soudain, j'ai la nausée.

Quelqu'un dans un coin monte le volume de la sono et la fête change d'atmosphère. Harper et Malika font tourner une bouteille, qui passe de main en main parmi l'équipe de foot. Madison et ses copines ont transformé l'énorme table basse de pierre bleutée en podium où elles se déhanchent. Devant elles, une bonne trentaine de lycéens les imitent, levant leurs gobelets en plastique.

Au même instant, j'aperçois Luke, dans la cuisine. Il regarde l'écran de son téléphone puis cherche quelqu'un dans la foule : moi. Il ne m'a pas encore vue. Ce n'est qu'une question de seconde.

– Tu veux danser ? je propose à Oliver en arborant le sourire de Reagan la simulatrice.

– Carrément.

Oliver se redresse et me tend la main. Je la saisis et, tout en m'entraînant vers le centre de la pièce, il glisse ses doigts entre les miens. Il a la peau douce, mais son geste est maladroit, forcé. En dépit de mon malaise, je n'essaie pas de m'écarter.

Il me conduit au milieu des danseurs. Je pose les bras autour de son cou et me laisse gagner par le rythme. Il me prend par la taille et m'attire à lui, de plus en plus proche tandis que la basse monte crescendo.

Le morceau se termine, un autre démarre, puis je repère Luke, qui a les yeux rivés sur nous. Je me détourne aussitôt. Et passe à l'action.

Cramponnée à Oliver, j'ondule des hanches. Nos corps se heurtent à chaque mesure. Nous nous inclinons en cadence, il me serre contre lui et je ne résiste pas. Ses lèvres effleurent ma joue, ses doigts se posent au creux de mes reins. Je glisse les mains sur ses épaules et son torse imposant tout en sentant les larmes me piquer les yeux. Je retiens mon souffle puis agrippe sa chemise. Nos bouches ne sont plus qu'à quelques centimètres.

Fais-le, m'ordonne ma raison.

J'obéis. Je laisse le footballeur m'embrasser en ravalant mon dégoût.

D'un baiser, j'anéantis Luke. Je le trahis. Et pourtant, quand mon cœur se brise, c'est son nom qu'il crie.

Je m'écarte et guette furtivement sa réaction. Devant son visage défait, je le regrette aussitôt. Ses yeux clairs se troublent juste avant qu'il ne se détourne. Je le regarde enfoncer les mains dans les poches et quitter la pièce et je sens une douleur immense m'emplir tout entière.

Sa réaction achève de me tirer de ma torpeur. À présent, j'ai l'impression que des barbelées me lacèrent la peau. Tout mon être me hurle de le rattraper. Ma tête semble sur le point d'exploser et une petite voix me harcèle, comme si elle me sommait d'expliquer pourquoi je suis tombée amoureuse de lui... pourquoi je l'ai laissé tomber amoureux de moi... À présent, tout est fini.

Je me retourne pour apercevoir le vestibule et vois Luke sortir discrètement par la porte. Voilà. Mission accomplie. Succès total. Je voulais qu'il me haïsse. Mais il ne me haïra jamais autant que je me hais moi-même. Les larmes me brûlent les yeux et Oliver revient à la charge. Je le repousse et me dégage de son étreinte. Je traverse la pièce, arrache la bouteille de gin des mains d'Harper, approche le goulot de mes lèvres et bois.

QUATORZE

– Non ! Je… veux pas partir. Je veux… encore de… l'alcool.

Au beau milieu du quartier le plus chic de New Albany, mes aigus tranchent dans le silence et l'obscurité. Harper passe son bras sous le mien et j'essaie de me dégager.

– L'alcool, ça suffit pour cette nuit, réplique-t-elle en m'agrippant plus fermement. C'est de café et de nourriture dont tu as besoin.

– Nan… je veux boire, je gémis.

En rejetant la tête en arrière, j'aperçois le flou du ciel étoilé et ses petits points brillants piqués sur une toile noire et sans nuages.

– Reagan, c'est bien toi qui disais que ces soirées étaient des désastres, non ? continue Harper en m'entraînant vers sa Range Rover. Tu t'imposes des règles pour une bonne raison.

Harper m'aide à grimper sur le siège passager. Elle claque la portière puis se glisse derrière le volant. Le moteur ronronne et un souffle tiède me balaie la figure. Le visage appuyé sur la vitre, je regarde défiler la rue et ses impressionnantes demeures. Je sens l'alcool peser sur mes paupières lourdes.

– Je veux rentrer chez moi.

– T'es folle ? Tes parents vont te tuer !

Elle prend à gauche sur la route 62, laissant le quartier du Country Club derrière nous.

– Avant tout, on va tâcher de te remplir l'estomac.

Je ferme les yeux. Harper quitte New Albany pour la ville voisine de Gahanna où le *Café de l'impasse* nous attend – vous l'aurez compris – au fond d'une impasse. Ouvert vingt-quatre heures sur vingt-quatre, il est tenu par la même famille depuis plus de soixante ans et a fini par devenir une véritable institution des environs. On peut y déguster un cheeseburger à neuf heures du matin et commander des œufs brouillés et une tasse de café à minuit. Le patron prétend qu'il n'a plus de clé, puisqu'ils ne ferment jamais, y compris le soir de Noël.

Lorsque Harper immobilise la voiture sur le parking, le crissement des graviers me pousse à rouvrir les paupières. Quelques véhicules sont garés devant le restaurant, qui paraît tout droit sorti des années 1950 et ressemble davantage à un wagon qu'à un bâtiment. Je cherche des yeux le pick-up de Luke. L'*Impasse* est sa cantine. Mais il n'est pas là.

– Caféine pour madame, annonce Harper en coupant le moteur.

Nous nous dirigeons en silence vers le café. D'un geste doux, elle pose une main sur mon épaule. Le craquement de nos pas et le chuintement du néon de l'enseigne comblent le vide entre nous, comme pour mieux couvrir les questions qu'elle ne pose pas, mais qui deviennent assourdissantes. *Qu'est-ce qui t'a pris ? À quoi tu jouais ?* Les questions que j'ai moi-même vainement tenté de noyer dans un liquide qui avait l'apparence du produit pour vitre – et pas vraiment meilleur goût. Un peu comme des bonbons qu'on aurait dissous dans du sirop pour la toux, le tout coupé à l'alcool à brûler. Le relent infect perdure dans ma bouche.

Deux tables sont occupées. Dans un box, un groupe d'ados que je ne reconnais pas engloutissent des œufs au plat avec des galettes de pomme de terre. En apercevant, au fond, un couple s'échanger des regards langoureux au-dessus d'une assiette de frites, je sens la nausée revenir. Installé sur un tabouret rouge fixé au vieux comptoir en formica, un flic de Gahanna sirote son café en parcourant le journal de la veille.

Harper et moi nous glissons dans notre coin préféré, près du distributeur automatique de cigarettes que l'*Impasse* conserve, malgré la sévérité de l'État sur le tabagisme.

Nous n'avons même plus besoin de demander le menu. Rachel, la quadragénaire qui assure le service du soir, apporte des sodas aux garçons, quelques banquettes plus loin, et nous aperçoit.

– Salut, les filles ! nous lance-t-elle en tirant un crayon de son chignon négligé. Frites-béarnaise et café ?

– S'il te plaît, je réponds, luttant pour ne pas m'écrouler sur la table.

Je la regarde attraper deux tasses et une cafetière derrière le comptoir. Le tintement de la céramique l'accompagne. Elle dépose le tout devant nous et nous sert.

– La nuit a été longue, on dirait, Reagan, commente Rachel en m'observant.

Elle remplit ma tasse, place la cafetière entre nous.

– Je vous la laisse. Les frites arrivent.

Les frites de l'*Impasse* sont les meilleures : fraîches et bien assaisonnées. Je sais que je devrais manger pour éponger l'alcool, mais je n'en ai pas vraiment envie.

Dans mon état semi-comateux, j'oublie presque pourquoi. Mais le visage défait de Luke me revient alors. La même douleur s'insinue dans mon corps, raidit mes muscles, me comprime la poitrine. Après tout, je récolte ce que j'ai semé. Je mérite cette souffrance. Il n'y a pas de *happy ends* pour les filles comme moi. Comment ai-je pu être assez égoïste pour l'oublier ?

J'ajoute du lait dans mon café et regarde la spirale blanchâtre tournoyer avant de se fondre dans le noir brûlant et de l'éclaircir. Je devine le coup d'œil insistant de Harper. Entre nous, l'atmosphère se charge des questions qu'elle n'ose pas poser et de réponses que je suis trop sonnée pour lui donner.

– Alors… commence-t-elle en brisant le silence. À ton avis, quelles sont les chances pour que Malika développe une forme d'herpès tropical après avoir fricoté avec cet Australien ?

Je m'étrangle de rire. Harper a un sens inné de la bonne phrase au bon moment.

– Il paraissait plutôt mignon.

Je porte la tasse à mes lèvres et je souffle distraitement sur le liquide avant de le boire. Harper ajoute du lait et du sucre dans sa tasse.

– Un peu trop à mon goût. On voit tout de suite qu'il a collectionné les filles, non ? Il a une attitude très assurée.

– Je pense que Malika n'avait pas l'intention d'aller très loin avec lui. Elle s'en tiendra à un baiser, histoire de cocher un nouveau continent sur sa liste.

– Cette fille est à mourir de rire, soupire Harper en secouant la tête.

– Alors, qu'est-ce que j'ai manqué d'autre, ce soir ?

– Tu veux dire, pendant que tu vidais une bouteille à toi toute seule ?

– Voilà.

Elle tapote le doigt sur sa tempe.

– Voyons voir... Mon joueur de foot australien semblait charmant, jusqu'à ce qu'il repère Madison, dans sa robe au ras des fesses. Il l'a regardée, s'est tourné vers ses copains et a crié « preums ! » juste sous mon nez. Pas du tout humiliant.

– Quelle ordure. Tu veux que je lui casse la figure ?

– Ça ne sera pas nécessaire, mais merci pour cette proposition, très chère, s'amuse-t-elle en m'adressant un clin d'œil. Voyons voir... quoi d'autre ? Ah, Owen a trompé Annie avec une espèce de grue de seconde. Les jumeaux Goldach ont brisé un superbe vase en cristal – qui valait sans doute une fortune – dans le vestibule, et j'ai entendu que Renée avait vomi dans la cave à vin pendant que Jenna vidait un grand millésime à deux mille dollars la bouteille.

– Tu vois ? Je t'avais bien dit que ces soirées tournaient à la catastrophe.

Sans un mot, Rachel fait glisser une assiette de frites dorées devant nous. Elle attrape un flacon de ketchup sur la table d'à côté et se dirige aussitôt vers le couple dans le coin qui atteint des sommets de mièvrerie en s'installant du même côté de la banquette.

– Qu'est-ce que tu fixes comme ça ? demande Harper, la bouche pleine.

Suivant mon regard, elle désigne les tourtereaux du menton

– C'est eux, là-bas, que tu fusilles du regard ?

– J'ai du mal à comprendre le concept de s'installer côte à côte dans un box, je réponds sans cesser de les observer.

La fille pose la tête sur l'épaule de son compagnon et sa crinière blonde – un peu trop longue et touffue, d'ailleurs, trop années 1980 à mon goût – retombe dans leur dos. Il la dévore des yeux. Je les déteste.

– Je te l'accorde, c'est une habitude agaçante. Ils ne peuvent vraiment pas passer cinq minutes sans se tripoter pour être obligés de s'asseoir à côté et mettre les autres mal à l'aise ?

– Pareil pour les couples qui se donnent des petits surnoms ridicules, ou pire, des diminutifs, j'ajoute avec un geste excédé.

– Et ceux qui en disent toujours trop ? renchérit Harper en croquant une frite. Non, je ne tiens pas à savoir que vous avez envie l'un de l'autre. Alors merci de garder les détails croustillants pour la chambre, le sous-sol ou le siège arrière de la voiture.

Je manque de recracher mon café dans ma tasse. Harper me sourit, une frite à la bouche, tandis que je continue notre complainte.

– Oh, et ceux qui se donnent la becquée ? Tous les jours à la cantine, je vois Alex donner son dessert à Sophie à la petite cuillère. Et pas pour le lui faire goûter, non : il lui a fait manger sa glace en entier. Elle n'a pas deux ans !

– N'oublie pas ceux qui essaient constamment de finir la phrase de l'autre. Bon sang ! La liberté d'expression, ils connaissent ?

– Et ces couples qui coordonnent leurs costumes pour Halloween ? Ou qui ne savent plus dire « je » mais ne parlent qu'à la première personne du pluriel ?

– L'horreur, confirme Harper en secouant la tête. Sérieusement, si un jour je deviens comme ça, tue-moi.

– Oh, ne t'inquiète pas, c'est promis.

Je croque dans une frite, croustillante à souhait, et parviens à m'ôter ce mauvais goût d'alcool.

– Et moi ? Je peux t'étrangler si tu formes un couple dans ce genre ? me demande Harper en trempant une frite plus molle dans son pot de béarnaise.

– Ça ne risque pas d'arriver, je lâche avec un rire forcé.

Je fixe obstinément ma tasse.

– Je ne serai jamais comme ces deux-là.

– Bien sûr que si. Un jour ou l'autre...

– Non, je murmure. Je ne peux pas.

Mon regard s'aventure de nouveau vers les deux amoureux à l'instant où le jeune homme écarte une longue mèche de cheveux du visage de son amie et l'accroche tendrement derrière son oreille. Ses doigts suivent le contour de sa mâchoire et mon corps se fige. C'est vrai : j'ai anéanti l'unique personne qui me rendait heureuse.

Les larmes montent sans crier gare et ma vue se brouille. J'ai beau tenter de les bloquer, c'est trop tard. L'expression d'Harper change. Elle les a surprises. Elle pose sa main tiède sur la mienne, glacée. Elle ne m'a jamais vue pleurer.

– Reagan, pourquoi tu as fait ça ? demande-t-elle, prouvant qu'elle n'a rien manqué de mon stratagème.

– Tu ne peux pas comprendre, je murmure, sans la regarder.

– Je peux quand même essayer... Depuis le début, il y a quelque chose de spécial entre vous. Lorsque vous vous trouvez dans la même pièce, c'est électrique... Et brusquement tu parais... Enfin, tu as toujours l'air heureuse, mais... tu sembles plus... éveillée, plus vivante quand tu es avec lui.

– Quelle importance ? L'année prochaine, il entrera à West Point et moi… je ne sais où. La situation deviendrait trop compliquée.

– Reagan, écoute-moi. Je ne suis pas une experte en relations amoureuses, poursuit Harper en posant ses doigts sur les miens. Mais je sais une chose : la perfection n'existe pas. En revanche, on peut croire au merveilleux.

Les larmes s'écoulent plus vite à présent. Luke n'était pas uniquement mon meilleur ami. Il m'a sauvée. Il m'a ouvert les yeux sur un monde que je ne connaissais pas. Avec lui, j'ai compris qu'on m'avait enfermée seule, dans une pièce sombre. Dans une prison que les Black Angels avaient construite pour moi. Luke a entrouvert une porte insoupçonnée. Il m'a prise par la main et m'a entraînée de l'autre côté. Et j'ai vu à quoi ma vie aurait pu ressembler. Maintenant, je me retrouve de nouveau confinée dans cette cellule obscure. Dont j'ignore si je pourrai ressortir un jour.

QUINZE

– Tu es sûre de ne pas vouloir dormir à la maison, ce soir ? propose encore une fois Harper en immobilisant sa voiture devant chez moi. Il est presque quatre heures.

Les phares éclairent la porte du garage. Les côtés de la façade s'illuminent jusqu'à la fenêtre de mes parents. Je jette un œil à la vitre : les rideaux sont tirés.

– Certaine.

J'ouvre la portière. Dehors, tout paraît calme et silencieux, mais un bleu profond enveloppe peu à peu le ciel noir étoilé. Le monde assoupi s'apprête à accueillir un nouveau jour. Dans une heure, le soleil déroulera ses rubans d'or et je devrai assumer les conséquences des douze dernières heures. Mais pas maintenant. Pour l'instant, j'ai juste besoin de sommeil.

– Appelle-moi demain, ajoute Harper, un léger sourire au coin des lèvres. Tout ira bien.

Je hoche la tête, même si je n'y crois pas une seule seconde. Sans un mot, je referme la portière et la regarde, comme pétrifiée, les pieds collés au sol, manœuvrer puis s'engager sur Landon Lane. Ses feux arrière clignotent deux fois lorsqu'elle s'arrête au stop, puis disparaissent.

L'été indien n'a pas duré et le froid du petit matin a figé chaque brin d'herbe dans une gangue de givre. Je resserre les pans de mon manteau et jette un coup d'œil à la maison des Weixel. La fenêtre de Luke est entrouverte, mais la lumière est éteinte. Je me demande s'il fixe le plafond. S'il se rejoue en boucle le film de ma trahison, comme moi. J'espère que ce n'est pas le cas. J'espère qu'il dort profondément.

Je passe la main dans mes cheveux en bataille et m'oblige à mettre un pied devant l'autre pour atteindre la porte. Mon cœur s'emballe à mesure que j'avance sans bruit, priant égoïstement pour que mes parents ne se soient pas réveillés. Je glisse la clé dans la serrure et l'ouvre avec précaution… mais ils sont là. En pyjama, dans le salon que jamais personne n'utilise, leurs armes chargées posées près d'eux. *Merde*.

Je referme le battant, le verrouille puis me retourne pour les affronter. Ils me dévisagent, le regard noir de colère, les lèvres pincées. Leurs poitrines se soulèvent de façon synchronisée, comme une conséquence involontaire de leur souffle rageur. Ce silence assourdissant est pire que des cris. Je traverse le vestibule, jette mon trousseau sur la console et m'assois sur l'une des marches. La tension enfle comme un nuage toxique. Je ramène mes genoux contre mon torse et j'attends.

– On peut savoir ce qui cloche, chez toi ? s'emporte ma mère, en accentuant chaque mot.

Je fixe ses yeux verts, perçants, qui se plissent au fil des secondes.

– Des tas de choses ! À commencer par vous avoir comme parents.

– Reagan ! explose mon père sans répondre. Comment tu as pu te montrer aussi irresponsable ? Tu décides non seulement de sortir sans arme et sans nous avertir, mais en plus pour te saouler à une fête ? Tu as perdu la tête ? Est-ce que tu as seulement conscience de ce qui se passe en ce moment ?

– Si j'en ai conscience, ce n'est pas grâce à vous. J'ai dû mener ma propre enquête au sujet d'Anna Taylor et d'Alejandro. Vous exigez que je me conduise en Black Angel, mais vous me traitez comme une gamine. Alors voilà, pour une fois dans ma vie, j'ai décidé de me comporter en gamine.

– Ne t'avise pas de prendre ce ton-là avec nous, rétorque ma mère, hors d'elle.

– Tu réalises ce que tu risquais, cette nuit ? vocifère mon père avec quelques dizaines de décibels supplémentaires. Nos vigies ont dû te traquer jusqu'à cette fête. Nous aurions pu t'exfiltrer tout de suite, mais nous voulions voir jusqu'où irait ta stupidité. Félicitations, tu remportes la médaille d'or.

Ma mère élève à son tour la voix.

– Tellement stupide, d'ailleurs, que j'ai dû supplier Sam de ne pas envoyer un rapport au CENTRAL. Qu'est-ce que tu cherches, exactement ? À te faire tuer ? À gâcher ta carrière ?

– Voilà. Vous savez quel est le problème avec vous ? Vous vous imaginez que c'est ce dont je rêve pour mon avenir. Mais est-ce que vous m'avez seulement demandé mon avis ? Non. Parce que vous vous en moquez. Vous voulez simplement ce qui va dans l'intérêt de l'agence, pas vrai ? Les Black Angels passent en premier.

Mon père bondit du canapé, l'index pointé vers moi, tremblant de colère.

– Je t'interdis de me parler sur ce ton, Reagan. Tu me fatigues avec tes conneries.

Il saisit son revolver sur le sofa et se tourne vers ma mère.

– Débrouille-toi avec elle.

Ma mère et moi nous dévisageons pendant qu'il traverse le couloir d'un pas rageur. Il claque la porte de leur chambre si violemment que le craquement du bois résonne jusque dans mon corps. De nouveau, le silence retombe.

– Comment peux-tu dire une chose pareille, Reagan ? Alors que nous ne faisons que te protéger.

Malgré moi, un rire sec et cruel m'échappe.

– Je peux savoir ce qui t'amuse ? siffle-t-elle.

– Me protéger ? je répète, soudain sérieuse. C'est une plaisanterie ? Vous m'avez toujours mise en danger. Je n'ai connu que ça, toute ma vie.

Comme si je l'avais giflée, elle bascule en arrière. Son regard furieux devient soudain incrédule. Elle secoue lentement la tête.

– Tu ne penses pas ce que tu dis. C'est simplement parce que la situation est un peu tendue. Quand les choses reviendront à la normale…

– À la normale ? Quelle « normale » ? je l'interromps. Mon existence n'a jamais été normale et elle ne le sera jamais si je deviens une Black Angel. Et tu sais quoi ? Je ne suis pas certaine de vouloir cette vie-là.

– Reagan, intégrer les Black Angels est un privilège. *Qui reçoit beaucoup…*

– … *devra donner autant*, je connais le refrain. Merci. J'entends ça depuis que je suis née.

Elle tente de se contenir. Tandis qu'elle m'examine de la tête aux pieds, ses doigts agrippent son Glock 22.

– Reagan, tu n'es pas une enfant comme les autres. Tu possèdes un don… Je n'ai jamais vu quelqu'un d'aussi doué. Ton nom figure sur la liste de l'Académie depuis tes dix ans. Nous t'avons formée pour cela. Comment peux-tu balayer tous ces efforts d'un revers de main ?

– Ah, parce qu'il n'y a que vous qui comptez, c'est ça ? Ce que *vous* avez accompli ? Tu ne t'es jamais demandé ce qui valait mieux pour moi ? Tu n'as pas envie de me savoir heureuse ?

Elle croise les bras et se mord les lèvres. Derrière ce regard intense, je la sens réfléchir, choisir ses mots avec soin.

– Certaines personnes ne sont pas destinées au bonheur. Elles sont destinées à changer le monde. *Tu* es destinée à changer le monde. Tu crois vraiment pouvoir te satisfaire d'une petite vie tranquille et bien ordinaire ?

– Oui, je réponds à voix basse.

– Je suis ta mère, déclare-t-elle. Et je sais que c'est faux.

Chaque inspiration semble me brûler la trachée.

– Alors tu ne sais rien de moi.

Ma vue se brouille et la migraine menace. Je lutte pour ne pas pleurer. Elle s'apprête à répliquer, mais je l'arrête d'un geste.

– Je ne peux plus continuer.

Je me demande si elle a entendu mon murmure, mais à son regard, je vois qu'elle a compris. Ces cinq mots me trottent dans la tête depuis des mois, voire des années. J'ai tenté de les bâillonner, de les mettre sur le compte de la fatigue, de l'angoisse. À présent, j'ai conscience qu'ils étaient réels.

– J'ai essayé d'y arriver pour toi, maman. J'avais l'impression d'en avoir le devoir, pour toi, pour mon pays, mais je ne peux pas vivre comme ça. Je ne peux pas presser la détente en espérant que la balle touchera la bonne personne. Je ne peux pas surveiller constamment mes arrières. Je ne peux pas devenir un zombie, indifférent, insensible à tout parce que la moindre émotion me paraîtrait insurmontable.

Abasourdie, elle passe la main le long de son visage. Ses lèvres s'entrouvrent et s'arrondissent dans une grimace presque exagérée.

– J'ai entraperçu le bonheur, maman. J'y ai goûté. Et à présent, je ne peux plus vivre seule et dans le noir.

Je me lève et me dirige à l'autre bout du salon, en direction de l'escalier.

– Tout ça, c'est à cause de Luke, hein ?

Le nom et l'insinuation me pétrifient, comme si je recevais ses paroles en plein ventre. Je ne me suis jamais sentie aussi insultée de ma vie. Je serre les dents, presse les ongles contre le bois tendre de la rampe et m'efforce de me contenir.

– Est-ce que tu sais pourquoi je suis allée à cette fête, ce soir, maman ? je lâche en me retournant. Pour lui briser le cœur. J'avais compris qu'à la moindre alerte, nous quitterions la ville et je ne voulais pas qu'il se demande, encore et encore, ce que j'étais devenue. Alors, j'ai fait ce que tu m'as appris : j'ai manœuvré. J'ai manipulé les autres. J'ai préparé mon plan. J'ai réussi et je ne me suis jamais sentie aussi minable. J'ai tout gâché avec la seule personne qui soit peut-être tombée amoureuse de moi.

– Les garçons, ça va, ça vient, Reagan, commence-t-elle à philosopher, mais je l'interromps.

– Pas celui-là. Des garçons comme lui ne se rencontrent pas tous les jours.

Elle hausse les épaules.

– Tu en trouveras d'autres.

Ses incohérences m'agacent.

– Ah oui ? Comment ? Tu m'as préparée à une existence de solitude !

– Ton père et moi t'avons préparée à de grandes choses.

Je serre la rampe et l'écoute, m'imprégnant de chacun de ses mots.

– Nous t'avons offert un passeport en or et tu veux tout envoyer balader.

J'agrippe si fort le bois que je m'étonne presque de ne pas sentir d'échardes dans ma paume.

Elle se lève pour me faire face.

– Moi qui te croyais exceptionnelle, Reagan… Tu t'apprêtes à te fondre dans la masse. À disparaître dans la grisaille de l'ordinaire. Un jour, tu repenseras à ce moment et tu le regretteras.

Une brusque bouffée de chaleur m'envahit, comme si mon sang bouillonnait dans mes veines. Elle ne bouge plus, pleine de défi. Je vois les muscles de son bras tressaillir sous les manches courtes de son t-shirt.

– Je ne regretterai rien du tout. À quel genre de vie rêvais-tu pour moi, quand j'étais petite ? À une existence de mensonge ? Une vie menée dans l'ombre, seule, où je redouterais perpétuellement qu'on me braque le canon d'un revolver dans le dos ? C'est ça que tu espérais pour ta fille ?

– Non, je n'ai pas dit ça. Je t'explique simplement que… reprend-elle d'une voix lente et posée.

– Si ! C'est exactement ce que tu dis ! Si ce n'était pas le cas, tu me donnerais le choix. Tu ne chercherais pas à me convaincre de cette manière.

Je vois la veine de son cou tressauter. Sa poitrine se soulève par à-coups. Elle est sur le point d'exploser, mais je ne peux plus m'arrêter.

– Pourquoi tu as fait un enfant ? je poursuis en croisant les bras.

Elle retient son souffle, bloque sa respiration.

– Pourquoi, alors que tu savais que tu ne serais pas là pour m'élever ?

Mes propres mots laissent un goût amer, métallique sur ma langue.

– J'étais là pour t'élever, Reagan ! N'essaie pas de me faire passer pour une mère indigne. Regarde autour de toi ! Vois un peu la vie que nous t'offrons, crie-t-elle, la main tendue vers la pièce. Pense à la voiture qu'on t'a payée, les vêtements que tu portes, les écoles que tu fréquentes. Des millions de filles se battraient pour ça.

Je ferme les yeux et secoue la tête, vaincue. Elle ne comprend rien. Elle ne comprendra sans doute jamais.

– Qu'est-ce que tu pouvais désirer que tu n'aies pas eu ?

– Toi, c'est tout.

Ses muscles se relâchent. Ses bras retombent le long de son corps, comme si elle ne savait plus quoi en faire. Elle détourne le regard, passe les doigts dans ses cheveux blonds, puis me fait de nouveau face. Une fois de plus, un fourmillement s'empare de mes membres. Je repousse la sensation à grandes bouffées d'oxygène. Je continue d'une voix à peine audible :

– Tu vois, c'est vraiment triste de découvrir à quel point ses parents sont égoïstes. Tu n'aurais jamais dû devenir mère si tu comptais intégrer les Black Angels.

Voilà pourquoi je prends cette décision. Je veux un enfant, un jour, mais contrairement à toi, je refuse de le mettre en danger. Je renonce, parce que pour moi, c'est lui qui aura plus d'importance que le reste. Mon amour pour lui ne passera jamais, tu m'entends, jamais en second !

Ses lèvres frémissent. Elle ouvre la bouche pour répliquer, mais aucun mot n'en sort. Nous demeurons là, quelques instants, à nous observer. Je la regarde se dominer, contenir les larmes qui pointent au coin de ses yeux. Elle scrute mon visage et, pour la première fois depuis des années, semble réellement me voir, comprendre ce qui est terni, cassé en moi. Elle s'imprègne de moi. Et j'ai comme l'impression qu'elle n'apprécie pas ce qu'elle y découvre.

Elle continue de me dévisager, comme si elle cherchait à retrouver la parole, mais je tourne les talons et grimpe l'escalier. Je l'abandonne dans le noir, dans l'écho de cette dispute qui retombe au milieu de nos meubles cirés, du parquet verni.

– Pardonne-moi, Reagan, me crie-t-elle.

Je m'arrête et me retourne.

Une larme s'est détachée de ses cils et roule sur sa joue, jusqu'à son menton. Elle n'essaie même pas de la sécher. Comme c'est étrange de la voir ainsi : fragile, blessée. Je ne l'avais jamais vue pleurer. Elle renifle et ajoute :

– Pardonne-moi si je n'ai pas été la mère dont tu aurais rêvé.

Les mots m'atteignent violemment. J'hésite presque à céder. À retirer tout ce que je viens de dire, afin qu'elle puisse dormir tranquille cette nuit. Mais je ne peux plus faire semblant.

– C'est trop tard pour les excuses, maman. C'est trop tard...

Je gravis les dernières marches. Le bois de la rampe me paraît froid. Le frisson que je tentais de dissiper court finalement sur mon dos. Chaque pas se fait plus lourd, chaque respiration plus laborieuse, et cet escalier n'a jamais paru si long.

Ce n'est qu'en poussant la porte de ma chambre que j'entends ma mère fondre en larmes.

SEIZE

Une bourrasque plaque mes cheveux sur mon visage. Elle malmène les feuilles et les pages de mes livres ouverts sur la table. Patiemment, je remets les mèches en place et resserre ma veste noire contre moi. Il fait trop frais pour travailler dehors, mais je n'ai pas le courage d'aller m'installer à la bibliothèque ou dans une salle de permanence. Au fil des cours, les murs m'ont paru se refermer un peu plus sur moi.

La sonnerie retentit et la cour se vide rapidement. Un type jeune, engoncé dans un sweat-shirt à capuche vintage aux couleurs de l'Ohio, est assis devant une table en bois. Je ne l'ai jamais croisé, mais aujourd'hui, où que j'aille, je l'aperçois. À l'évidence, c'est le Black

Angel affecté à ma surveillance. J'observe sa peau mate et sa carrure athlétique. Il peut encore passer pour un lycéen, mais je ne suis pas dupe. C'est probablement un aspirant de l'Académie. Comme s'il sentait mon insistance, il lève les yeux du cahier où il prend des notes. Je lui lance un coup d'œil appuyé avant qu'il ne retourne à son prétendu devoir. Non loin de lui, les doubles portes battantes s'ouvrent et Luke apparaît. Le vent écarte les pans de sa veste. Il la referme, balaie la cour du regard, m'aperçoit.

Mince. Je l'ai évité toute la journée. Il était censé se trouver en cours de biologie, que j'ai fait exprès de sécher. Figé, il me dévisage quelques instants, comme s'il se demandait quoi faire. *Fais demi-tour. Va-t'en.* Mais il n'est pas disposé à renoncer. Il enfonce les mains dans ses poches et s'approche. Soudain, la boule dans mon estomac se change en plomb.

J'ai passé mon dimanche enfermée dans ma chambre, incapable de m'excuser ou d'affronter mes parents. Ce matin, j'ai entendu ma mère se préparer dans la salle de bains. Je me suis glissée dans le hall et j'ai guetté le brouhaha de la radio et le vrombissement du rasoir de mon père. Des sons si familiers qu'on les croirait perpétuellement emprisonnés dans les murs. J'aurais pu frapper à la porte, les embrasser avant de partir ou dire que j'étais désolée. Mais la colère continuait de brûler en moi. Alors j'ai tourné les talons, j'ai descendu l'escalier et je suis sortie sans un mot.

Les yeux rivés sur mes livres, je feins de me plonger dans l'histoire d'Henry VIII et ses multiples incartades. Luke avance toujours. Je retiens mon souffle. Je ne me sens pas le courage de l'affronter.

– On peut savoir pourquoi tu sèches ? me lance-t-il d'une voix dure.

– Flemme d'aller en cours.

– Tu m'évites ?

Il regarde le sol et envoie un coup de pied dans un caillou imaginaire.

Une bourrasque malmène les branches écarlates d'un arbre. Je lève la tête. Le feuillage résiste, mais quelques feuilles s'échappent et dégringolent, avant de s'ajouter au tapis coloré de pourpre, de jaune, d'orangé et de brun qui recouvre l'herbe et le ciment. Lorsque je me tourne à nouveau vers lui, il me dévisage, attendant ma réponse.

– À ton avis ?

Ma voix est calme, dénuée de la froideur que j'espérais y instiller.

De nouveau, il enfonce les mains dans ses poches et se balance sur ses talons. Avec un geste agacé, il plisse les yeux.

– Vraiment ? Un Australien sorti de nulle part ? Qui est en seconde, en plus ? Ou bien tu ne t'es même pas aperçue que tu fricotais avec un type plus jeune, Reagan ?

Reagan. Mon propre prénom cingle comme une gifle. Luke ne m'a jamais appelée autrement que « Mac ».

– Je n'aurais jamais cru que tu me ferais un coup pareil.

Il me dévisage, attendant que je dise quelque chose. Que je suis désolée. Que j'étais ivre. Que je n'avais pas l'intention de lui faire de mal. Or c'était précisément ce que je cherchais.

Tandis que je sonde son regard bleu, un vide douloureux, angoissant, pénètre les barrières que j'ai patiemment érigées autour de moi. Je voudrais m'effondrer. Tout lui avouer. Mais je ne peux pas. Je m'étonne d'ailleurs que nous n'ayons pas encore plié bagage. Notre disparition n'est plus qu'une question de temps. Alors, je vais continuer de lui briser le cœur jusqu'à ce que mon nom, le souvenir de notre relation lui donne la nausée.

Quand je daigne formuler une réponse, j'affûte chaque syllabe comme un poignard.

– Tu ne me connais peut-être pas aussi bien que tu le croyais.

Il me dévisage d'un regard froid et dur. Il s'apprête à répliquer quand un crissement de pneus dans le parking attire notre attention. De loin j'aperçois le sommet d'une camionnette grise qui s'immobilise derrière une rangée de voitures. C'est alors que des éclats de voix retentissent. Le hurlement perçant, déchirant, d'une jeune fille.

– Non ! Pitié, non ! Au secours ! Aidez-moi !

L'entraînement reprend le dessus : je m'élance à travers la cour. Les cris s'accentuent à mesure que j'approche. Plus que cinquante mètres, quarante. Trente. Mon garde du corps ne me lâche pas. Vingt mètres derrière moi, il me crie :

– Reagan ! Reste où tu es !

Mais je continue ma course. La fille appelle de nouveau à l'aide et je redouble d'efforts.

– Merde, je siffle entre mes dents, les muscles en feu.

Lorsque j'atteins le parking, profs et élèves commencent à sortir des bâtiments, mais ils sont encore loin. Je ne suis plus qu'à une dizaine de mètres quand mon regard croise le sien et que, de nouveau, des milliers d'aiguilles me perforent la peau. C'est *lui*. L'employé du lycée. Il se tient dans la camionnette, penché par la portière coulissante. Il presse un couteau contre la gorge de la jeune fille. Sa chevelure noire s'agite et malgré le bandeau sur ses yeux, je la reconnais immédiatement : c'est Tess. La fille qui harcelait Claire. En dépit d'une blessure à son bras droit et du sang qui s'en échappe, elle lutte encore pour se dégager. En me voyant, le type écarquille les yeux, bouche bée.

Je me rue vers lui. Aussitôt, il relâche Tess et se jette sur moi en brandissant son couteau. Avant qu'il ait pu m'atteindre, j'agrippe son poignet massif, écarte son bras pour le bloquer, puis lui assène un violent coup de pied à l'entrejambe. L'arme retombe sur le sol avec un tintement métallique. Je me penche pour la ramasser, avec la ferme intention de la plaquer contre son cou, mais l'assaillant a déjà bondi dans le véhicule.

– *¡ Vamos !* hurle-t-il au conducteur, qui démarre dans un crissement de pneus.

Recroquevillée sur le sol, Tess tient son bras blessé et sanglote.

– Appelez les secours, je crie derrière moi lorsque Luke et un groupe de profs atteignent enfin le parking.

Je me précipite vers Tess pour lui ôter le bandeau. Elle se jette contre moi, m'attire à elle, et je sens ses larmes mouiller ma peau.

– Merci, gémit-elle contre mon épaule.

Je la fais asseoir sur le sol, retire ma veste que j'enroule avec un nœud serré autour de sa plaie pour contenir l'hémorragie.

J'écarte ses longues mèches noires de ses yeux.

– Ça va aller.

Au loin, j'entends la sirène d'une ambulance.

– Les secours arrivent.

– Il m'a appelée « Reagan », balbutie-t-elle en agrippant ma main dans la sienne, couverte de sang. Pourquoi est-ce qu'il m'appelait sans arrêt Reagan ?

Je jurerais que mon cœur a cessé de battre. À présent, plusieurs dizaines d'enseignants et d'élèves nous entourent et nous bombardent de questions. *Que s'est-il passé ? Qui a fait ça ? Est-ce que ça va ?*

Je sens vibrer chaque muscle de mon corps. Je me redresse et l'observe de haut en bas : mêmes cheveux longs et bruns, même teint mat, même t-shirt gris et jean noir. D'ordinaire, on nous prendrait pour des sœurs, mais aujourd'hui, nous passerions presque pour des jumelles.

C'est *moi* qu'ils cherchaient.

Alors que le hurlement de la sirène s'intensifie, je lutte pour m'extirper de cette foule, tout en composant le numéro de la maison. *Répondez, répondez*, j'implore mentalement à chaque sonnerie. À la troisième, ma mère décroche.

– Allô ?

– Maman, descendez immédiatement en salle de crise, je m'égosille dans le téléphone alors que je traverse le parking en courant.

– Reagan, calme-toi, bon…

– Écoute-moi. Trouve papa et enfermez-vous tout de suite dans la salle de crise.

J'arrive à peine à articuler, entre mes cris et mes efforts éperdus.

– Qu'est-ce qui te…

– Je n'ai pas le temps de t'expliquer. Vous êtes en danger. Quelqu'un essaie de…

Avant que j'aie pu achever ma phrase, un terrible fracas retentit à l'autre bout du fil.

– Reagan !

Déjà, sa voix sonne étouffée et lointaine.

– Maman !

La ligne est coupée. J'appelle une dernière fois son nom, puis glisse mon portable dans ma poche.

Jamais je n'ai couru aussi vite et pourtant, j'ai l'impression de m'enfoncer dans des sables mouvants. Chaque foulée paraît plus lente, plus lourde que la précédente. Mais je continue, je souffle et surtout, je supplie.

Pitié, mon Dieu, pitié. Pitié, mon Dieu, pitié.

– J'arrive, maman. Tiens bon !

DIX-SEPT

Je pose mes doigts encore pleins de sang sur la poignée en métal noir et doré, qui cherche à imiter l'ancien alors que la maison n'a qu'une dizaine d'années. L'acier froid apaise pour quelques instants ma main fébrile. J'hésite une seconde. Puis deux. Trois. Je réfléchis à ce que je devrai faire, une fois à l'intérieur. Quel spectacle vais-je découvrir ? Je ferme les yeux. L'image du vestibule ondule devant moi. Je vois du sang sur les murs blancs, des silhouettes gisant au pied de l'escalier. Je secoue la tête et rouvre les paupières avant que mon imagination ait pu leur donner des visages. *Arrête d'envisager le pire, espèce de cinglée. Reprends-toi.*

La terreur gagne chaque partie de mon corps tandis que je tourne la poignée, le doigt sur la détente de mon arme. Je m'attendais à trouver la porte verrouillée, mais elle s'ouvre. Les murs de l'entrée sont toujours immaculés et aucun cadavre ne jonche le sol. Je relâche ma respiration et pénètre à l'intérieur, bras tendus, le revolver braqué droit devant moi.

Je referme le battant aussi doucement que je le peux, mais dans le silence, le cliquètement de la serrure paraît assourdissant. Je m'immobilise et tends l'oreille, à l'affût de bruits de pas, de murmures, peut-être de cris ou de coups de feu. Mais rien ne vient.

La salle à manger et le salon paraissent intacts. La lumière de la cuisine éclaire le couloir. Je tente de contrôler mon souffle et le claquement de mes talons sur le sol en longeant prudemment le mur, mon arme ramenée contre ma poitrine. De nouveau, je guette les sons, m'efforce de distinguer quelque chose, n'importe quoi. Mais je ne perçois que le bourdonnement sourd du réfrigérateur. Il perdure quelques instants puis s'arrête. Je m'avance encore quand la porte entrebâillée du bureau de mon père attire mon regard.

Il ne la laisse jamais comme ça. Elle est soit grande ouverte, soit bien fermée lorsqu'il est à l'intérieur. J'approche l'oreille du battant, puis l'ouvre d'un violent coup de pied, l'envoyant cogner contre le mur. Je braque mon revolver devant moi, l'index crispé sur la gâchette.

Le bureau massif est renversé, les cadres photo et les lampes projetés à terre, en miettes, et des impacts de balles criblent les étagères de la bibliothèque. Je siffle entre mes dents :

– Nom de Dieu…

J'enjambe le fatras sur le sol et fais glisser mes doigts sur le bois sombre du meuble. Les trous laissés par les projectiles sont énormes : sûrement l'œuvre d'une arme automatique très puissante. Mon pied heurte un morceau de verre et, en baissant les yeux, j'aperçois une photo de moi, enfant, dans un cadre argenté. J'adresse un large sourire à l'objectif. J'ai un cône de glace à la main et la bouche barbouillée de chocolat. Je n'ai sans doute pas plus de cinq ans. Mes yeux bruns semblent assortis à la glace et je n'ai jamais eu l'air aussi heureuse. Je me penche pour la ramasser et me rends compte que la vitre est brisée : un fragment tombe lorsque je ramasse le cadre. Au bas de celui-ci, je remarque une tache rouge. Du sang. En l'examinant de plus près, je distingue une empreinte digitale. À qui appartient-elle ? Et du sang de qui s'agit-il ?

Je repose l'objet sur la bibliothèque. Une voix hurle dans ma tête et chacun de mes muscles se contracte, si bien qu'ils semblent sur le point de se rompre. Pourtant, pas question de crier. Ni de craquer. Les réflexes acquis grâce à l'entraînement reprennent le contrôle de mon corps. À présent, ce n'est plus la peur qui me domine. C'est la rage. Une idée fixe m'obsède : retrouver et neutraliser les intrus qui se sont introduits chez moi.

De nouveau, j'enjambe le bureau renversé, le verre brisé et les douilles de balles pour regagner le couloir. Je relève mon arme et rase le mur. Mes talons suivent les plinthes jusqu'à la porte ouverte qui me cache la cuisine. Je me raidis et surveille, immobile, la lumière qui filtre par l'interstice, attendant d'apercevoir une ombre. Mais rien. Je pivote à cent quatre-vingts degrés pour me placer face à l'encadrement, bras tendus, revolver pointé en avant. Je balaie la pièce du regard, à la recherche d'une silhouette, mais elle est vide. Je me retourne vers la gauche. La porte de la véranda est pulvérisée, réduite en mille fragments irisés.

Les débris crissent sous mes pas lorsque je me faufile en direction du garage, dos plaqué contre les placards de la cuisine. De l'autre côté de l'îlot, je remarque une brique rouge sur le sol. Au-dessus d'elle, de profondes entailles marquent le bois, indiquant l'impact. Ce bruit… celui du verre qui explose, des tessons qui s'éparpillent sur le carrelage, ma mère qui hurle mon nom… Il résonne encore et encore à mes oreilles. Une tasse de café trône, oubliée, sur le comptoir. La trace rosée de son rouge à lèvres imprime le contour. La pile de courrier est étalée sur le plan de travail, près du téléphone sans fil réduit en pièces entre les enveloppes scellées et les magazines emballés.

Le vent s'engouffre dans la cuisine. Un papier s'agite contre la brique et attire mon regard vers le sol. Prudemment, je m'avance pour le ramasser. D'une main tremblante, je tire sur l'élastique qui le maintient. Il se rompt contre un coin rugueux de la brique et le claquement me fait sursauter. Je déplie la feuille. Le mot *VENGANZA* est inscrit en lettres majuscules, suivi d'un marteau griffonné à la hâte. Une « vengeance » criée à grands traits noirs. L'odeur entêtante du marqueur m'étourdit.

Je froisse le message dans mon poing.

– Non. Non !

S'ils se trouvent encore dans la maison, ils m'auront certainement entendue. Or, je veux qu'ils m'entendent. Je veux qu'ils viennent me chercher. Je sors de la cuisine pour me ruer dans la pièce à vivre. Le souffle court, le pouls erratique, je pointe mon revolver. Les bras tendus, je pivote, aux aguets. Personne.

Je longe le couloir. L'écho précipité de mes pas résonne dans le vestibule. Je grimpe les marches quatre à quatre. Mes jambes semblent se mouvoir sans que je leur en donne l'ordre. Avant même que j'aie l'idée d'avancer. Le couloir est désert. J'ouvre brutalement la porte de la chambre d'amis et braque mon arme à l'intérieur.

Rien. Je passe d'une pièce à l'autre et les trouve toutes vides.

Je rejoins l'extrémité du couloir, en direction de la chambre de mes parents. La porte est fermée. J'y colle l'oreille et j'attends. Je sens l'air entrer et sortir de mes poumons. D'un coup d'épaule, je pousse le battant et pointe le canon droit devant moi. Des fragments de verre encore logés sous mes semelles raclent l'épaisse moquette. Personne. Toute la maison se tait.

La salle de crise. Ils ont peut-être réussi à s'y enfermer à temps.

Je dévale les escaliers à une telle vitesse que je manque de trébucher. Je me retiens à la rampe et saute les dernières marches. Je traverse la cuisine, faisant voler des débris de verre, mais avant que j'aie pu atteindre la porte donnant sur le garage, un choc sourd me cloue sur place.

Figée, je tends l'oreille. De nouveau, le même bruit mat. Je tiens mon arme contre ma poitrine et rase les placards en prenant soin d'enjamber le verre pour qu'aucun son ne me trahisse. Des pas lents retentissent dans le couloir. Je me coule contre le mur, près de la porte, et les écoute se rapprocher. Ils se dirigent droit vers moi. Mon cœur bat au rythme des heurts sur le plancher. J'inspire, pivote de l'autre côté du chambranle et braque le canon du revolver sur la tempe de Luke.

Il écarquille tant les yeux que je peux voir tout le blanc autour de ses iris. L'attention rivée sur mon arme, il lève instinctivement les mains en l'air.

Je baisse mon pistolet.

– Qu'est-ce que tu fabriques ici ?

– Qu'est-ce qui s'est passé ? réplique-t-il, d'une voix grave et mal assurée.

Il jette un regard par la porte du bureau de mon père.

– Oh mon Dieu, Reagan…

– Tais-toi.

Je l'attrape par le poignet et l'entraîne dans la cuisine.

– Mac, il faut prévenir les flics.

– Luke, moins fort. Je suis mieux formée que la police.

En redressant la tête, j'aperçois son expression ébahie.

– Reste près de moi et ne dis plus un mot.

Pétrifié, il me dévisage, avant d'acquiescer et de me suivre.

J'ouvre le garage. Il m'emboîte le pas. Je pianote le code pour déverrouiller l'accès au sous-sol et de nouveau, il m'observe, bouche bée lorsque l'escalier secret apparaît.

– On descend, je murmure avant de dévaler les marches.

J'approche du stand de tir et balaie la pièce du regard et du canon de mon revolver. Je prie pour trouver quelqu'un, n'importe qui, même un Colombien. Cela signifierait au moins que je n'arrive pas trop tard. Le cœur serré, je crispe le doigt sur la détente. Personne. Je me rue vers l'armurerie, Luke sur mes talons. Rien. Pas plus que dans le gymnase ou la salle de crise.

Ils se sont peut-être réfugiés à l'intérieur. Ils l'ont peut-être rejointe à temps, me répète en boucle une petite voix. Mais au fond, je sais que c'est faux. J'ai l'impression d'être en train de voler en éclat, que mon crâne se brise en mille morceaux, jetés au vent comme des confettis. Que quelque part, quelqu'un se moque de moi. J'inspire, pour mieux rassembler les fragments. Mais ils s'éparpillent. À chaque pas, je me sens un peu plus vide.

J'atteins la porte. Ferme les yeux. *Pitié, mon Dieu, pitié.*

J'ouvre les yeux. Puis la porte. Rien.

Mes genoux se dérobent et je ravale le cri qui monte dans ma gorge. L'adrénaline m'abandonne d'un seul coup, laissant mon corps pantelant, comme roué de coups. J'agrippe la poignée de la salle de crise, la serre à m'en blanchir les jointures et chaque inspiration me fait l'effet d'une lame qui s'enfonce dans mon dos.

Un craquement retentit dans l'armurerie, suivi d'un raclement métallique. Mes muscles se raidissent et les réflexes reprennent le dessus. J'attrape Luke par le col du pull et l'attire derrière un mur, où nous nous accroupissons. Je presse mon revolver contre ma poitrine. Le grincement s'interrompt, remplacé par un bruit de pas sur le ciment. Deux ombres se rapprochent.

– Quelque chose ? murmure une voix d'homme.

Ils ne sont plus qu'à quelques mètres. Retenant mon souffle, je me retourne à l'angle et pointe mon pistolet vers l'intérieur de la pièce.

Par la porte ouverte, j'aperçois dans l'armurerie deux visages familiers. Celui de Samantha et du jeune Black Angel qui me surveillait au lycée, leurs deux armes braquées en direction de mon crâne. Je baisse la mienne. Ils font de même. Nous nous dévisageons.

– Ils ont disparu, n'est-ce pas ? me demande Sam d'une voix douce, calme, son revolver pendant mollement dans sa main.

Je me mords les lèvres et hoche lentement la tête. Leurs silhouettes se brouillent. Oui, ils ont disparu. Mes parents ont disparu.

DIX-HUIT

– Viens, Reagan, nous allons te conduire en sûreté, m'annonce Sam.

Je ne bouge pas. Mes paupières, mes lèvres, tous mes membres se sont figés et me pèsent comme du plomb. J'aperçois ses yeux bleus, immenses et doux. Ils me fixent, attendent que je la suive. Mes synapses se connectent et ordonnent à mon corps d'avancer, mais j'en suis incapable. Je ne peux plus trembler, ni pleurer, ni même parler. Je reste pétrifiée.

« Ils ont disparu. » Ils ont disparu. Ces trois mots résonnent à l'infini dans mon esprit, ricochent sur les parois de mon crâne, me rendent folle. Je voudrais hurler, mais ma bouche demeure scellée. Ma langue s'est engourdie.

– Reagan, répète calmement Sam.

Disparu. Disparu. Disparu.

Elle marque une pause, comme pour me donner le temps de réagir seule. Elle me regarde droit dans les yeux, les lèvres pincées, puis, d'un geste mesuré, me prend par le poignet et m'attire vers l'armurerie. Cela m'oblige à mettre un pied devant l'autre. Je la laisse m'entraîner jusqu'en haut de l'escalier.

Enfin, les sensations reviennent. Ses doigts fins sur ma peau, la dureté des marches sous mes pieds, l'écho de mes pas… Je me concentre sur ce bruit, sur mon propre souffle pour oublier les cris déchirants dans ma tête. Je me focalise sur le mouvement, pour ne pas m'effondrer. Je vais là où elle me conduit.

Sam me guide vers le garage puis me fait traverser la cuisine dont le sol est jonché de débris. L'insupportable crissement du verre brisé sous mes semelles me fait grincer des dents. J'aimerais me boucher les oreilles, me recroqueviller dans un coin. Derrière moi, Luke marche sur un grand tesson qui se brise et je tressaille. Sam le sent. Elle glisse ses doigts entre les miens plus fermement. J'attrape sa main et une vague de nostalgie me submerge.

Un jour, quand j'avais onze ans, ma mère m'a pris la main sur le parking d'un supermarché et l'a serrée trois fois dans la sienne. C'était notre code secret, qui signifiait « je t'aime », mais ce jour-là, je n'ai pas répondu à son geste. J'étais gênée. J'ai tenté de me dégager, mais elle ne m'a pas lâchée. Elle a recommencé : trois pressions brèves. Au même moment, un garçon de ma classe franchissait les portes automatiques du magasin et je me suis brusquement écartée. Ma mère m'a dévisagée, son beau regard vert troublé, peiné. Le garçon m'a dit bonjour et elle a compris : je n'étais plus une petite fille. Je n'avais plus besoin de m'accrocher à elle – et je n'en avais plus envie. Ce souvenir paraît si clair dans ma mémoire. Je revois son expression lorsqu'elle a baissé la tête et croisé les mains devant elle, comme pour combler le vide laissé par mon geste. Elle n'a jamais réessayé de me prendre la main. Jamais. Ni en public ni même à la maison. À présent, je donnerais n'importe quoi pour échanger ce moment de tendresse avec elle.

Sam m'entraîne dans la pièce à vivre, vers le canapé habillé de lin gris.

– Et si tu t'asseyais ?

Je lui obéis. Mon attention se porte sur les profonds sillons et les entailles dans le parquet ciré. Encore incapable d'articuler un mot, je sens Luke s'installer près de moi.

– Qu'est-ce qui s'est passé, Sam ? demande-t-il, son regard inquiet toujours rivé sur moi.

Il a déjà croisé plusieurs fois celle que nous appelions « Tante Sam », chez moi ou à nos soirées barbecue.

Pour lui, c'est l'ancienne colocataire de ma mère, à la fac, et sa meilleure amie.

– Luke, tu devrais rentrer chez toi immédiatement, lui conseille-t-elle.

– Certainement pas. Pas question de la laisser comme ça avant qu'on m'ait expliqué ce qui se passe.

Le ton trahit son angoisse. D'un geste doux, il pose la main au creux de mon dos.

– Nous devons avertir la police, le FBI, quelqu'un…

– Elle ne t'a pas *demandé* de partir, reprend le jeune Black Angel qui nous accompagne. Elle t'a donné un ordre.

– Et vous, on peut savoir qui vous êtes ? rétorque Luke.

Sans lâcher son revolver, l'agent croise les bras sur son torse imposant.

– Cooper. Écoute, nous contrôlons la situation. Nous n'avons pas besoin des flics, mais que tu déguerpisses.

– Vous ne contrôlez rien du tout, objecte Luke en désignant le couloir. Ce bureau est criblé d'impacts format bazooka. Les vitres de la cuisine ont été pulvérisées et les MacMillan se sont volatilisés. Vous avez l'impression de contrôler quoi, au juste ?

– Luke, les circonstances sont complexes et relèvent désormais d'un problème de sécurité nationale. Je crois donc qu'il vaudrait mieux…

Laborieusement, je l'interromps.

– Il doit rester. Ils l'ont vu avec moi, au lycée. À présent, il pourrait lui aussi se trouver en danger.

Sam se tourne vers son équipier, qui hoche la tête. Elle pousse un long soupir.

– D'accord, nous le gardons avec nous pour l'instant. Jusqu'à ce que nous ayons évalué la situation et vérifié qu'il ne risque rien. Luke, je connais tes états de service. Tu veux intégrer West Point, n'est-ce pas ?

– Oui, madame.

– Eh bien, le code de silence s'applique dès maintenant, annonce-t-elle, d'une voix grave, sérieuse.

– Euh… très bien, mais… comment… Enfin… vous êtes qui, exactement ?

Stupéfait, il sonde mon expression, puis son regard se pose plus bas. Je m'aperçois alors que je n'ai pas lâché mon arme, le doigt sur la gâchette. Je ne la sentais même plus.

La porte de ma vie secrète s'entrouvre peu à peu. Une partie de moi aimerait la laisser ouverte, accepter cette révélation, me réjouir que Luke sache enfin la vérité. Mais une autre voudrait la refermer. M'éloigner. Faire comme si rien ne s'était produit.

J'essaie de remuer les lèvres, d'articuler un mot, un son, mais je reste paralysée. Pour l'instant, les seuls mouvements dont je sois capable se résument à cligner des paupières et respirer – et encore, au prix d'un terrible effort.

Je devine que Sam m'observe, qu'elle attend que je parle la première et réponde aux interrogations de Luke. Voyant que je n'y parviens pas, elle prend le relais.

Sam lui apprend l'existence des Black Angels. Elle explique l'entraînement que je suis depuis toujours pour intégrer leurs rangs. Elle lui donne quelques vagues détails concernant mes parents : leur double vie, leurs couvertures, leurs missions. Je ne l'écoute qu'à moitié, comme si je glissais hors de la conversation, le regard rivé sur un coin du plafond. Je laisse mon attention et mon corps flotter, se réfugier là-haut. J'entends les questions de Luke s'enchaîner. Je distingue quelques bribes de réponses. *Danger. Protection. Secret. Code.* Luke demande combien de gens connaissent l'existence des Black Angels. De ma famille. Mon esprit réintègre soudain mon corps, ma vision redevient nette et tout à coup, je retrouve la parole :

– Personne.

Ma voix lutte pour sortir des brumes du choc.

Personne ne sait qui je suis vraiment. Révéler ce secret mettrait ma vie – et celles des autres – en danger.

– Alors... cette camionnette, ce type au lycée...

Luke assemble peu à peu les pièces du puzzle. Enfin, je le regarde dans les yeux.

– C'était moi qu'ils visaient.

– La mission précédente a mal – très mal – tourné, explique Sam. Des menaces de vengeance ont suivi et nous pensons qu'ils cherchaient à kidnapper Reagan, aujourd'hui.

– Je crois qu'ils nous surveillaient depuis un moment, j'avoue en fixant le sol.

– Apparemment, depuis le mois dernier, intervient Cooper du fond du salon. Depuis que tes parents ont fait enfermer le frère de Torres. Comment tu le sais ?

– Le type qui a tenté de kidnapper cette fille, au lycée… je l'avais déjà vu. La semaine dernière, il était déguisé en membre du personnel. Il m'observait. J'ai essayé de le prendre en filature, mais il a disparu. Puis j'ai repéré une camionnette grise dans la rue, à une ou deux reprises, mais je me répétais que ça ne voulait rien dire, que je devenais parano.

Sam a soudain l'air plus tendue.

– C'est la première chose qu'on apprend, à l'Académie : se fier à son instinct ! Pourquoi n'en as-tu parlé à personne ?

– Je pensais que mes crises d'angoisses recommençaient, j'explique en secouant la tête. Tu étais là : tu me disais toi-même qu'elles pouvaient troubler mon jugement.

– Tu aurais dû avertir tes parents, commente Cooper.

– Je le sais ! je m'emporte, sur la défensive.

Je déglutis, tâchant de faire disparaître la boule logée dans ma gorge.

– Si j'avais parlé, je n'aurais pas entendu ma mère hurler au téléphone, lorsqu'ils ont fracassé la vitre pour l'enlever.

– Bon sang, souffle Luke. Mac, je suis tellement désolé.

– Arrête de m'appeler comme ça ! Tu ne connais même pas mon vrai nom !

Aussitôt, je regrette mes paroles cassantes. Blessé, il accuse le coup. Qu'est-ce qui m'a pris ? J'adore ce surnom. Mais sur l'instant, il a sonné comme un mensonge.

Je regarde sa pomme d'Adam remuer lorsqu'il déglutit, puis il hoche la tête.

– D'accord. Comment tu t'appelles ?

– Reagan Elizabeth Hillis.

Ce nom me semble si étranger qu'en le prononçant, j'ai l'impression de parler d'une autre. D'une amie d'enfance ou d'une lointaine cousine, qui n'existerait que dans mes souvenirs.

– C'est noté, Reagan Elizabeth Hillis.

Sur ses lèvres, il paraît plus chaleureux.

– Et maintenant ? demande-t-il en se tournant vers Sam.

– Le service de renseignement du CENTRAL les suit de près. Pour l'instant, ils ont sûrement la gâchette un peu trop fébrile : ils s'attendent à ce qu'on leur tombe dessus. Nous préférons donc leur laisser un peu de mou et leur faire croire qu'ils nous ont échappé. Ainsi, lorsque nous établirons un contact avec eux, nous les prendrons par surprise. Nous pensons qu'ils se dirigent vers un aéroport privé dans le sud de l'Ohio ou du Kentucky. Nos équipes se mettent en route. Et le CENTRAL a déjà reçu un message de Torres avec ses conditions.

Je lève les yeux.

– Qui sont ?

Peu à peu, je sors de ma torpeur. Mon cœur palpite comme un petit oiseau fébrile dans ma poitrine et, progressivement, les sensations reviennent dans mes jambes et mes bras.

Sam m'observe et secoue la tête.

– Tu n'as pas besoin de connaître les détails, Reagan, élude-t-elle en se détournant, comme pour couper court à mes questions.

Elle s'adresse alors à Luke :

– Nous sommes en train de constituer une unité prête à les intercepter à l'aéroport et nous espérons…

– Pourquoi refuses-tu de me répondre ?

Sam fait mine de ne pas m'entendre et poursuit ses explications, évitant mon regard.

– … disposer d'assez d'informations pour les retrouver, conclut-elle d'une voix ferme. Nous pensons que Torres les emmène…

– Parle ! je hurle.

Ma véhémence la surprend. Enfin, elle daigne me faire face. Elle serre le poing sur son arme, puis braque les yeux sur moi.

– Tu veux vraiment savoir ? Eh bien, c'est toi que Torres visait, explose-t-elle dans un mélange de peur et de frustration. Voilà pourquoi ils ont tenté de t'enlever au lycée. Ils comptaient te ramener chez toi et te tuer sous les yeux de tes parents, mais ils se sont trompés de cible et à présent, tout a basculé.

– Mais… pourquoi moi ?

À l'instant où la question m'échappe, l'ignoble logique de Torres m'apparaît dans toute son horreur.

– Il comptait venger son fils ?

Sam et Cooper me dévisagent sans un mot, comme s'ils redoutaient de confirmer mon intuition.

– Œil pour œil, c'est ça ?

– Ce serait sans doute pire. Tu serais passée à tabac, torturée pendant des jours. Puis il finirait par te supprimer, et tes parent avec, continue Sam, la gorge nouée. Je collecte et analyse des renseignements sur ce type depuis l'époque où je travaillais encore pour la NSA. En dix-sept ans, il a trempé dans près de deux cent cinquante homicides. Pour la moitié d'entre eux, il a lui-même pressé la détente ou planté le couteau. C'est un tueur en série, un psychopathe cruel. Il se moque de savoir qui a vraiment tiré le coup de feu qui a atteint Alejandro. Son fils est mort et il veut faire payer quelqu'un, coupable ou non.

Je m'aperçois que j'ai cessé de respirer. Luke tend la main et ses doigts hésitent au-dessus de mon bras. Lorsqu'il le touche, je me rends compte que mes vêtements sont trempés de sueur.

– Nous aurions dû prévoir votre départ dès la fin de la mission, commente Cooper en secouant la tête. Nous pensions disposer de quelques jours pour tenter de retrouver Torres et son équipe. Vérifier que vous courriez un véritable danger.

Un murmure m'échappe :

– C'est ma faute.

– Non, m'arrête Sam. Pas de ça.

Luke serre mon bras plus fort.

– Non, je suis responsable. Je n'ai pas parlé de cet employé, au lycée, ni de la camionnette grise dans la rue. Et nous avons eu une terrible dispute ce week-end.

Je ferme les poings jusqu'à ce qu'ils me fassent mal.

– J'ai accusé ma mère de m'avoir ballottée d'un bout à l'autre du pays. J'ai altéré son jugement. Je suis coupable.

– Ça suffit, Reagan, tranche Sam en s'approchant pour me prendre par les épaules. À présent, écoute-moi : nous devons vous transférer au refuge immédiatement. Tu dois te ressaisir et rassembler vos affaires d'urgence. Tu ne reviendras sans doute pas ici.

Je fixe le sol, les poings si serrés que mes ongles s'enfoncent dans ma paume. Je savais que ce moment arriverait. Pourtant, je n'imaginais pas quitter New Albany, ma maison, ma vie, de cette manière.

– Très bien.

Je dissipe les brumes qui m'entourent et imprime un mouvement à mon corps. Il obéit. Je me lève et avance d'un pas. Le premier, pour tenter de ramener mes parents.

DIX-NEUF

Bang. Bang. Bang. Le choc des coups de marteau retentit dans toute la maison. Sam et Cooper s'occupent de faire disparaître les débris de verre et de clouer une planche dénichée dans le garage à la porte du patio fracturée.

– Nos sacs d'urgence se trouvent juste derrière ce mur.

J'explore à tâtons le bois lisse de la bibliothèque, à la recherche du mécanisme. J'enfonce une partie mobile et le meuble pivote, révélant un placard secret.

– Dingue, souffle Luke tandis que nous pénétrons dans le réduit.

Un parement d'acier renforce la pièce minuscule, presque entièrement recouvert par des armes.

– C'est une sécurité : au cas où nous n'aurions pas le temps d'atteindre le sous-sol, je bredouille, ballottée entre l'hébétude et la concentration.

Je repère nos trois sacs et les sors. Luke m'aide à prendre le dernier.

– Qu'est-ce qu'ils contiennent ?

– Ce dont nous ne voulons pas nous séparer.

J'ouvre le mien et en tire quelques objets.

– Ma poupée, Mimi. Quand j'étais petite, je l'emmenais partout avec moi. Je garde aussi des lettres, des cartes postales de mes parents. Des photos, des bijoux. Ce genre de choses. La plupart du temps, nous devons partir si rapidement que nous n'avons pas vraiment la possibilité de faire nos valises. Nous avons tout juste le temps d'attraper nos affaires déjà prêtes et de déguerpir. Nous abandonnons tout le reste.

– Tu as fait ça combien de fois, exactement ? souffle Luke en effleurant la robe à fleurs jaunie de Mimi.

– Trop souvent, je réponds en me penchant pour refermer le sac, l'obligeant à lâcher la poupée.

Il lève la tête vers moi et enfin, j'ai le courage de le regarder. Il m'observe avec de grands yeux étonnés, mais son doux sourire s'est évanoui.

– Je… je me demande comment tu as pu supporter tout ça, bredouille-t-il, incrédule.

Je hausse les épaules.

– Je n'ai rien connu d'autre. Je suis née là-dedans.

La dispute me revient par bribes, par images nerveuses, distordues, comme un vieux film muet. Les yeux humides de ma mère. Mes mots durs. Je tâche de dissiper ces visions, de m'arracher à ce souvenir, puis je reprends :

– Nous nous sommes tout jeté à la tête, ce week-end. Je leur ai avoué que j'en avais assez. Que je ne voulais pas intégrer les Black Angels. Et j'ai dit des choses terribles...

La voix de Sam porte depuis le couloir.

– Reagan ! Je te laisse cinq minutes pour rassembler le reste de tes affaires. Luke, tu viens me donner un coup de main ?

– Bien sûr !

Il s'éloigne, puis se tourne vers moi pour s'assurer que je vais bien.

Je confirme d'un bref signe de tête, promesse silencieuse que je ne m'effondrerai pas durant les cinq prochaines minutes.

Je soulève nos sacs et je me précipite vers l'escalier pour regagner ma chambre. Des frissons parcourent mon corps encore en nage. Je me débarrasse de mon pull pour enfiler un sweatshirt propre et chaud. Je referme le tiroir de ma commode si violemment que le miroir vibre. Quelques bijoux et un papier glissent sur le sol.

Je me penche pour les ramasser quand j'aperçois l'enveloppe qui porte mon nom, inscrit dans la belle écriture de ma mère. Elle est un peu vieux jeu. Alors que le reste du monde est depuis longtemps passé aux e-mails, aux SMS et à Messenger, elle s'obstine à tracer ses lettres nettes et rondes, vestige d'une scolarité dans un établissement privé tenu par des religieuses. Elle prétend que sœur Roberta viendra la hanter à coup de règles si elle se met à utiliser une imprimante.

Je me demande un instant de quand date cette lettre. Elle m'écrit parfois de petits mots pendant ses missions, pour me dire combien je lui manque. À son retour, je les retrouve sur mon lit ou mon bureau. Mais l'enveloppe n'est pas décachetée. Je déchire le rabat et déplie la feuille qu'elle contient. La date d'aujourd'hui est inscrite en haut à gauche. Je me laisse glisser sur le sol, appuie mon dos contre la commode et me mets à lire.

Reagan,

J'étais sincère l'autre soir : je regrette de ne pas avoir été la mère que tu aurais voulue. Mais moi, j'ai toujours rêvé, depuis toute petite, d'avoir une fille comme toi. Le jour où j'ai appris que j'attendais un enfant fut l'un des plus beaux de ma vie. Tu remuais sans cesse. Tu te débattais comme un diable et me donnais des coups dans les côtes. Tout le monde affirmait que j'attendais un garçon, même ton père. Moi, je savais que tu serais ma Reagan, ma petite battante. Je sentais ta force grandir chaque jour et, au fil des ans, elle se ressent dans tout ce que tu accomplis. Il ne s'agit pas seulement de ta force physique, mais de ta capacité à lutter pour les autres, à leur venir en aide. À te battre pour ce en quoi tu crois, sans te soucier de ce que pensent les gens. Tu es la personne la plus courageuse que je connaisse.

Tu avais raison. Je mène une vie égoïste et je n'ai pas toujours placé tes besoins en premier. J'aurais sans doute dû faire ce choix quand tu n'étais qu'un espoir, une prière dans un coin de mon cœur. Je n'avais pas conscience qu'être à la fois une mère et une Black Angel t'affecterait et pour cela, je te demande pardon. Sache seulement que si je pouvais revenir en arrière et changer les choses, à chaque fois, c'est toi que j'aurais choisie.

Ta vie t'appartient, Reagan. Si intégrer l'Académie n'est pas ce que tu désires, alors je t'en prie, trouve ton propre rêve. Si c'est celui de devenir médecin, soit la meilleure du monde. Si tu décides de te marier et de fonder une famille, soit la meilleure épouse et mère possible. Je ne doute pas que tu y parviendras.

Je suis navrée de ne pas t'avoir offert une existence normale et que nous t'ayons si souvent mise en danger. Je voudrais pouvoir inverser le cours du temps et tout changer pour t'épargner la peur. Pour qu'à chaque instant, tu te sois sentie en sécurité.

Mais tu dois savoir combien je t'aime et combien je suis fière de la jeune femme que tu deviens. Tu as tant de choses à offrir au monde, Reagan Elizabeth Hillis.

Avec tout mon amour,
Maman

Une larme roule le long de ma joue et s'écrase sur la feuille, faisant couler l'encre de sa signature. Je la chasse pour qu'elle n'imprègne pas le papier, mais trop tard : « Maman » se délite en rivières bleutées.

Mon regard se pose au hasard des mots sur la page. *Vie. Danger. Amour. Maman.* Une douleur coupable se loge dans mon ventre. La honte, le chagrin et la peur que je tentais d'oublier m'envahissent comme une vague et chaque muscle, chaque os de mon corps me semble sur le point de se briser.

– Reagan ?

Luke se tient dans l'encadrement de la porte. Je rouvre les paupières et redresse la tête. J'ai ramené mes genoux contre ma poitrine, mais je n'ai pas lâché la lettre. En voyant mes yeux rougis, il s'alarme.

– Qu'est-ce qui se passe ?

– Ma mère avait laissé ça dans ma chambre.

Au prix d'un terrible effort, je me lève et lui tends la feuille. Pendant qu'il la lit, je sors le couteau caché derrière la tête de lit et le fourre dans mon sac.

Par la fenêtre, j'aperçois le jardin des Weixel, et le pneu suspendu à une branche en guise de balançoire qui tangue dans le vent. Machinalement, je presse les breloques de mon bracelet. *Son* bracelet. Je triture le métal, regrettant qu'il n'exerce aucune influence magique.

– Je n'ai pas pu le lui dire… je murmure sans me retourner.

Dans mon sac, je repositionne le Glock et le gilet pare-balle.

– Lui dire quoi ? demande-t-il de cette voix qu'il prend toujours lorsqu'il comprend parfaitement de quoi je parle.

– Combien j'étais désolée, je réponds en fourrant rageusement un autre sweat-shirt dans mon sac. Je lui ai tout jeté à la tête. Des choses atroces. Je l'ai traitée de mère indigne. D'égoïste qui n'aurait jamais dû avoir d'enfant. Et tu sais quoi ? Ce n'est pas elle, l'égoïste. C'est moi.

– Tu es tout sauf égoïste.

À mesure qu'il s'approche, je peux presque sentir la chaleur de son corps.

– C'est bien le dernier mot que j'emploierais pour te décrire.

– Si c'était vrai, j'accepterais cette vie. Je m'accommoderais de tous les mauvais côtés.

– Reagan, tu mènes une existence incroyablement dangereuse. Regarde ce qui vient d'arriver. Tu as le droit de choisir.

– Je veux juste les retrouver, Luke, je murmure d'une voix tremblante. Tout est ma faute et je ferais n'importe quoi…

– Écoute-moi, Reagan, me souffle-t-il en m'attirant lentement vers lui par les épaules. Tu n'es pas responsable. Tu dois cesser de te faire du mal : ça n'est d'aucune utilité à personne.

Un bref soupir m'échappe, et j'acquiesce pour le tranquilliser, mais j'ignore comment surmonter ma culpabilité. Sur ma table de chevet, un cadre en métal argenté attire mon regard. Sur la photo, ma mère m'enlace et sourit à l'objectif. Je me tourne vers elle en riant. C'est mon père qui l'a prise, l'été dernier, sur le patio. Nous avions préparé un barbecue, fait griller des marshmallows et étions restés là, jusque tard dans la nuit, à discuter de tout et de rien. Une soirée idéale.

– Luke… et si c'était déjà trop tard ? je reprends, sans quitter l'image des yeux.

– Ils vont les retrouver, tu m'entends ? assure-t-il d'un ton aussi ferme que ses mains sur mes épaules. Ils vont les ramener chez vous et tu pourras enfin t'excuser auprès de ta mère et tout lui dire.

Que je l'aime. Qu'elle est mon modèle, me souffle une petite voix. Je me mords les lèvres et acquiesce.

– Reagan, il faut partir, crie Sam depuis le vestibule.

Enfin, mon corps réagit : je suis de nouveau dans l'instant présent. J'inspire profondément et sèche mes joues humides. Les Black Angels ne pleurent pas. Les Black Angels luttent, quoiqu'il arrive. C'est bien ce que je compte faire.

– Allons-y, je lance à Luke en lui tendant les sacs de mes parents. Alors qu'il franchit la porte, j'attrape la photo sur la table de nuit et la glisse dans mon sac. J'enfile les bretelles, jette un dernier regard à ma chambre, puis j'éteins la lumière, avec un adieu muet à ma vie dans Landon Lane.

VINGT

– Nous sommes à dix kilomètres de l'aéroport. Dix kilomètres. À vous.

Une voix, brouillée par la friture, émerge des haut-parleurs dans la salle de crise de notre nouvelle planque.

Sam se penche vers un micro installé sur une table, où sont habituellement disposées les armes, transformée à la hâte en bureau.

– Bien reçu. On vous suit.

Le sous-sol de ce refuge ressemble beaucoup à celui de Landon Lane. Même arsenal, même stand de tir, même bunker. Mais au lieu d'un gymnase peuplé de tapis de sol, de mannequins et de punching-balls, la pièce est remplie d'écrans géants. Micros, ordinateurs et appareils de communication nous permettent une liaison directe avec le CENTRAL et les Black Angels sur le terrain.

– On pense toujours qu'ils se dirigent vers l'aéroport privé, dans le Kentucky ?

J'agrippe la chaise de Sam. Le métal paraît glacé sous mes doigts brûlants. Par-dessus son épaule gauche, je suis le parcours du 4 × 4, équipé de caméras thermiques, sur une petite route sombre. Tandis que le véhicule amorce un virage, un camion le croise en sens inverse. La chaleur qu'il dégage transmet une énergie infrarouge convertie en signal électronique. Les moniteurs affichent des images en noir et blanc si précises que je comprends aussitôt que le conducteur fume une cigarette.

– Nos agents du CENTRAL pensent que c'est leur objectif, confirme Sam, qui entre les coordonnées GPS de l'aéroport sur son ordinateur portable. Un jet privé est stationné sur le tarmac. Son immatriculation renvoie à une société bidon basée en Amérique du Sud : du Torres tout craché.

Je lève les yeux vers les six écrans encastrés dans le mur. Deux Black Angels sont déjà postés sur place, prêts à intercepter les kidnappeurs et à secourir mes parents. Les caméras thermiques fixées à leur casque reproduisent leurs mouvements. Ils se positionnent à couvert, derrière un hangar, d'où ils peuvent apercevoir le jet privé – à vue de nez, un Gulfstream G650. Soit le modèle le plus cher du marché, sans doute acheté avec de l'argent sale, teinté de sang et de cocaïne.

– Cinq kilomètres, cinq kilomètres, crachote la voix nasillarde.

– Reçu, confirment les deux hommes sur le terrain.

D'une main, Sam presse un bouton pour parler dans le micro. De l'autre, elle tapote un moniteur où une image tressaute.

– On a toujours le 4 × 4 de Torres en visuel, là-haut ? demande Sam. Le signal est mauvais.

– On les suit, Sam, répond le pilote de l'hélico dans la radio.

– Tout le monde se tient prêt, au sol ? intervient Cooper, qui se trouve comme moi derrière Sam. C'est un aéroport civil, nous allons devoir nous montrer prudents.

– Merci, je suis au courant, Cooper, s'agace Sam sans quitter les écrans des yeux.

– Pourquoi ne pas avoir évacué les lieux ? je demande à Cooper en haussant les sourcils. Ces types ne vont pas gentiment jeter leurs fusils et se coucher par terre. Nous allons devoir les désarmer avant même qu'ils s'aperçoivent de notre présence.

– C'était prévu, mais on redoute que quelqu'un sur place avertisse Torres, explique Sam qui bascule sur une image différente. On ne peut pas courir ce risque.

– Alors, faites-le deux minutes avant l'arrivée de la cible !

Je me concentre sur l'écran où défile la petite route à travers les sous-bois. Mes parents les précèdent d'à peine deux kilomètres, dans le noir. À présent, personne n'aurait la possibilité de prévenir Torres ou ses agents à temps.

– Comment veux-tu qu'on évacue un aéroport en deux minutes ? lâche Cooper d'un ton méprisant. On ne peut pas faire autrement.

– C'est une énorme erreur, j'objecte, de plus en plus tendue. Ils ne se laisseront pas prendre sans riposter. Des Black Angels seront sûrement touchés. Y compris mes parents.

– Reagan, nous n'en sommes pas à notre coup d'essai avec les hommes de Torres, réplique Sam en pianotant sur son clavier. Nous pensons que si nous agissons vite, ils se rendront sans violence.

– « Penser » ne suffit pas…

Elle se retourne brusquement vers moi.

– Nous n'avons pas le choix ! Je sais que tu ne veux pas l'entendre, mais c'est notre meilleure chance de les récupérer. Torres ne doit pas se douter que nous gardons un coup d'avance sur lui. Nous n'aurons peut-être pas de seconde possibilité.

Elle se retourne vers ses moniteurs. Je sens la peur se répandre dans mes veines. Ses longs doigts me compriment la poitrine, en arrachent un soupir angoissé.

– Reagan, il vaudrait peut-être mieux que tu n'assistes pas à l'intervention, déclare Sam dont le regard passe d'un écran à l'autre.

L'air inquiet, Luke me touche l'épaule.

– On peut attendre dans la pièce d'à côté.

– Non, ça va aller.

Je croise les bras et sous l'effet du mouvement, sa main glisse le long de mon dos.

– Écoute, Reagan, j'apprécie ton aide, continue Sam qui tape un nouveau message pour les agents du CENTRAL. Nous connaissons tous ton talent pour la stratégie. Mais la situation devient trop tendue.

– Allez, viens, Reagan, insiste Luke en m'attirant vers lui.

– Je ne bougerai pas d'ici, dis-je, pleine de défi. Je me suis entraînée pour ce genre d'interventions partout dans le monde, non ? Alors, ne me redemandez pas de sortir.

L'espace d'un instant, le silence retombe dans la pièce. Les doigts de Sam restent suspendus au-dessus du clavier. Cooper a cessé de se balancer d'avant en arrière. Bien qu'aucun Black Angel au sol ne puisse nous entendre, les radios se sont tues, elles aussi. L'atmosphère est si lourde qu'on pourrait nous entendre retenir notre souffle.

– Cible à un kilomètre de l'aéroport, je répète, un kilomètre, grésille le haut-parleur, nous tirant de notre transe.

Lentement, Luke me lâche et recule d'un pas. Sam s'éclaircit la gorge avant de répondre :

– Bien reçu.

L'écran inférieur droit qui retransmet l'image de l'hélicoptère disparaît une nouvelle fois, laissant place à un brouillage en noir et blanc. Sam le frappe d'un geste agacé.

– Bon sang, siffle-t-elle avant de se pencher pour presser le bouton du micro. Todd, on perd le signal en vol.

– Nous l'avons en visuel au CENTRAL, Sam, intervient une voix masculine.

– Merci, Thomas, reprend-elle d'un ton plus calme.

J'ouvre de grands yeux. Je ne connais pas Thomas. Je ne lui ai même jamais parlé. Pourtant, j'ai si souvent entendu son nom dans la bouche de mes parents. C'est leur principal contact au CENTRAL. Il leur transmet leurs instructions et les détails de leurs missions. Lorsqu'ils pénètrent en zone de danger, il devient leurs yeux et leurs oreilles. En d'autres termes, Thomas fait de son mieux pour les garder en vie.

– Je n'aime pas me lancer là-dedans en aveugle, ajoute-t-elle.

– Moi non plus, concède-t-il. Mais nous n'avons pas vraiment le choix. Très bien, agents au sol, tenez-vous prêts. Le véhicule cible atteint l'entrée de l'aérodrome. Ils passeront dans votre périmètre d'action d'ici soixante secondes. Restez à couvert. La seconde équipe de Black Angels ne va pas tarder. Ne bougez pas avant leur arrivée.

– Nous avons deux personnes sur le terrain, je remarque en désignant les écrans. Ils doivent intervenir au moment où les hommes de Torres sortiront de la voiture.

– C'est trop dangereux, objecte Sam, sans quitter l'image des yeux. Nous avons besoin de renforts.

– S'ils aperçoivent notre 4 × 4, ils flaireront aussitôt le piège et ouvriront le feu, je proteste. Ils sont déjà sur les dents : ils nous attendent. Notre seule chance est de les prendre en embuscade au moment où ils arriveront sur le tarmac. Ils seront distraits, occupés à faire descendre mes parents. C'est notre unique marge de manœuvre et nous disposons de quelques secondes pour agir. Ni plus ni moins.

– Reagan, nous avons un plan et nous allons nous y tenir. Vu ? dit Sam en haussant le ton. Nous ne sommes pas des amateurs. Si nous ne voulons pas les perdre, il nous faut davantage d'hommes sur place. Ils ne doivent surtout pas quitter le territoire américain.

Les émotions que je bridais semblent se libérer une à une : la terreur et le courage, la douleur et l'espoir. La panique enfle dans ma poitrine au point que je peux presque sentir l'adrénaline et le cortisol se diffuser dans tout mon corps.

– Nous les avons en visuel, annonce un Black Angel sur le terrain, au moment où le 4 × 4 apparaît sur l'un de nos écrans.

J'agrippe fébrilement le siège et je dois presque m'obliger à respirer.

– Bon, on y est les gars… souffle la voix de Thomas.

Je me mords les lèvres et observe le véhicule s'immobiliser près du tarmac. Les portières arrière s'ouvrent. Les caméras thermiques nous révèlent les détails que je préférerais ne pas voir : mes parents bâillonnés, ligotés. Des hommes armés de fusils semi-automatiques les empoignent violemment par les bras et les poussent vers l'avion, braquant leurs canons dans le dos de leurs prisonniers. La mort n'est plus qu'à une flexion de leur index.

Ils les poussent en haut de l'échelle et la panique me submerge.

– Sam, nous devons intervenir maintenant !

J'agrippe son bras musclé.

– Les types de Torres vont nous filer sous le nez !

– Non, nous devons attendre, insiste-t-elle.

Je serre son bras, mais elle ne réagit pas. Elle suit des yeux mes parents qui gravissent les échelons.

– Bon Dieu, Gavin. Où es-tu ?

– Ici ! J'entre dans le périmètre de l'aéroport, tonne une nouvelle voix.

J'ai cessé de regarder mes parents. Mon attention se fixe sur les gardes armés au pied de l'avion. *Non, non, non.* Je crie intérieurement, tandis que l'inévitable se déroule sous mes yeux. Chaque muscle de mon corps se tend lorsque je vois les ravisseurs faire volte-face, alertés par le rugissement du 4 × 4. J'ouvre la bouche pour avertir Sam, mais avant que j'aie pu articuler un son, ils se mettent à tirer.

Trois détonations. Des crissements de pneus très vite noyés sous le feu roulant des fusils.

Sur le tarmac, les Black Angels surgissent aussitôt de leur position à couvert.

– *¡Baje al suelo !* hurlent-ils en espagnol.

À terre. Sur nos écrans, l'image tressaute brutalement lorsqu'ils s'élancent vers l'avion.

Ils sont accueillis par le staccato des rafales.

– Eh merde ! Où ils sont ? Vous les voyez ? vocifère Sam.

Elle bondit de sa chaise et cherche frénétiquement mes parents sur le moniteur.

L'image de l'appareil, des ravisseurs et de leurs captifs s'agite et disparaît lorsque le Black Angel se jette au sol. Sam agrippe son micro et demande, tremblante :

– Todd ? Où est ma vue aérienne ?

Pour toute réponse, quatre coups de feu retentissent.

– Un homme à terre ! Un homme à terre ! crie une voix.

Mon regard saute d'un écran à l'autre. Qui est tombé ? *Qui ?* La caméra fixée sur l'un des casques reste braquée de côté, pointée sur quelques brins d'herbe qui s'échappent de l'asphalte crevassé. J'attends que la caméra bouge, que l'agent remue. En vain.

– Je t'avais prévenue ! je hurle en me précipitant vers les moniteurs.

Sam me repousse et passe une main fébrile sur son front.

– Merde...

Elle se ressaisit puis enclenche le micro.

– Gavin ? Où es-tu ?

– Je les suis. Mais l'avion approche déjà de la piste.

– Alors, arrête-les, bon sang !

Sam jette le micro sur la table en acier. Le fracas du métal me vrille les nerfs.

Non. Non. Pas ça. Incapable de réfléchir, je vois le 4 × 4 de Gavin filer entre deux des Black Angels à terre et foncer vers le tarmac. Il fait un tête-à-queue pour s'engager sur la piste et prendre le Gulfstream en chasse.

– Fonce, Gavin, fonce ! Vise le train d'atterrissage.

Trois détonations retentissent.

L'agent sur le siège passager ouvre le feu tandis que le conducteur roule pied au plancher. L'avion continue sur sa lancée.

Une nouvelle salve résonne, mais le jet accélère et ses lumières s'éloignent. Sam hurle dans le micro :

– Gavin, qu'est-ce que tu fous ? Éclate-moi ce train !

Trop tard. Impossible de rattraper l'avion.

– Bon sang, lâche Cooper dans un souffle.

Je sens mes jambes se dérober et des fourmillements intenses me parcourent les membres, comme si des millions d'épingles transperçaient soudain ma peau. Impuissants, nous regardons le jet prendre de la vitesse pour décoller. Le moniteur qui diffusait par intermittence la vue du ciel se décide enfin à fonctionner. Le nez de l'appareil se dresse dans les airs, avant de s'échapper dans le ciel d'encre.

VINGT ET UN

Adossée aux murs du stand de tir, j'ai le corps perclus de crampes. Le stress des dernières heures retombe et j'ai froid. Pourtant, je ne parviens pas à bouger. Je me sens physiquement incapable de quitter le sol. Le regarde fixé droit devant moi, j'écoute ma respiration laborieuse. Un frisson court le long de mes reins. Presque au ralenti, mon bras saisit le pull resté près de moi. Je l'enfile, comme pour protéger ma peau de cet environnement de béton et d'acier. Je me sens mieux.

Je perçois les voix de Sam et Cooper dans la salle de crise, au téléphone avec le CENTRAL. Ils refusent de me laisser parler à qui que ce soit ou d'entendre mon avis sur la situation. Ils n'ont pas voulu m'écouter et à présent, un Black Angel est mort et mes parents sont ligotés quelque part, à 10 000 mètres au-dessus de l'Amérique centrale.

J'ai proposé une bonne dizaine de recommandations stratégiques avant que Sam ne finisse par me rappeler que je ne faisais pas encore partie des Black Angels. J'ai beau l'adorer, j'ai dû me retenir d'envoyer mon poing sur son tout petit nez. J'ai préféré me renfermer en moi-même. Assise contre le mur, les genoux ramenés contre la poitrine, je n'ai plus desserré les dents.

Luke franchit la porte du stand de tir, plongé dans la pénombre, une tasse fumante à la main. Il me la tend.

– Du thé. Avec du lait. Et quatre sucrettes.

– Merci.

Le liquide brun me brûle la langue et la gorge.

Luke se laisse glisser le long du mur près de moi. Il adopte la même position : jambes repliées, tête appuyée en arrière, bras croisés.

– Ma question te paraîtra sûrement stupide, mais... comment tu te sens ?

– Aussi bien que possible.

J'essaie de hausser les épaules, sans vraiment parvenir à les remuer : le mouvement ressemble davantage à un tic nerveux qu'à un geste d'indifférence.

– Je ne supportais plus de rester dans cette salle. Sam ne veut rien entendre, alors que j'avais raison pour l'aérodrome. Elle refuse de m'écouter. Elle dirait sans doute que je suis trop « impliquée émotionnellement », ou une connerie de ce genre.

– Tu penses que tu l'es ? me demande Luke, qui guette mon expression alors que j'ai les yeux rivés sur le mur opposé.

– Bien sûr que non ! J'ai même l'impression que j'étais la seule à garder la tête froide pendant ce fiasco. Je savais que nous aurions dû leur mettre la pression et ouvrir le feu dès que les types de Torres sont entrés en scène. À trop attendre ou à tenter de les contraindre à une reddition passive, je me doutais de ce qui se passerait. Ils nous surveillaient depuis trop longtemps. Je leur ai déjà échappé une fois. Ils n'allaient certainement pas rentrer bredouilles en Colombie.

– Tu avais vu juste, admet-il avec un soupir.

J'inspire profondément, mais ici, au sous-sol, l'air semble lourd, étouffant. J'ai la sensation de me noyer.

– J'aurais préféré qu'ils m'enlèvent, moi, je poursuis d'une voix éraillée, avec l'impression d'avoir avalé du verre brisé. Tout ça ne serait jamais arrivé.

– Ils t'auraient tuée.

– Peut-être, mais les autres seraient sains et saufs.

Il m'agrippe par le bras pour m'obliger à le regarder.

– Ne dis pas ça. N'y pense même pas.

Je hoche la tête, mais j'ai du mal à m'en convaincre. C'est l'effet papillon. Si j'avais agi ne serait-ce qu'un tout petit peu différemment, nous n'en serions pas là.

– Nous les retrouverons, Mac, m'affirme Luke.

À peine mon surnom lui a-t-il échappé qu'il se mord les lèvres. Les voix étouffées de Sam et Cooper emplissent soudain le silence entre nous. Il baisse les yeux, plaque les talons sur le ciment, puis m'observe de nouveau.

– Désolé.

– Tu sais, en fait, j'adore ce surnom. Je ne te l'avais jamais dit. Mais désormais, il sonne bizarrement, comme si « Mac » appartenait déjà à une autre vie, une autre Reagan, et que maintenant, tu connaissais la vraie.

– Combien y a-t-il eu de Reagan ? m'interroge-t-il, le regard grave.

– Tellement… je réponds en ramenant une mèche derrière mon oreille. Sept, peut-être huit. Du moins, d'aussi loin que je me souvienne. Je me suis créé de nombreuses identités et j'ai raconté beaucoup de mensonges. Pour être franche, j'ai parfois eu du mal à ne pas m'embrouiller. C'est l'une des raisons pour lesquelles je voulais tout arrêter. J'ai beau savoir que j'aurais pu compter en tant que Black Angel, c'est devenu…

– Trop dur ?

J'acquiesce. Il ouvre la bouche, puis se ravise.

– Quoi ?

– Rien.

– Si, dis-moi.

– Je ne sais pas… murmure-t-il en frottant ses paumes sur son jean. Bizarrement, je me sens presque jaloux de l'entraînement que tu as reçu. Tu sais que je ferais tout pour entrer dans l'armée. Peut-être intégrer les Black Angels un jour, maintenant que je connais leur existence. En même temps, j'ai l'impression qu'on t'a volé quelque chose. J'imagine mal ce qu'on peut ressentir quand on côtoie constamment le danger tout en angoissant parce qu'on passe un contrôle de maths.

Je baisse les yeux et examine mes ongles rongés. Je cache mes mains dans les manches de mon pull et croise les bras.

– En fin de compte, je m'y suis tellement habituée, à cette peur, qu'elle fait presque partie de moi. Je culpabilise de ne pas vouloir intégrer l'Académie. C'était pourtant prévu depuis toujours. Je n'avais jamais remis mon avenir en question : c'était simplement mon chemin, tout tracé pour moi. Mais depuis l'an dernier… les lignes ont bougé.

– Tu as goûté à une vie normale, fait observer Luke.

Sa perspicacité ne cesse de m'étonner.

– Oui… J'ai l'impression de m'être fait de véritables amis, de m'être créé une vraie vie. Puis je t'ai rencontré…

Avec vous, j'éprouve une forme de légèreté que je n'avais jamais connue. Je crois que j'ai peur de la laisser échapper.

– En tout cas, je soutiens ta décision, déclare-t-il en effleurant mon bras.

Je baisse les yeux et regarde sa main. Aussitôt, il la retire et la passe dans ses cheveux.

– Je veux que tu sois heureuse.

– Moi aussi.

Je me tourne pour lui faire face et appuie la tête contre le mur en béton.

– Tu vois, le danger et tout ce que ça implique... je pourrais vivre avec. D'ailleurs, l'idée de sauver des gens me plaît vraiment. Comme aujourd'hui, avec cette fille, au lycée. Sur l'instant, je n'ai ressenti aucune peur. Ce que je ne supporte pas, c'est de renoncer à une vie réelle. De ne jamais pouvoir me rapprocher de quelqu'un. Je déteste la perspective de fuir sans cesse, au beau milieu de la nuit, mon sac sur le dos, et d'abandonner tous ceux qui comptent pour moi. C'est l'aspect de ce boulot que j'ai du mal à accepter. Je ne veux plus disparaître du jour au lendemain en laissant les gens dans le doute, à se demander ce que je suis devenue.

– Alors, c'était ça ? murmure-t-il.

– Je suis tellement désolée, Luke.

Je le regarde droit dans les yeux : je veux qu'il sache que je suis sincère.

– J'étais certain qu'il y avait une raison.

Il parle à voix basse, d'un ton las, les yeux rivés au sol, comme pour ne rien révéler.

– Mais je n'aurais jamais imaginé que tu me blesserais autant. Même dans une situation pareille.

Je fais un geste pour toucher son poignet.

– À notre retour de Templeton, j'ai découvert que la mission de mes parents avait très mal tourné. Soudain, j'ai compris : nous étions sur le point de partir. Alors, j'ai fait en sorte que tu me haïsses. Je me suis dit que si je me jetais au cou d'un parfait inconnu, tu ne voudrais plus jamais me revoir.

– Ça a bien failli fonctionner, commente-t-il en écartant sa main.

Le souvenir de cette désastreuse soirée lui arrache une grimace. L'image qui m'a tourmentée depuis me revient : son expression défaite lorsque j'ai embrassé l'Australien. La peine que j'ai lue dans ses yeux m'avait bouleversée. Elle continue de le faire.

– J'aimerais pouvoir te dire que je ne voulais pas te blesser, mais c'était mon intention. Je pensais que la séparation te paraîtrait moins douloureuse. Je ne voulais pas que tu viennes frapper à ma porte un matin et que tu trouves la maison vide. Ou que tu tombes sur un message automatique disant que mon numéro n'était plus attribué. Puis, je craignais que tu cherches à me retrouver. Je te connais. Je sais que tu te serais inquiété pour moi.

Je soutiens quelques instants son regard. J'hésite à lui demander où tout cela nous mène, lui et moi. Pourrait-il encore m'aimer ? J'entrouvre les lèvres, puis les referme. J'ai peur de sa réponse. Il est peut-être trop tard. Il est peut-être déjà passé à autre chose. Si c'est le cas, je préfère ne pas le savoir.

– Luke ! l'appelle Sam.

Nous nous retournons tous les deux vers la porte.

– Nous devons nous organiser pour la prochaine intervention. Nous allons devoir te raccompagner chez toi.

– Vous êtes certains d'avoir passé le quartier au peigne fin ? je l'interroge, le cœur battant.

– Nous avons effectué une vérification complète. Il ne craint rien.

– Parfait.

Je me redresse d'un bond. Mes jambes me portent rapidement jusqu'à l'armurerie, où je m'empare de mon Glock.

– Laisse-moi le ramener chez lui avec Cooper, d'accord ? Je rentre tout de suite après pour préparer la mission avec le CENTRAL.

– Reagan… reprend Sam d'une voix douce.

À son intonation, je devine la suite, mais je retarde l'inéluctable et continue à chercher les clés de la voiture.

– Qui conduit, toi ou moi ?

Mon pouls résonne à mes oreilles, mélange assourdissant d'espoir et d'inquiétude.

– Reagan, répète Sam en s'approchant de moi.

J'évite son regard, comme si le fait de ne pas l'affronter pouvait la faire taire. Mais elle poursuit :

– Tu ne peux pas prendre part à cette mission. C'est impossible.

– Et pour quelle raison ? je réplique froidement.

Je remplis mon chargeur de munitions.

– Trésor, je pourrais t'en citer une bonne douzaine.

Je me retiens de lui rappeler combien je déteste qu'on me donne du « trésor ». Commencer une phrase par un petit surnom affectueux, c'est sous-entendre que votre interlocuteur est soit stupide, soit dans l'erreur. Voire les deux.

– Eh bien, moi j'en vois une grosse centaine pour justement y participer, je rétorque en glissant l'arme dans la ceinture de mon jean.

– Reagan, je t'en prie, réfléchis, me raisonne Sam en m'agrippant fermement par le bras. Je voudrais t'emmener et je pense que nous avons besoin de toi, mais tu n'es pas encore un véritable agent. Et tu es émotionnellement impliquée. Sans compter que tu étais leur première cible. Nous devons te faire quitter l'Ohio et te transférer au quartier général de la CIA ce soir. À ma place, tu prendrais exactement la même décision.

Mes yeux se posent sur les couteaux acérés, alignés sur le comptoir métallique, qui embarqueront sous peu dans un avion pour la Colombie. De ma main libre, je suis le contour d'une des lames crantées. La pulpe de mon doigt en souligne chaque dent tandis que j'imagine la planter dans le cou de Torres. Je dois partir. Au moins m'introduire dans le pays. Et si Sam refuse de m'emmener, j'irai seule.

Alors je mens, d'une toute petite voix :

– Je comprends.

Sam jette un regard à Luke qui se tient derrière elle, dans l'encadrement de la porte, puis de nouveau, se tourne vers moi.

– Je te laisse quelques minutes pour lui dire au revoir, me souffle-t-elle à voix basse. Tu ne le reverras sans doute pas.

J'inspire l'air lourd, étouffant de l'armurerie. Sam me tapote le bras et m'offre un demi-sourire, avant de regagner la salle de crise.

Luke me dévisage. Ses yeux pâles trahissent sa fatigue, son inquiétude. Les lèvres pincées, je m'avance vers lui, lui prends le poignet et l'entraîne vers le recoin le plus sombre de la pièce, où Sam ne pourra pas nous entendre.

– Ils vont te raccompagner chez toi, je lui explique dans un souffle.

Mon cœur cogne sourdement dans ma poitrine et chaque battement semble implorer : *Ne pars pas. Ne pars pas. Ne pars pas.*

– Et toi ?

– Ils me transfèrent à Langley ce soir.

– Et ensuite ?

Je hausse les épaules.

– Je n'en sais rien. Nouvelle identité, nouvelle vie. Comme toujours.

Son regard est trouble et insistant.

– Mais… je te reverrai ? C'est un adieu ?

Sam passe la tête dans la pièce.

– Luke, nous partons dans une minute, nous lance-t-elle.

Je l'enlace et l'attire vers moi.

– Je ne veux pas te dire au revoir…

Le chagrin comprime ma gorge et me réduit au silence.

Il m'enveloppe de ses bras et me serre contre lui. J'imprime dans ma mémoire la sensation de son corps contre le mien : puissant, doux, rassurant. J'enfouis mon visage au creux de son épaule et respire son odeur : un parfum de savon, de cannelle et une note vaguement métallique que je ne parviens pas à identifier.

– Je n'arrive pas à imaginer qu'on ne se reverra pas, me souffle-t-il.

Ses mains remontent le long de mon dos et ses doigts s'attardent sur ma nuque.

– Reagan, appelle Sam dans le couloir. Je suis désolée, mais nous devons partir.

Je me hisse sur la pointe des pieds et effleure sa joue du bout des lèvres. Il resserre son étreinte et mon corps hésite entre frémissement et douleur.

– Garde ton portable près de toi, je lui murmure. Je vais avoir besoin de toi.

Je l'enlace une dernière fois, puis le lâche. Sans un mot, je le regarde suivre Cooper dans l'escalier. Arrivé à la dernière marche, Luke se retourne et me dévisage, avec un geste d'adieu. Ses lèvres esquissent un petit sourire triste. Je mémorise chaque détail : ses longs cils qui encadrent ses yeux si doux. Ses fossettes qui creusent ses joues pâles. J'enregistre ce souvenir de lui tandis qu'il tourne les talons, franchit la porte et disparaît.

VINGT-DEUX

– Bon, tous les agents concernés sont briefés ?

La voix de Thomas résonne dans la salle de crise. Au retour de Cooper, Sam et lui se sont enfermés dans la pièce, refusant de me laisser écouter la moindre étape de leurs préparatifs. *Secret défense*, ont-ils invoqué. Alors qu'il s'agit de mes parents.

J'ai haussé les épaules, feignant de l'accepter. Depuis, je garde l'oreille collée à la porte glacée et je me creuse la cervelle pour trouver le moyen de rassembler les informations dont j'ai besoin.

J'imagine Thomas, debout dans la salle de crise du CENTRAL, à Langley, en Virginie. La vidéo-conférence est retransmise sur l'un des écrans de Sam et Cooper.

Je suis certaine d'avoir déjà vu le Q.G. Je sais parfaitement à quoi il ressemble. Mais où et quand ? Je presse les mains sur mon front plissé, tandis que mes années d'entraînement repassent dans ma mémoire. Lorsque je ferme les yeux, les bribes de souvenirs défilent dans mon esprit, comme en accéléré. Mon cerveau s'arrête alors sur une image qui remonte à l'année dernière : ma mère, penchée sur sa tablette pendant notre trajet en voiture, au beau milieu de la nuit, de Philadelphie à Washington. Elle restait en contact avec la salle de crise de Langley et suivait un briefing concernant le tueur qui s'était introduit chez nous.

Comment s'était-elle connectée ? *Réfléchis, Reagan. Réfléchis.* Les dents serrées, je prends une longue inspiration, espérant presque me plonger dans un état d'hypnose pour extraire un souvenir enfoui au plus profond de ma mémoire.

Je me focalise sur les quelques instants précédents, juste avant qu'elle ne sorte sa tablette. Elle disait à mon père qu'elle avait besoin d'un café. Il a répondu qu'il s'arrêterait une fois que nous aurions franchi la limite de la Pennsylvanie. Elle a alors tiré l'appareil de son sac d'urgence, entré une série de nombres et lancé la vidéoconférence.

Son code des Black Angels.

Je me précipite à l'autre bout de la pièce et ouvre le sac de ma mère. Je remue ses affaires : son pull préféré, des photos de moi, enfant, des lettres de mon père... Enfin, je l'aperçois : une tablette fabriquée spécialement pour les Black Angels. Pas le genre qu'on trouve dans un Apple Store.

J'allume l'écran. Une fenêtre s'affiche et requiert un code à six chiffres. Mes doigts pianotent sans même réfléchir les numéros qu'elle m'a fait apprendre. *1-7-8-2-2-9.*

Sitôt connectée, une bulle surgit :

CENTRAL – Conférence en cours.

Dessous, deux boutons apparaissent.

SE CONNECTER EN TANT QUE « ELIZABETH »
SE CONNECTER EN TANT QUE « ANONYME »

Anonyme. Gros malin.

Thomas et la salle de crise emplissent la fenêtre. *Bingo.*

– D'après le plan de vol, ils atterriront sur un aérodrome privé, près de Tumaco.

Thomas touche l'écran intégré à sa table et une carte de la Colombie s'affiche aussitôt. Il entoure une petite ville sur la côte colombienne, près de l'Équateur. J'attrape mon téléphone et photographie l'image.

– Torres possède un vaste ranch à l'extérieur de la ville. Nous pensons que c'est là qu'ils emmènent Jonathan et Elizabeth.

– Alors, quelle est la prochaine étape ? l'interroge Sam.

Je l'imagine, derrière la porte, à se ronger l'ongle du pouce droit.

– L'équipe de Columbus va immédiatement partir pour l'Équateur. Un de nos contacts sur place vous récupérera à l'aéroport de Quito, explique Thomas. Il vous conduira à San Lorenzo. Ensuite, vous franchirez la frontière qui sépare l'Équateur de la Colombie, cachés dans la benne de l'un de nos véhicules.

– Et le reste de la cellule ? reprend Sam.

– Malheureusement, les orages sur Washington empêchent notre pilote de décoller, soupire Thomas. Selon lui, la météo s'annonce trop dangereuse pour un petit avion, nous avons donc dû réserver des billets sur un vol commercial pour Meredith et P.-J. Il part dans deux heures. Eduardo, un passeur des Black Angels, les attendra au café *El Jefe*, à l'aéroport de Quito.

Thomas affiche une photo d'Eduardo et marque l'emplacement du café sur le plan de l'aéroport. De nouveau, je capture l'image.

– Eduardo ne bénéficie pas d'une habilitation de sécurité élevée, poursuit Thomas. Alors, veillez à en dire le moins possible au sujet de la mission jusqu'à ce qu'il vous ait conduit à l'équipe officielle en Colombie.

– Peut-on lui faire confiance ? intervient une jeune femme – sans doute Meredith – dans la salle de conférence à Langley.

– Oui, nous avons plusieurs fois travaillé avec lui, continue Thomas.

Il fait apparaître le trajet que les agents suivront une fois sur place. Je photographie la ligne bleue sinueuse qui relie Quito à San Lorenzo, une ville côtière, près de la frontière que chaque binôme, révèle Thomas, franchira clandestinement.

– N'attendez pas les Black Angels de Washington à San Lorenzo, rappelle-t-il à Sam. Vous devez entrer en Colombie les premiers afin de ne pas attirer l'attention.

– Très bien, acquiesce-t-elle.

– Mémorisez vos codes. Pour l'équipe de Columbus : 220394. Équipe de Washington : 392043, annonce-t-il avant que l'image ne revienne sur la conférence.

220394. 220394. 392043. 392043. Je me répète les nombres jusqu'à ce qu'ils se fixent dans ma tête.

– Notre jet est en route pour Columbus, déclare Thomas en consultant sa montre. Il devrait atterrir d'ici une quinzaine de minutes.

– Compris, répond Sam. Le temps de rassembler nos affaires, nous partons.

– Parfait. La liaison radio peut être aléatoire en Équateur, mais les équipes qui vous rejoindront auront un accès satellite, conclut Thomas. Bonne chance à tous.

L'écran devient noir. Derrière le mur, je perçois le grincement métallique des chaises. Je me redresse d'un bond et me glisse furtivement à l'autre bout de la pièce, où je cache la tablette dans mon sac.

Je me rassois sur le sol, feignant une moue blasée lorsque Sam ouvre la porte.

– Reagan, tu peux entrer, maintenant, m'annonce-t-elle en me faisant signe d'approcher.

Je me lève et m'accorde un instant pour reprendre mon souffle. C'était moins une.

Je la suis dans l'armurerie. Déjà, Cooper range des carabines M4, des revolvers, des couteaux et des munitions dans leur étui.

– Nous voulions t'envoyer à Langley le plus vite possible, mais nous partons immédiatement pour l'Amérique du Sud, explique Sam, en passant la main dans ses cheveux pour rajuster sa queue de cheval. Cooper, tu restes avec elle jusqu'à ce que Brian vienne la chercher pour l'emmener au CENTRAL.

Cooper s'interrompt dans son mouvement et croise les bras sur son torse massif.

– Pas question ! Je viens avec toi. Tu ne peux pas y aller seule. Et si l'équipe de Washington n'arrivait pas à temps ? Nous avons besoin d'hommes sur le terrain !

– Nous ne pouvons pas la laisser. Brian n'arrivera pas avant deux heures, commence Sam.

– Je peux me débrouiller, j'insiste d'une voix ferme.

Je dois absolument les convaincre de me laisser seule. Mais Sam secoue la tête, les poings sur ses hanches.

– On ne peut pas t'abandonner. Quelqu'un doit s'occuper de ta sécurité et de ton trajet jusqu'au Q.G.

– Sam, partez. Je ne risque rien ici, j'ajoute en désignant la pièce. Je vais prendre quelques armes, m'enfermer dans la salle de crise et attendre que l'agent responsable de mon transport arrive.

– Je ne sais pas… marmonne Sam.

Je pose les mains sur ses épaules.

– Sam, ne t'inquiète pas pour moi. Je suis capable d'assurer ma propre protection. Je t'en prie, va chercher mes parents.

– Sam, nous devons rejoindre l'aéroport, insiste Cooper en refermant une dernière mallette. Nous n'avons pas de temps à perdre.

Elle me regarde droit dans les yeux, l'air grave. Je sens qu'elle pèse le pour et le contre, hésitant à retarder leur départ pour l'Équateur ou à me laisser Cooper. Elle consulte sa montre, puis hoche finalement la tête.

– Très bien. Brian sera là d'ici deux heures. Prends quelques armes et barricade-toi dans la salle de crise.

Du premier placard, je sors un Glock 22 chargé et un M4. Sam me tend une bouteille d'eau et passe son bras autour de mes épaules tandis que nous nous dirigeons en silence vers la porte restée ouverte de la salle de crise.

Je pénètre dans la pièce exiguë – environ deux mètres sur deux de béton et d'acier – avant de me retourner vers elle. Elle a les yeux humides. Elle saisit ma main, s'apprête à parler, mais les mots ne viennent pas. J'ignore ce qui la rend subitement si émotive. Peut-être les souvenirs de moi, enfant. La vision de mes parents bâillonnés et frappés. Le poids de cette mission de sauvetage qui pèse sur ses épaules. Peut-être un peu des trois.

– Ramène-les-moi sains et saufs, je murmure.

Elle acquiesce, dépose un baiser sur ma joue et me caresse le visage.

– C'est promis.

Elle baisse les yeux, fait lentement tourner la porte qui grince sur ses gonds avant que le battant ne s'enclenche. Je tape le code à six chiffres et réprime un frisson lorsque les verrous blindés s'encastrent dans la serrure.

VINGT-TROIS

Allez… Démarrez ! Devant les moniteurs intégrés au mur, je regarde Sam et Cooper charger les dernières mallettes en aluminium contenant leurs armes dans le coffre du 4 × 4. Sam referme le hayon, saisit les clés que lui tend Cooper et s'approche du siège conducteur. Je retiens mon souffle tandis qu'elle manœuvre pour effectuer une marche arrière et s'engager dans la rue, avant de disparaître du champ de la caméra.

Figée, je compte soixante interminables secondes, guettant un éventuel retour des phares. Mais les alentours demeurent noirs. De nouveau, j'entre le code à six chiffres sur le clavier de sécurité. Le mécanisme se déverrouille et la porte se rouvre dans une longue plainte. Sans lâcher les armes, je pousse le battant et me précipite dans la pièce attenante.

Après avoir déposé pistolet et fusil sur la table, je sors mon téléphone de ma poche. Je photographie méthodiquement tout ce qui pourrait concerner la mission de sauvetage : itinéraires, horaires de vols, noms de code, coordonnées, ainsi qu'une carte du ranch de Torres près de Tumaco.

J'évalue mes possibilités : deux heures ne me suffiront pas. Sur un morceau de papier, « Brian » est griffonné à côté d'un numéro de mobile.

Je reconnais aussitôt les pattes de mouches de Sam. J'attrape le téléphone satellite et compose le numéro.

– Brian, répond une voix caverneuse au bout du fil.

Je baisse ma voix de deux octaves pour adopter la tessiture naturellement grave de Sam.

– Brian, c'est Sam. Nous partons, mais tu peux faire demi-tour. Inutile de faire un détour par la planque. Nous allons exfiltrer Reagan vers un autre lieu sûr, en chemin.

– Tu en es certaine ?

– Oui, le secteur est compromis, je bluffe avec des sueurs froides, à mesure que les mensonges me viennent. Reagan doit quitter New Albany immédiatement et on s'en charge.

– Mais les ordres émanaient directement du CENTRAL, objecte Brian, sceptique.

– Qu'est-ce que tu veux, Brian ? Mes codes ? je m'agace, tâchant d'imiter de mon mieux une Sam furieuse et pressée. *BA 178229*, nom de code « FANAL », code de mission : *220395*. Franchement, Brian, j'ai pas le temps pour ces conneries. Fais demi-tour et nous en parlerons à mon retour.

– Très bien, au temps pour moi. Soyez prudents, là-bas.

– Entendu.

Je raccroche sans même lui dire au revoir.

Mon regard se pose sur les armes. Impossible de prendre l'avion avec un tel arsenal. Je saisis le pistolet léger et le glisse à l'arrière de mon jean. Une dernière fois, j'embrasse la pièce du regard, à la recherche d'un détail que j'aurais pu omettre. À chaque inspiration, j'ai l'impression que les murs du sous-sol se referment un peu plus sur moi et, malgré la température basse qui y règne, j'étouffe. Je dois sortir d'ici. Je me précipite vers l'armurerie, attrape mon sac d'urgence et me dirige vers l'extérieur.

La nuit glacée m'enveloppe tout entière. Chaque respiration rend le froid plus douloureux. Dans l'allée, j'aperçois la vieille Jeep de Cooper. Je me rue sur la portière. Elle est ouverte, mais aucune trace de clés... J'inspecte les pare-soleil et la boîte à gant, sans succès. Mentalement, je visualise la salle de crise : elle ne comportait aucune clé. Cooper a dû les garder sur lui.

Je fais demi-tour et regagne la planque au pas de course. Je fouille le placard sous l'évier, où je déniche une caisse à outils. Bingo. J'attrape un tournevis plat et un marteau avant de revenir vers le véhicule. Pourvu que ça fonctionne… Je sais faire démarrer une voiture en trafiquant les fils, mais cela me prendrait trop de temps. Je place le tournevis dans le contact et l'enfonce à l'aide du marteau.

Démarre. Démarre. Avec un dernier choc, je fais pivoter le tournevis et le moteur rugit.

– *Yes !*

J'enclenche la marche arrière, sors mon téléphone de ma poche et compose le numéro de Luke. Il répond presque instantanément.

– Reagan, tout va bien ?

– Ça va. Écoute, j'ai besoin que tu me réserves un vol pour Quito tout de suite.

Je longe la petite route qui borde le Country Club.

– Tu plaisantes ? Tu vas me faire le plaisir de retourner d'où tu viens et de regagner cette planque immédiatement, décrète Luke.

– Pas question, je rétorque. Je dois y aller.

– C'est trop dangereux. Tu ne réussiras qu'à te faire tuer et…

– Luke, je l'interromps. Je ne peux pas rester les bras croisés à Langley, à regarder une nouvelle mission échouer en direct.

Des larmes de frustration et de fatigue commencent à monter et je prends une profonde inspiration pour mieux les contenir.

– Reagan, c'est de la folie, répète-t-il.

– Je sais. Mais si je n'y vais pas, mes parents mourront. Je le sens, Luke. Ils n'en reviendront pas.

Je m'oblige à prononcer ces mots, même s'ils m'arrachent les tripes. Ce n'est pas une ruse de ma part pour le persuader de m'acheter ce billet. Au fil de mon entraînement, j'ai développé un sixième sens, une intuition que tant d'agents acquièrent avec les années. À présent, je suis certaine d'avoir raison.

J'ai la soudaine impression d'être déconnectée de mon propre corps et d'observer la scène plus que de la vivre.

– Je t'en supplie. Aide-moi, Luke.

Il lâche un soupir. Je l'entends pianoter sur un clavier d'ordinateur.

Deux vols : l'un décolle dans une heure trente, à vingt-deux heures. Le suivant part demain matin, annonce-t-il d'une voix presque incrédule, comme s'il se surprenait lui-même.

– Réserve pour ce soir. Je dois arriver avant l'équipe de Washington et utiliser leur passeur.

– C'est fait. Dis merci à la carte Platinum.

– Génial. Je viens récupérer le billet dans quelques minutes.

Je longe le Country Club de New Albany et fonce en direction de notre quartier. En m'engageant sur Landon Lane, je jette un regard à l'horloge : il me reste moins de quatre-vingt-cinq minutes pour prendre ce vol. Je m'arrête devant la maison des Weixel, mais avant d'avoir pu serrer le frein à main, Luke sort en courant, un sac sur le dos. Il ouvre la portière et grimpe sur le siège passager.

– On ferait mieux de se dépêcher si on veut avoir cet avion, déclare-t-il en lançant son sac et mes affaires sur la banquette arrière.

– Comment ça, « on » ?

– J'ai réservé deux billets pour Quito, répond Luke en bouclant sa ceinture.

Je secoue la tête et m'emporte

– Arrête, Luke. Pas. Question. Je ne te laisse pas venir avec moi.

– Et moi, je ne te laisse pas partir seule, réplique-t-il sur le même ton.

– C'est beaucoup trop dangereux ! Moi, je suis formée à cela depuis que j'ai perdu mes dents de lait.

– Moi aussi. Je n'ai peut-être pas suivi l'entraînement draconien des Black Angels, mais j'ai été élevé par un militaire et j'ai toujours eu l'ambition d'entrer dans l'armée. Écoute, j'en sais sans doute moins que toi, Reagan, mais y aller seule, c'est du suicide. Je ne compte pas te laisser faire. Si tu m'obliges à descendre, j'appelle Sam et je l'avertis de ce que tu mijotes.

– Tu n'oserais pas me faire un coup pareil !

– Oh que si ! Pour te protéger, je n'hésiterais pas.

– Luke, je n'ai pas le choix ! Tu n'imagines pas ce que c'est que d'être enfermée dans une pièce, réduite à l'impuissance, à attendre qu'on t'annonce le pire.

– Évidemment que je le sais, vocifère-t-il à son tour. Qu'est-ce que tu crois que je ressentirais si je restais ici en te laissant partir ?

Ses mots me laissent sans voix. Nous nous dévisageons pendant quelques instants, mais la gravité du moment nous contraint à baisser les yeux.

– Écoute, poursuit-il d'un ton plus calme. Si tu comptes prendre le camion qui devait transporter l'équipe de Washington, tu as tout intérêt à ce que nous passions à deux. S'ils te démasquent, ils te renverront par le premier avion avec une demi-douzaine de gardes du corps pour t'accueillir.

Je me mords les lèvres jusqu'au sang. Luke a raison. Impossible d'arriver seule à Quito et espérer traverser aussi facilement la frontière. Sur place, les contacts attendent deux agents.

– Et tes parents ? j'insiste en jetant un regard à sa maison. Ils vont paniquer si tu disparais.

– Ils restent à Washington jusqu'à dimanche prochain, explique-t-il. Je les ai prévenus que je m'entraînerais avec les réservistes et que je rentrerais tard cette semaine. Ils savent que je serai difficile à joindre.

– Très bien, je soupire. Mais si tu viens, tu devras m'obéir à la lettre. Compris ?

– Promis.

Je lui lance mon téléphone.

– Parfait. J'ai des photos de tout, plans et informations, là-dedans, je reprends en effectuant une marche arrière. Envoie-les par SMS sur ton téléphone, puis efface-les du mien. Je vais le laisser chez Harper. Ensuite, nous filerons à l'aéroport.

– Pourquoi chez Harper ? Qu'est-ce qu'on va faire là-bas ? demande-t-il tout en transférant les documents.

– Parce qu'elle habite à deux minutes de la planque, je réponds, en regagnant la grande avenue du Country Club. S'ils tentent de localiser mon portable, ils seront surpris en comprenant que je ne me trouve plus sur place. Ça nous donnera un tout petit peu plus de temps.

Le trajet jusque chez Harper se poursuit en silence. Luke exécute mes instructions, avant que je fasse disparaître toute trace de mon identité.

En arrivant, j'aperçois Harper, en jogging et en sweat-shirt trop large, qui descend de sa Range Rover. Je jette un coup d'œil à l'horloge. *Vingt heures quarante-huit.* Soixante-douze minutes.

– Hé ! Mes deux personnes préférées ! s'exclame-t-elle.

Nous sortons de la voiture sans couper le contact.

– Qu'est-ce que vous faites là ?

– On faisait un tour.

– On venait juste te dire bonsoir, renchérit Luke qui passe les bras autour de ses épaules.

Harper répond à son geste en le prenant par la taille et glisse son énorme sac en toile sur son bras.

– Vous avez bien fait. Je rentre à peine du club. Je voulais tester le cours de yoga du nouveau prof canon. Mais je me demande si ce visage d'éphèbe et cet accent australien en valaient vraiment la chandelle. Je crois qu'il a réussi à me déchirer l'hymen, et pas de la façon la plus rigolote…

– Épargne-nous les détails, Harper, plaisante Luke en secouant la tête.

Un éclat de rire monte dans ma gorge en même temps que des larmes. Elle se tient là, devant moi, si proche que je peux presque la toucher. Et pourtant, elle me manque déjà.

– Toujours TBC ? me taquine-t-elle avec un clin d'œil.

J'esquisse un geste d'indifférence, mais Luke nous dévisage l'une après l'autre.

– Vous êtes pénibles, toutes les deux, s'exclame-t-il en s'écartant. Je ne décoderai jamais votre langage.

– Vous voulez entrer deux minutes ? propose Harper.

– Non, il faut vraiment qu'on rentre. J'avais simplement envie de te voir.

Je l'enlace pendant que Luke se dirige vers la voiture.

– Reagan, tu es sûre que ça va ? s'étonne-t-elle, d'une voix soudain plus tendue.

– Oui. CSDR !

Comme sur des roulettes.

Avant de la lâcher, je fais doucement tomber mon téléphone dans son sac ouvert en priant pour qu'il glisse jusqu'au fond. Harper ne retrouve jamais rien dans ce sac.

Je la serre encore une fois contre moi.

– Merci d'être une copine si géniale, je chuchote à son oreille.

– Pas de quoi, répond-elle à voix basse.

Je me dégage et me dépêche de regagner la voiture, redoutant de fondre en larmes.

– Je t'adore ! me lance-t-elle.

Je me retourne, soulagée qu'elle ne puisse distinguer mes yeux dans l'obscurité. Je plaque mes doigts sur mes lèvres et lui envoie un baiser. J'ai brusquement conscience que nous échangeons nos derniers mots.

– Moi aussi !

En ouvrant la portière, je fixe son image dans ma mémoire : ses cheveux bouclés qu'elle ramène toujours en chignon maladroit. Ses joues roses et rebondies. Son sourire, d'abord incertain puis soudain immense et éclatant. Je rassemble ces fragments de mon amie, si proche, si formidable et la douleur devient tout à coup plus insidieuse.

J'enclenche la marche arrière. La faible lumière du lampadaire passe sur mon visage et me trahit.

– Est-ce que ça va ? me demande Luke en m'observant.

– Ça ira, je réponds en déglutissant péniblement pour mieux ravaler mes larmes. C'est la première fois que j'ai pu dire au revoir à quelqu'un.

Luke ne fait aucun commentaire. Il se contente d'esquisser un geste vers moi. Ses doigts hésitent au-dessus de ma main avant de finalement se poser sur ses genoux. Je regarde l'horloge. *Vingt heures cinquante-cinq*. J'écrase la pédale de l'accélérateur et nous filons dans un silence pesant vers l'aéroport.

VINGT-QUATRE

– Donc, une fois à Quito… je souffle à voix basse en désignant la ville sur ma tablette.

Je tape l'écran et zoome sur la capitale. Je trace l'itinéraire jusqu'à la frontière colombienne, dessinant une ligne bleue et sinueuse sur la carte.

– Le passeur des Black Angels nous conduira à un point de rendez-vous près de San Lorenzo, puis nous entrerons en Colombie par nos propres canaux. Nous retrouverons l'équipe à Tumaco puis nous nous dirigerons vers le ranch de Torres.

Luke scrute l'écran.

– Comment allons-nous franchir la frontière ?

– Nos agents étrangers ont des contacts aux postes-frontières. Nous n'avons plus qu'à espérer qu'ils soient de service au bon moment.

De nouveau, je tapote la carte pour zoomer sur la zone frontalière. Luke plisse les yeux en examinant le trajet.

– Le CENTRAL a déjà prévu deux camions agricoles avec des bennes à double fond. Ils les emploient souvent pour pénétrer clandestinement dans un pays. Nous y resterons cachés jusqu'à notre arrivée à Tumaco…

– Et si nous croisons quelqu'un, les conducteurs passeront pour de simples fermiers qui transportent du fourrage, achève Luke en acquiesçant.

– Voilà. Crois-moi, mes parents l'ont fait des centaines de fois. Ils ont probablement utilisé ces mêmes camions. Je m'y suis exercée quelques fois pendant différents stages, dans des camps à l'étranger. C'est inconfortable au possible, il y fait très chaud, mais ils ont été soigneusement conçus de façon à ce que personne ne soupçonne une présence clandestine.

– Des camps à l'étranger ? Où ? demande-t-il dans un murmure, alors que nous sommes entourés de rangées de sièges vides.

Les vols de nuit pour Quito en semaine ne sont pas exactement bondés.

– Un peu partout.

Je passe en revue les différents pays où je me suis rendue.

– En Israël, une fois, pour un stage avec les meilleurs experts de krav-maga. En Russie, un autre été, pour le maniement des armes. En Chine, pour des cours sur le piratage informatique et la maîtrise du numérique. Je me suis entraînée au Mexique, au Moyen-Orient. J'ai même suivi des séminaires du MI-6, au Royaume-Uni. Le tout est top-secret, évidemment. Personne n'était au courant. Les enfants de ces agents grandissent dans ce milieu et sont formés dès leur plus jeune âge à prendre la relève. Exactement comme moi.

– C'est incroyable, souffle-t-il. Tu as eu tellement d'expériences…

Il remue sur son siège et ses jambes frôlent les miennes.

Malgré moi, je hoche la tête. Je fixe sans la voir la tablette, mon regard errant entre les villes colombiennes. *Florencia. Mocoa. Montería. Cali. Bogotá.* Des noms si doux qui renferment une telle violence. Ils évoquent de paisibles lieux de vacances, des résidences de luxe. Pas des villes où les fusillades sont quotidiennes et le sang omniprésent.

Un claquement retentit dans mes oreilles. Je ne m'étais pas rendu compte que les sons étaient étouffés depuis le décollage. Les bruits qui m'entourent s'amplifient. Le rugissement des réacteurs me donne la migraine et, oubliant ma carte, je sens mon esprit s'agiter.

J'appuie le front contre la vitre du hublot. Ma tête pèse sur le plexiglas. Mon regard suit l'aile de l'avion, vers les nuages vaporeux. En bas, les lumières d'une ville scintillent. Nous survolons des champs, des routes sinueuses, des petites poches de civilisation. Un centre commercial sur une grande avenue, des supermarchés, des bureaux plongés dans l'obscurité, leurs parkings vides éclairés pleins feux, quelques maisons chaleureuses dont les cheminées fument, des voitures garées dans les allées. Je compte les pavillons alignés le long des rues et me demande à quoi ressemble la vie de ces gens.

J'imagine des mères occupées à débarrasser des assiettes, à s'affairer devant l'évier, les yeux rivés sur la fenêtre. Que voient-elles ? Un jardin dans la pénombre, une balançoire immobile ou leur propre reflet ? Derrière elles, leurs enfants assis à la grande table terminent leurs devoirs, pendant que leur mari feuillette un journal ou pianote sur leur ordinateur dans le salon. Ils achèvent leurs activités quotidiennes : vaisselle rangée, surfaces nettoyées, douche prise, avant de passer un peu de temps ensemble, de regarder la télé, de se plonger dans un livre, d'aller se coucher. Dormir, pour mieux reprendre la routine le lendemain. Pour certains, c'est sans doute l'image d'une vie profondément ennuyeuse. Pour l'heure, elle me semble idéale.

Dans la cabine, les lumières baissent. L'éclairage blanc et cru se change en un orangé plus doux. Luke sort son téléphone de sa poche et vérifie l'heure.

– Essaie de te reposer un peu, suggère-t-il en rangeant son portable.

– Et pour le déroulement tactique et stratégique ?

Ma voix déraille, trahissant ma fatigue physique autant qu'émotionnelle.

– On le répète depuis des heures. On est prêts, décrète Luke. Et puis, une fois là-bas, nous devrons seulement assurer le renfort, non ?

– C'est vrai, j'acquiesce, même si l'idée de rester à couvert dans le camion me paraît aussi insupportable que l'attente dans la salle des opérations à Langley.

– Allez, la journée a été longue.

Ses doigts, tièdes contre ma peau glacée, effleurent les miens.

– Je suis presque trop épuisée pour dormir, je murmure en repliant les jambes.

– Tu veux que je te raconte une histoire ? demande-t-il avec un sourire.

Une histoire ? Je n'en ai pas eu depuis ma toute petite enfance. J'accepte d'un signe et il attrape une couverture sur les sièges vides de la rangée d'en face.

– Viens, allonge-toi, propose-t-il en tapotant ses genoux.

– Et toi ? j'objecte. Toi aussi tu as besoin de sommeil.

– Ça ira.

Je me recroqueville et pose la tête sur ses genoux. Il étend dans la couverture sur moi et la remonte jusqu'à mes épaules.

– Qu'est-ce que tu aimerais entendre ?

– Raconte-moi tes plus belles vacances, je suggère en me lovant contre lui.

– Si tu veux... Quand j'étais petit, nous partions chaque été en Caroline du Nord. Mes parents louaient un appartement au bord de la mer et chaque matin, Claire et moi prenions le petit-déjeuner sur le balcon. C'était toujours le même rituel : manger nos donuts au chocolat en comptant les vagues qui se brisaient sur la plage. Claire avait horreur du sable : elle passait son temps à se rincer les jambes sous la douche. Mais chaque jour, nous attrapions nos seaux et nous partions à la chasse aux coquillages : on ramassait les étoiles de mer, des bulots plats, des palourdes et...

Sa voix me berce. Mon souffle s'apaise. Juste avant de sombrer dans le sommeil, je sens ses doigts écarter une mèche de mon visage et la glisser derrière mon oreille. Mon corps et mon esprit lâchent prise et le noir enveloppe tout.

VINGT-CINQ

– Le voilà, *El Jefe*, je souffle en agrippant le bras de Luke. Suis-moi. Aucun document ne prouve que nous sommes des Black Angels, rien que les codes. On va devoir faire mine de connaître les lieux et de savoir ce qu'on fait, compris ?

Luke acquiesce, déterminé.

J'observe l'intérieur du café et repère Eduardo. Ses cheveux noirs paraissent plus longs que sur la photo : les pointes effleurent ses épaules chaque fois qu'il tourne la tête. Il feint de lire un journal, mais son regard scrute le moindre passager. Son style laisse à désirer : un véritable Black Angels serait beaucoup plus discret. Je m'approche.

– Eduardo.

Ses yeux bruns se posent sur moi et il lève les sourcils, surpris. Mes réflexes prennent le dessus avant qu'il ait pu m'interroger. *Le code.*

– 392043.

– Vous êtes tous les deux plus jeunes que j'imaginais, commente-t-il en jetant son journal taché de café sur la table en formica.

Je lui demande :

– *¿El Martillo sabe que estamos viniendo ?*

Le Marteau est au courant de notre arrivée ?

Je fixe le lino fissuré sur le sol tandis que nous traversons l'aéroport pour rejoindre une Jeep noire sur le parking.

– *No tiene ninguna idea. Estan seguro*, répond-il en marquant une hésitation avant de baisser la voix. *Por ahora.*

Il ne sait rien. Ils sont en sécurité. Pour l'instant. Son intonation, ses pauses lourdes de sous-entendus entre les phrases signifient que ce n'est qu'un répit.

La Jeep cahote sur la piste de terre. Seul le choc des roues contre les nids de poule et les pierres trouble le silence de l'habitacle. Plus mon épaule heurte le montant de la portière, plus je regrette les routes lisses, goudronnées de Quito, que nous avons laissées derrière nous quatre heures plus tôt. Eduardo s'efforce d'éviter les trous pendant que Luke et moi nous concentrons sur le plan du ranch de Torres et de son domaine sur ma tablette.

Je surprends mon reflet translucide, fantomatique, sur la vitre. J'ai les yeux injectés de sang et le teint grisâtre. Je n'ai dormi que deux heures dans l'avion, mais j'ai au moins pu refouler l'angoisse et oublier l'image de mes parents, attachés et bâillonnés. Je me suis réveillée en nage, les muscles raidis par la terreur. Ils ont disparu, disparu, me suis-je tout à coup rappelée, écrasée par le poids des incertitudes. Où sont-ils ? Que leur a fait Torres ? Sont-ils seulement encore en vie ?

Luke a bien tenté de me calmer, de m'inciter à me rendormir. Alors j'ai fermé les paupières et je me suis rallongée sur ses genoux. J'ai fait semblant de m'assoupir. Mais en vérité, j'ai passé le reste du voyage à ravaler les cris qui montaient en moi.

Mes automatismes ont repris le dessus à l'instant où l'avion a touché le tarmac. De nouveau, je demeure silencieuse, concentrée. Je me tiens en alerte, crispée. J'ai beau essayer, je ne parviens pas à me détendre. J'en suis physiquement incapable. J'attends simplement le moment. Celui où j'apercevrai le visage de ma mère et où j'entendrai la voix de mon père. Où nous serons réunis dans un vol pour les États-Unis et où le cauchemar sera terminé.

– Hé…

Luke prend soin de ne pas m'appeler par mon prénom devant Eduardo.

Nous ignorons s'il connaissait le nom des agents de Washington censés le contacter, mais nous n'avons pas l'intention d'éveiller ses soupçons après avoir parcouru tout ce chemin. En me retournant, je vois Luke farfouiller dans son sac à ses pieds. Il en sort des crackers et une portion de fromage sous cellophane.

– Et si tu mangeais quelque chose ?

Je m'appuie contre la vitre.

– Je n'ai pas très faim.

– Tu dois prendre des forces, insiste-t-il en me tendant le paquet.

À contrecœur, je l'accepte et déchire l'emballage. Je croque dans un biscuit, mais Luke ne me quitte pas des yeux.

– Est-ce que ça va ?

– Très bien, je réponds sans le regarder.

J'époussette les miettes de mon pull et dévore un second biscuit. *Je vais bien.* Si aller bien signifie ne plus rien sentir. Toutes ces années d'entraînement psychologique m'auront finalement servi à quelque chose. Si je m'autorisais à écouter mes émotions, je ferais un cauchemar tout éveillée, ou une crise d'angoisse. Un luxe que je ne peux pas me permettre. Pour une fois, l'état de zombie me convient.

Le véhicule est ballotté par les bosses et j'agrippe le siège à deux mains. Les montagnes de Quito ont depuis longtemps disparu et les paillotes se multiplient sur le bord de la route : nous approchons probablement de San Lorenzo. Un groupe de mouettes rassemblées sur la piste s'envole à tire-d'aile à l'approche de la Jeep. L'océan se trouve sans doute tout près.

Nous avons suivi des itinéraires peu empruntés pour ne pas être repérés, mais ce sont des coupe-gorges notoires. Je fais glisser mes doigts sur le cuir de la banquette et effleure le revolver posé entre Luke et moi. Un voleur serait mort avant même d'avoir compris à qui il avait à faire.

– Tu penses avoir retenu le plan de l'étage ? je souffle à Luke. Parce qu'une fois cachés sous les bennes des camions, nous serons plongés dans le noir total.

– C'est bon, m'assure-t-il en consultant sa tablette.

Il tape l'écran et zoome sur l'organisation de l'extérieur du ranch.

– Bien.

La deuxième tablette d'Eduardo se trouve près de moi. Ma mère affirme que je possède une mémoire photographique et je commence à croire qu'elle a raison. Maîtriser la disposition de la propriété ne m'a demandé que quelques minutes, mais, par acquit de conscience, j'ai préféré passer des heures sur le plan de chaque niveau.

– Nous y sommes presque, annonce Eduardo en bifurquant sur une route goudronnée.

Soudain, des maisons plus grosses défilent. J'aperçois deux ânes sur un terrain. Nous passons devant un cimetière aux stèles blanches couvertes de fleurs colorées. Un homme descend la rue, la peau un peu plus mate que la mienne, une canne à pêche à l'épaule et un seau dans l'autre main. Des enfants improvisent une partie de foot. Au loin, une montagne verdoyante se dresse entre nous et la mer.

Après quelques minutes, je repère un individu vêtu d'une chemise en flanelle sale et d'un jean taché de boue devant un bâtiment industriel. Je m'attends à ce que nous le dépassions, mais la Jeep ralentit. Il adresse un signe à Eduardo avant d'ouvrir le store métallique de la façade. Eduardo pénètre dans un entrepôt sombre et désert.

– *Un minuto*, nous lance-t-il, en sortant nos bagages du coffre.

L'inconnu et lui les chargent avec les armes de notre équipe dans un vieux camion cabossé. Je me faufile derrière la voiture pour passer ma tenue. Je me déshabille, ne garde que mes sous-vêtements et me glisse dans l'uniforme des Black Angels : pantalon noir, débardeur noir, chaussettes noires, chaussures noires. Noir, noir et encore noir. Le noir nous permettra de nous fondre dans les ténèbres une fois la nuit tombée sur Tumaco.

– *¿Estás listo?* je demande à Eduardo en soulevant mon sac sur mes épaules avant de me diriger vers lui.

À mesure que je m'approche, une odeur nauséabonde se fait plus forte. Qu'est-ce que… ? En baissant les yeux, je remarque une pelle fichée dans un tas informe qui ressemble à du compost. La puanteur devient insoutenable et je m'aperçois que ce n'est pas du compost : c'est du fumier.

– Qu'est-ce que tu comptes faire avec ça ? je l'interroge en rassemblant mes longues mèches en queue de cheval.

D'un même mouvement, je glisse les doigts sous l'élastique rouge à mon poignet et le passe dans mes cheveux une, deux, trois fois.

– Vous cacher, répond-il sans sourciller, avec son épais accent.

Je ne suis pas censée être une novice. Je m'oblige à ne trahir ni surprise ni dégoût à l'idée qu'on m'enterre sous un tas de… enfin, là-dessous.

– Quand vous serez allongés au fond, je remettrai les planches en place. Mais il faudra s'arranger pour que les patrouilles ne fouillent pas le camion à la frontière. Ils n'auront aucune envie de plonger les mains dans du fumier. Ils ne nous chercheront pas d'ennuis.

– Évidemment. Génial…

– On est prêts ?

Luke reparaît, vêtu d'un jean et d'une chemise noire, un sweat-shirt noir noué autour de la taille. Son esprit militaire a dû prendre le dessus pour qu'il ait pensé à emporter des vêtements sombres dans son sac, au moment où il a réservé deux billets pour Quito. Ce n'est pas une tenue réglementaire de Black Angels, mais ça passera.

– Allez, on charge, annonce Eduardo en nous tendant deux Glock 9 chargés. Une arme chacun. Là-dessous, vous ne pourrez pas en garder plus.

– Vas-y, me souffle Luke en plaçant sa main au creux de mon dos. Je confie mes affaires à Eduardo et saute dans le double fond du camion, le pistolet pendant le long de ma hanche. Je me couche sur le dos et sens le froid du métal glacer la peau nue entre mes vêtements. Luke grimpe à son tour et s'allonge près de moi.

– *¿Bien ?* nous lance Eduardo en agrippant une grande planche en bois.

Nous hochons tous les deux la tête.

– C'est parti, reprend le jeune homme.

Il dépose une première planche au-dessus de moi. Puis une deuxième et encore une autre. Seuls quelques centimètres séparent le bois de mon nez. Les espaces confinés et moi ne faisons pas vraiment bon ménage. Je suis claustrophobe, mais on m'a appris à passer outre. Alors, je ferme les yeux, j'inspire par les narines, expire par la bouche. Enfin, quand le dernier panneau nous enferme, l'angoisse a diminué.

Boum. Boum. Je rouvre les paupières. Eduardo jette pelletée après pelletée de fumier sur le plancher. Les interstices de lumière s'amenuisent, puis disparaissent.

– Eduardo, pas trop près de nos visages, s'il te plaît, je hurle, alors qu'il nous enterre vivants.

Sa voix monocorde paraît plus lointaine.

– Compris.

Boum. Boum. Le filet de clarté demeure visible au-dessus de nous, mais l'obscurité enveloppe le reste du double-fond.

– *¿Listo ?* crie l'autre homme.

Je perçois le raclement métallique de la porte du garage.

– *Vamos*, répond Eduardo.

L'écho de ses pas résonne sur le béton tout autour du véhicule. La cabine grince sous son poids lorsqu'il grimpe à l'avant. Le camion rugit et il quitte l'entrepôt pour s'engager sur les mauvaises routes de San Lorenzo.

Je me focalise sur le rai de lumière juste au-dessus de moi. Derrière, un ciel pur, des nuages, des montagnes, la mer.

– Est-ce que ça va ? me demande Luke.

Je l'entends remuer les pieds : ses semelles butent contre l'extrémité de la benne.

– Ça va. Et toi ?

– Oui…

Le silence retombe. J'écoute les pneus racler le bitume. Le choc des pierres, le toussotement du moteur, le grincement de la cabine. Je tâche de me concentrer sur les petites choses qui m'entourent, mais l'image de mes parents me hante. Je les imagine attachés, effrayés. Torturés, peut-être ? À l'idée que ces brutes puissent leur faire du mal, la douleur m'envahit, résonne jusque dans mes os. Torres voulait-il vraiment les tuer ou cherchait-il simplement à nous attirer ici ? À m'attirer, moi. Une vision de ma mère me revient : ses yeux verts pleins de défi, son corps figé en position de défense. Non, elle ne lâchera rien. Je ne sais peut-être pas tout d'elle. J'ignore ses craintes, les secrets qu'elle porte au plus profond de son âme, mais je connais sa force. Elle luttera jusqu'au bout, sans jamais céder ou implorer.

– Reagan ?

Luke a tourné la tête vers moi et je sens son souffle tiède contre ma joue.

– Oui ?

– Tu as peur ? demande-t-il d'une petite voix, quelque part, tout contre moi dans l'obscurité.

Je médite sa question.

– Non, je chuchote après un silence. Pas pour moi-même. Mais pour eux.

En prononçant ces paroles à voix haute, la panique que je m'efforçais de contenir s'empare de moi. Je la refoule, brutalement, si bien qu'elle semble se loger dans le fond de ma gorge. Je ne peux pas me permettre d'avoir peur.

– Je veux juste les ramener sains et saufs, j'ajoute dans un murmure.

Il ne répond rien, mais je sais qu'il m'a entendue. Je sens sa main courir le long du métal et chercher la mienne dans le noir. J'ouvre ma paume et prends sa main dans la mienne. Il la serre. Trois fois. Je fais de même. Et la route se poursuit, nos doigts entremêlés, enveloppés de ténèbres et de silence, jusqu'à la frontière colombienne.

VINGT-SIX

– Tenez bon, je vais vous libérer.

La faible voix d'Eduardo résonne derrière les planches du vieux camion. Une pelle racle le bois au-dessus de nous et déblaie le chargement.

– Bon sang, qu'il fait chaud, là-dedans, soupire Luke.

Je ne le vois pas, mais je l'entends tapoter la paroi d'un geste nerveux.

– En plus, ça pue, renchérit-il.

– Mais une fois dehors, pense à te mettre à genoux et à embrasser ce tas de fumier, fais-je observer d'une voix rauque après ces heures de silence. Sans lui, on était cuit.

– Primo, c'est répugnant.

Son intonation paraît plus forte. Il a dû se tourner vers moi.

– Deuxio, ajoute-t-il, qu'est-ce que tu veux dire par là ?

– La patrouille à la frontière : ils comptaient fouiller le camion, j'explique en pianotant des doigts sur la paroi de la benne.

Un écho métallique résonne autour de nous.

– J'imagine que tu parles l'espagnol couramment.

– Évidemment.

– Combien de langues tu maîtrises, au juste ?

– Sept. Enfin, huit en comptant l'anglais.

– Waouh… J'en parle deux et demie, avec l'anglais. Une « demie » pour l'espagnol. Autant dire que je n'ai pas vraiment saisi ce qu'ils racontaient.

– Je suis simplement soulagée que nous soyons passés, j'élude en tapant plus fort, comme pour étouffer les battements de mon cœur.

Comme Luke, je n'ai pas entendu toute la conversation, mais j'ai perçu des bribes : *busca, caja, retira las tablas : cherche, benne, retire les planches.* À ce moment-là, je n'osais plus respirer. J'ai agrippé la main de Luke, qui n'a manifestement pas compris ma peur, car il a répondu en serrant la mienne, comme en morse, par trois brèves pressions. De nouveau, ils ont demandé à Eduardo de démonter le fond. Je préfère ne pas imaginer ce qui serait arrivé s'ils nous avaient découverts. Ils nous auraient arrêtés. Peut-être abattus. Je ne verrais sans doute plus jamais le fumier de la même manière. Quant à Eduardo, il avait raison. Dès que les agents ont aperçu le fumier, ils n'ont pas insisté et nous ont laissé passer.

Le pas lourd d'Eduardo résonne sur le bois. La benne grince lorsqu'il bondit à terre et brusquement, c'est le jour. Je plisse les yeux et les abrite avec ma main lorsque, pour la première fois depuis des heures, la lumière inonde mon visage.

– Prépare-toi à entendre des hurlements, je murmure à Luke, l'estomac noué.

Une à une, Eduardo soulève les planches et les jette sur le sol. Elles heurtent le béton, avec des craquements de plus en plus sonores. En ouvrant tout grand les yeux, je m'aperçois que nous sommes arrivés dans un autre entrepôt. La lumière de la fin d'après-midi filtre par des lucarnes poussiéreuses, sous le plafond. Malgré la couche de crasse sur les vitres, la lueur orangée pénètre l'espace, rassurante.

– Vous êtes libres ! annonce Eduardo en retirant le dernier élément.

Je pousse sur le métal pour me redresser.

Je bombe le torse et fais pivoter ma poitrine sur la gauche, puis la droite, tâchant de dénouer les points de tension qui se sont formés dans le bas de mon dos.

– C'est une blague ?

Je me retourne et aperçois Sam, près d'un second camion cabossé, la bouche grande ouverte, les poings sur les hanches.

– Salut, Sam, je lui lance en m'asseyant sur le rebord de la benne.

Je laisse mes jambes pendre dans le vide pendant quelques secondes avant de les poser sur le sol pour me redresser. Mes membres me paraissent lourds et engourdis.

– Reagan et… toi aussi, Luke ? C'est quoi ce bordel ?

Elle se met à hurler. Ses jurons résonnent dans l'entrepôt et compriment ma poitrine, déjà oppressée. Elle se plante devant moi et me menace de l'index avec une fureur que je ne lui connaissais pas.

– Tu devrais te trouver à Langley à l'heure qu'il est ! Qu'est-ce que tu fous ici ? Tu es devenue dingue ?

Je tâche de l'apaiser d'un geste.

– Sam, calme-toi rien qu'une seconde et écoute-moi.

– Que je me calme ? Que je me calme ? Ne me dis pas de me calmer, tu m'entends ?

Ses joues d'ordinaire si pâles virent au cramoisi.

– Est-ce que tu t'imagines le nombre d'infractions que tu viens de commettre, là ? Tu as ignoré toutes les règles qu'on a passé des années à t'inculquer, sans même parler du bon sens. Je préfère ne pas savoir comment vous êtes arrivés jusqu'ici tous les deux, mais vous avez volé le camion destiné à l'équipe de Washington. Ils attendaient ce transport !

– Plus maintenant, intervient un grand brun.

Le teint hâlé, il porte une barbe et une longue tresse noires. Il raccroche le téléphone satellite.

– J'ai enfin pu contacter les agents de Washington. Leur avion a dû se dérouter sur le Costa Rica. Ils n'ont plus aucune chance de nous rejoindre à temps.

Sam pose les mains à plat sur son crâne et soupire bruyamment. J'observe son collègue. En dépit d'un corps incroyablement musclé, il a un regard doux, sombre aux reflets dorés. Les ridules qui creusent le coin de ses lèvres lui donnent l'air de sourire en permanence. Il s'avance vers moi.

– Tu es la fille d'Elizabeth.

Son accent est légèrement moins prononcé que celui d'Eduardo.

J'acquiesce et il paraît amusé.

– C'est frappant.

– Ah oui ? Tout le monde trouve qu'on ne se ressemble pas.

– Ce n'est pas dans les traits, explique-t-il en s'approchant. C'est la démarche. Gracieuse. Comme elle.

Pour la première fois en vingt-quatre heures, je ressens un peu de plaisir. Personne ne m'a jamais adressé ce compliment ni comparée à ma mère dans ce sens. C'est l'une des qualités que j'ai toujours admirées en elle. Je sais, employer le mot « gracieux » pour quelqu'un dont le métier consiste en interventions musclées peut sembler bizarre. C'est pourtant vrai. Elle paraît parfois flotter plus qu'elle ne marche. Même lorsqu'elle se bat, ses mouvements de krav-maga s'enchaînent de façon fluide et élégante. Elle peut causer de gros dégâts sans trahir le moindre effort. Elle est difficile à cerner et la sous-estimer, c'est se mettre en grave danger.

– Lazaro, se présente-t-il en me donnant une poignée de main vigoureuse. Tes parents m'appellent Laz.

– Vous les connaissez bien ?

Je tente de me souvenir pourquoi son nom m'est si familier. Mes parents l'ont déjà prononcé, j'en suis certaine.

– Très bien, assure-t-il en plaçant son autre main sur la mienne. J'étais impatient de te rencontrer. J'ai si souvent entendu parler de toi. Par tes parents, le CENTRAL... C'est un honneur.

– Nous verrons ce que deviendra l'honneur quand Thomas apprendra sa présence ici, coupe Sam, avant de se tourner vers Eduardo qui décharge les sacs du camion. On peut savoir ce qui t'a pris, Eduardo ? Comment as-tu pu trimballer ces deux gamins jusqu'ici ?

– Ce n'est pas sa faute ! j'interviens en m'approchant de Sam.

Je sens d'ici que Sam est sur les dents.

– Je connaissais les codes. Et les détails de la mission. Il nous a pris pour l'équipe de Washington.

Lentement, Sam pivote vers moi, les poings serrés, les yeux plissés.

– Pourquoi as-tu fait ça ? Tu réalises les ennuis que tu vas t'attirer ? Que tu vas m'attirer ? D'autant que pour toi, c'est l'endroit le plus dangereux du monde, en ce moment !

Je m'oblige à ne pas élever la voix.

– Je ne pouvais pas rester à Langley les bras croisés. Je ne pouvais pas écouter l'opération se dérouler, impuissante. On ne m'a pas formée à ça. Et surtout, j'étais leur véritable cible. Des gens ont perdu la vie parce que c'était moi qu'ils visaient. Je devais venir et tu le sais.

Sam secoue la tête et fixe le sol en béton crasseux. Elle prend une lente et profonde inspiration, puis poursuit :

– S'il n'était pas plus dangereux de vous remettre dans un avion pour les États-Unis, je n'hésiterais pas une seconde. Mais il est trop tard, à présent.

– D'ailleurs, nous avons besoin d'eux, renchérit Cooper qui s'avance, le téléphone satellite à la main. L'équipe de Washington n'arrivera jamais à temps et nous n'avons aucune chance de sortir Elizabeth et Jonathan de ce ranch à nous quatre. Je ne suis pas ravi de les voir ici. Pas plus que Thomas. Mais ça nous donne aux moins deux personnes capables de relayer les informations depuis le camion. De nous aider sur le terrain.

– Je suis entraînée pour ça, je confirme en hochant la tête. Luke a reçu une formation militaire pendant presque toute sa vie. C'est un bon soldat.

– Bon, cède Sam, détendant ses épaules contractées.

Elle passe la main dans ses cheveux blonds avant de me pointer de nouveau du doigt.

– Mais tu as intérêt à suivre mes instructions à la lettre. Compris ?

– Sam, je…

Elle m'interrompt aussitôt.

– À. La. Lettre, mitraille-t-elle en insistant sur chaque syllabe.

Je me retourne vers Luke qui nous observe sans un mot.

– Promis. Nous obéirons au doigt et à l'œil. Pas vrai, Luke ?

– Bien sûr.

– C'est une connerie sans nom, mais je n'ai plus le temps de vous passer un savon. Nous avons du travail.

Bras croisés, Sam se dirige vers un camion de déménagement noir, garé dans un coin de l'entrepôt.

Le store métallique arrière est relevé et j'aperçois des téléphones, des ordinateurs portables et toutes sortes d'équipements installés d'un côté de la benne. Ils transforment le véhicule en un genre de salle d'opération.

Luke et Eduardo s'occupent de déballer les armes et les dispositifs satellitaires que nous avons transportés, et de les transférer vers la pseudo-salle de contrôle. Cooper pianote sur son clavier pendant que Sam se connecte à l'un des appareils de communication. Je la vois secouer la tête. Elle parle sans doute de moi.

Laz pose une main sur mon épaule et se penche vers moi.

– Moi, je pense que ta place était ici, me murmure-t-il à l'oreille.

– Vraiment ? je m'étonne, en haussant les sourcils.

Il semble bien le seul.

– *Por supuesto*.

Sa tresse noire s'agite entre ses omoplates.

– Tes parents seraient fiers de toi. C'est exactement ce dont ils rêvaient, *mi querida*.

Il m'attrape par les épaules et les serre affectueusement. J'acquiesce, espérant qu'il ait raison et que j'aie pris la bonne décision.

Eduardo lâche mon sac à mes pieds. Je le ramasse avant de me diriger vers le camion.

– Nous allons les retrouver, me glisse Laz avec douceur.

Je me retourne, sonde son regard. Il paraît triste, mais déterminé. Ses doigts se crispent sur le fusil d'assaut qu'il tient.

Nous allons les retrouver. Je laisse ses mots pénétrer ma peau et se répandre dans tout mon corps. Je me raccroche à la promesse d'un parfait inconnu, serre la bretelle de mon sac et avance d'un pas plus ferme.

Sam parle au téléphone. Elle éloigne l'appareil de son oreille et met la main en porte-voix.

– Cinq minutes de concertation, s'il vous plaît, crie-t-elle à Eduardo et Luke qui remontent les bennes des camions à double fond.

Ils lâchent aussitôt les planches et s'approchent au pas de course. Sam presse un bouton et pose le récepteur sur le rebord du hayon.

– Nous sommes tous là, Thomas, annonce-t-elle en allumant sa tablette.

– Bon, voici les dernières évolutions, crachote une faible voix à l'autre bout de la ligne.

La connexion paraît sourde et brouillée. Mais c'est une concession que les Black Angels n'hésitent pas à faire pour utiliser des téléphones indétectables.

– Nous avons obtenu des images satellites qui montrent Elizabeth et Jonathan : on les a conduits dans la grange, à environ 500 mètres du bâtiment principal, explique Thomas.

Mes muscles se relâchent légèrement et j'esquisse un bref sourire. Ils sont en vie.

– Ils les ont fait descendre du camion, menottés, avec un sac sur la tête. Mais nous avons tous lieu de croire qu'il s'agissait bien d'eux.

La mâchoire crispée, je serre les dents si fort qu'elles grincent presque. J'imagine mes parents attachés, les yeux bandés. Traités comme des criminels.

– Un détail important : Elizabeth boitait fortement lorsqu'elle est apparue sur l'image. Nous ignorons si elle a été blessée pendant la fusillade à l'aéroport ou durant le vol pour la Colombie, mais…

Il marque une pause. Un lourd soupir lui échappe.

– Nous avons des raisons de penser qu'elle est sérieusement touchée.

Je baisse les paupières et fixe le sol pour mieux masquer ma réaction. La rage monte en moi et me submerge. Je jurerais presque qu'elle injecte de sang le blanc de mes yeux. J'enfonce les ongles dans mes hanches et me concentre sur cette sensation. Que lui ont-ils fait ? J'ai l'habitude de ses contusions, coupures, points de suture ou foulures. Mais je ne l'ai jamais vue gravement blessée. Je l'imagine boiter au milieu d'un champ, traînant la jambe dans la boue, et le nœud dans mon estomac se contracte. Je connais ma mère : elle ne trahirait jamais la moindre faiblesse. Jamais. À moins de ne plus pouvoir mettre un pied devant l'autre. Elle rassemblerait ses dernières forces, serrerait les dents et supporterait la douleur, même insoutenable, plutôt que de montrer à ses ennemis autre chose qu'une endurance surhumaine.

– Nous devrons neutraliser tous les gardes avant de l'évacuer. Si elle ne peut pas courir, il faudra la porter, poursuit Thomas.

J'ignore si j'ai le droit d'intervenir, mais à ce stade, je m'en fiche.

– Je peux m'en charger.

Ma voix, plus sonore que je ne le voulais, résonne dans le vide de l'entrepôt. Le regard hostile de Cooper se pose sur moi et le téléphone satellite crépite de plus belle.

– C'est toi, Reagan ? demande Thomas après une hésitation.

– C'est moi, oui.

Je bascule mon poids d'une jambe sur l'autre et serre mes bras contre mon torse. Tous se retournent tous vers moi et me dévisagent.

– Je peux la porter pendant que les agents neutraliseront les gardes.

– Il n'en est pas question, Reagan, tranche aussitôt Thomas d'un ton si brutal qu'il me fait l'effet d'une gifle. C'était toi qu'ils ciblaient. D'ailleurs, Torres nous a déjà contactés deux fois pour nous proposer un échange avec toi. Le CENTRAL est suffisamment furieux que tu aies enfreint la totalité des niveaux de protocoles pour t'introduire clandestinement en Colombie. Tu as transgressé à peu près toutes les directives des Black Angels, alors que tu n'en fais même pas encore partie.

Je force sur ma voix, pour l'empêcher de se réfugier, vaincue, au fond de ma gorge.

– Je sais. Mais je ne pouvais pas attendre sans agir.

– C'est pourtant ce que vous allez faire, mademoiselle Hillis, cingle Thomas, dur et cassant. Je suis à deux doigts de te renvoyer par le premier avion, mais nous ne pouvons pas prendre le risque que Torres en soit informé. Alors tu vas effectivement nous aider. Tu as l'ordre exprès de rester dans ce camion et tu participeras à la gestion de l'opération. Vu ?

– J'entends bien, mais je suis formée au combat et…

– Reagan, je te conseille de ne pas discuter. La moitié du tribunal de la division était d'avis d'écarter Eduardo de la mission afin qu'il te surveille dans cet entrepôt. Ce qui signifie diminuer nos forces sur le terrain pour secourir tes parents. C'est ce que tu veux ?

– Bien sûr que non !

– Je comprends et respecte ta volonté de les sauver, poursuivit-il. Mais cette opération s'avère extrêmement dangereuse. Nous pensons que s'ils te capturent, tu mourras. Toutes les négociations ou promesses d'échanges du monde ne suffiraient pas à t'épargner. Tu es toujours déterminée à prendre part à cette mission ?

– Tu prends un risque énorme, reprend Cooper.

– S'ils s'emparaient de toi, ils ne se contenteraient pas de te séquestrer comme Jonathan et Elizabeth, déclare Sam en se tournant vers moi. Ils se sont montrés très clairs. Tu serais leur victime expiatoire. Torres ne veut pas seulement supprimer tes parents. Il compte les briser. Tu dois donc comprendre que s'il t'arrivait quelque chose, nous ne pourrions pas te tirer de là. Réfléchis bien, Reagan.

Je serre fort les breloques de mon bracelet et je m'étonne presque que le métal ne se ramollisse pas sous la pression de mes doigts. Je ravale la fureur et la peur, sorties de leur boîte de Pandore et qui se diffusent comme un poison dans mes veines. Elles contaminent mes poumons, mon cœur, mon esprit. J'inspire, les garde tapies au plus profond de moi et laisse l'engourdissement envahir mon corps.

– J'ai conscience des dangers, j'affirme d'une voix étranglée.

Je m'éclaircis la gorge et tâche de m'endurcir.

– À présent, plus de questions. Ne me demandez pas si je prends la bonne décision. Ne me demandez pas si c'est ce que mes parents voudraient ou si je mesure les risques, car pour l'instant, tout ça m'est égal. Je tenterais l'impossible pour les ramener sains et saufs chez nous et je me moque des conséquences. Vous ne me ferez pas changer d'avis, alors inutile de perdre notre temps.

Sam et Cooper écarquillent les yeux. Luke a reculé d'un pas et Eduardo reste bouche bée. Quant à Laz... il esquisse un large sourire.

– Très bien, Reagan, tranche Thomas qui brise le silence pesant.

Des fourmillements s'emparent de mes doigts et je tâche de les remuer discrètement tout en écoutant Thomas nous donner la position des gardes, évaluer leur armement et le moment précis où nous pénétrerons sur le domaine.

Je scrute les visages des autres membres de l'équipe. Tous hochent la tête et suivent attentivement les instructions du CENTRAL. Cooper et Eduardo se tiennent accroupis dans le camion. Tendus, Laz et Luke sont debout, côte à côte, bras croisés. Sam, avec son assurance habituelle, pose les mains sur ses hanches. Aucun d'eux ne trahit de peur. Et je réalise brusquement toute la force, le génie d'un groupe comme les Black Angels, la puissance de leur réseau, qui leur permet de mettre sur pied une opération aussi folle que celle-ci en moins de vingt-quatre heures. Pour la toute première fois, je comprends ce que mes parents trouvaient de grisant à faire partir d'une telle équipe.

– Thomas, la nuit ne va pas tarder à tomber, ici, et il nous reste au moins une heure de route jusqu'à notre destination, reprend Sam en jetant un regard en direction des lucarnes. Nous ferions mieux de commencer nos préparatifs. Tu as des détails supplémentaires à nous communiquer ?

– Oui, une dernière information de première importance, répond Thomas à l'autre bout de la ligne, qui crépite, puis redevient plus audible. Nous avons intercepté un message entre Torres et ses hommes, il y a environ trente minutes : le temps est compté. Torres a prévu de quitter le ranch cette nuit pour transférer Jonathan et Elizabeth ailleurs et nous ignorons où. Il a bien pris soin de ne pas révéler cette information et tu sais que le fait de déplacer des otages n'est généralement pas bon signe. Autrement dit, nous n'avons pas droit à l'erreur. Je crains que ce ne soit notre seule chance de les sauver.

– Merde, siffle Laz entre ses dents.

Une tentative, rien qu'une. J'observe le doute et l'inquiétude troubler les visages autour de moi. Les respirations se font plus profondes. Une mission consiste essentiellement à attendre, à guetter le moment propice, à détecter l'instant idéal pour donner l'assaut. Précipiter une attaque, alors que tout se joue à la seconde près, c'est courir le risque de rapatrier nos Black Angels dans des cercueils. Je me tourne vers les vitres sales. Le ciel strié de rose indique que le soleil disparaît à l'ouest. Le monde s'assombrit et, avec lui, l'espoir de ramener mes deux parents sains et saufs.

VINGT-SEPT

J'ai la chair de poule. Les parois métalliques du camion sont aussi dures que glacées, mais je me refuse à ouvrir mon sac pour y chercher un pull. Nous filons vers le ranch et, durant le trajet, je ne peux pas gâcher une seule seconde pendant que j'étudie les documents de la mission.

J'affiche le plan de la propriété. Chaque point rouge y représente un garde armé. Il y en a un à chaque extrémité de la grange. Huit autres sécurisent la maison. Une patrouille surveille la dépendance et le *pool house*. Notre tactique consiste à attaquer à vingt heures trente, au moment où la plupart des sentinelles se reposeront à l'intérieur. La grange demeurera cependant sous bonne garde et les hommes de Torres prendront leur repas avec leurs fusils à portée de main, sur le qui-vive. Si nous voulons tous en sortir vivants, nous devons rester aussi furtifs que possible.

Du bout du doigt, je fais défiler les fichiers sur la tablette et m'arrête sur celui qui détaille l'armement des gardes. Ils sont tous équipés de Heckler & Koch MP5. Mentalement, je passe en revue mon catalogue d'armes. *MP5… Allemandes, développées dans les années 1960, la mitraillette la plus utilisée au monde. Puissante, mais moins précise que nos carabines M4.*

Je consulte alors le dossier « Torres ». Son regard froid, sombre, semble me dévisager à travers l'écran. Je frémis. Je révise rapidement son profil. *Cinquante-deux ans. Quatre enfants. Une femme. Une maîtresse. Trois frères : l'un derrière les barreaux, un deuxième en charge des opérations du cartel pour l'Amérique du Sud et un dernier stationné en Amérique centrale. Cinq lieux de résidence connus. Une entreprise de trafic de drogue pesant plus d'un milliard de dollars. Vingt gardes du corps. Six ans dans l'armée colombienne.*

La ligne suivante me glace le sang. Je me penche sur la tablette et relis plusieurs fois la phrase sans vraiment la comprendre. *Est-ce que j'hallucine ?* Je sens mon corps se figer et ma tête bloquer sur cette information absurde.

Agent Black Angels à l'étranger – cinq ans.

– Qu'est-ce que c'est que ce délire ? je demande d'une voix presque chevrotante.

Je lève les yeux. Luke et Sam travaillent derrière les écrans pendant que Laz et Cooper inspectent des fusils avant de les charger.

– De quoi tu parles ? répond Sam qui pianote toujours sur son clavier.

– Un Black Angel à l'étranger ? je m'étrangle. Torres était un agent étranger ? C'est une erreur ?

Cooper et Laz se redressent. Luke a cessé de taper. Le silence s'étend à l'intérieur du véhicule. Tous me dévisagent, les lèvres pincées, attendant que quelqu'un se dévoue.

– Dites-moi que c'est une erreur, je répète en scrutant leurs visages fermés.

Laz se racle la gorge, puis effleure sa longue tresse d'un geste nerveux.

– C'est vrai. Torres faisait partie des Black Angels il y a dix-sept ans. Il était l'un d'entre nous.

L'aveu achève de me couper le souffle. Je tente de me ressaisir.

– Tu es sérieux ? j'insiste.

Mais leurs expressions graves confirment que personne n'est d'humeur à plaisanter.

Laz acquiesce lentement.

– Santino et moi venions de la même ville. Nous avons grandi ensemble, et c'est ensemble que nous avons gravi les échelons dans l'armée colombienne. Nous avions la vingtaine quand les Black Angels nous ont recrutés comme agents étrangers. Nous avons fait équipe pendant cinq ans. Je ne compte plus les missions que j'ai effectuées avec lui. C'était un combattant hors pair. L'un des meilleurs agents extérieurs qu'ils aient jamais formés. Et puis un jour, après une opération cruciale en Amérique du Sud, il s'est volatilisé. En emportant avec lui plus d'un demi-million de dollars en armes, munitions et équipements.

– Pendant trois ans, il s'est fait oublier, poursuit Sam qui se ronge l'ongle du pouce entre deux réflexions. À cette époque, un baron de la drogue connu sous le nom du « Marteau » a émergé en Colombie, mais nous ignorions qu'il s'agissait de la même personne jusqu'à ce que la NSA fasse le rapprochement. Nous aurions dû le descendre quand nous en avions encore l'opportunité, mais il était devenu bien trop puissant. Il a appliqué toutes les techniques apprises chez les Black Angels à son entreprise criminelle. Pour enfoncer le clou, il a surnommé ses hommes les « White Angels ».

Je lutte pour sortir de ma stupéfaction.

– Je ne comprends pas, je murmure. Comment a-t-il pu passer autant de temps au sein de cette division pour ensuite se retourner contre nous ?

– Il a intégré les Black Angels avec la ferme intention de nous trahir un jour, réplique Cooper en se penchant sur sa carabine M4. C'est un manipulateur hors pair. Une seule raison l'a incité à s'engager dans l'armée colombienne : apprendre le maniement des armes et les techniques de combat. Parvenir à constituer ses propres troupes pour protéger l'empire de la drogue qu'il comptait déjà bâtir.

– Il s'est servi de nous, s'emporte Laz. De nous tous, jusqu'au dernier. Les Black Angels ont fait de lui un combattant et un tireur d'élite. Il a ensuite formé ses hommes exactement comme nous. Le plus inquiétant, c'est qu'il a percé tous nos secrets.

– Voilà pourquoi il a réussi à enlever tes parents, Reagan, intervient Sam. Il maîtrise le mode opératoire des Black Angels. Nous avons tenté de modifier notre système de protection depuis, mais il a tout de même déjoué nos mesures de sécurité. Il connaît tous nos dispositifs d'alarmes, de caméras…

– Et les bunkers, j'achève pour elle, d'une voix blanche, songeant à l'incident de Philadelphie.

Le jeune assassin s'était emparé sans hésitation de la caisse à outils métallique qui dissimulait l'emplacement de la porte secrète. Torres savait où nous nous trouvions.

Sam hoche la tête, confirmant mon idée.

– Le tueur, c'était l'un des hommes de Torres. Un peu plus tôt, tes parents avaient participé à un raid en Équateur, où l'un de ses frères avait été abattu. Il a envoyé cet homme chez vous avec l'ordre de liquider Jonathan et Elizabeth. Et de te capturer.

– Est-ce qu'il les connaissait ?

J'agrippe si fermement mon arme que j'attrape des crampes. Je remue la main puis la glisse dans la manche de mon sweat-shirt trop large.

– Oui, répond Laz. Ils avaient intégré le bureau depuis peu de temps quand Torres a pris la tangente. Mais il les connaissait assez pour savoir comment les mettre à cran.

– Il nous a tous mis à cran, corrige Sam, si bas que je pense être la seule à l'entendre.

Je secoue la tête, étends les jambes devant moi et croise les bras.

– Vous êtes les meilleurs du monde. Je ne comprends pas comment ce type a pu infiltrer votre division et tous vous berner.

– C'est le seul qui ait réussi, précise Laz d'une voix lointaine. L'unique agent assez doué pour y parvenir.

Le silence retombe dans le camion. Il ne reste rien à ajouter et chacun retourne à sa tâche. Sur ma tablette, Torres paraît soutenir mon regard. Je savais qu'il était dangereux, mais ces révélations le placent à un tout autre niveau. Je ne m'explique pas comment Torres a pu endurer leur entraînement impitoyable, passer au travers des tests psychologiques les plus pointus sans jamais se trahir. Seul un sociopathe patenté aurait pu feindre cinq années de loyaux services chez les Black Angels. Partir en mission, sauver des vies, se rapprocher de ses collègues, les protéger quoi qu'il arrive… avant de finalement les poignarder dans le dos.

J'ai longtemps cru que les gens étaient, ou du moins naissaient, naturellement bons. C'est à cause de gens comme Torres que j'ai perdu mon innocence plus vite que je ne l'aurais voulu. Certains paraissent prédisposés à nuire aux autres. Le mal semble implanté en eux, comme une graine qui germe, s'épanouit et finit par tout envahir pour se transformer en haine et les faire basculer dans la violence, la torture, le meurtre. Les humains s'avèrent capables de choses qui me terrifient. J'espère simplement atteindre le ranch avant que mes parents ne rejoignent l'interminable liste des victimes de Torres.

VINGT-HUIT

– Trois kilomètres avant destination, crachote la voix d'Eduardo par la radio depuis la cabine. Trois kilomètres avant destination.

À l'arrière, tout le monde se tient prêt. Les Black Angels enfilent leurs bottes noires et leurs gilets pare-balles assortis. Chacun vérifie ses chargeurs, range ses couteaux, compte ses munitions et ses liens en plastique. Luke semble lutter avec le Velcro de sa protection. Je m'approche.

– Viens, laisse-moi faire.

Pour la première fois depuis une heure, je le regarde enfin droit dans les yeux. Ses lèvres esquissent un sourire ténu, soulagé. Je sentais bien qu'il cherchait mon attention, qu'il essayait de deviner mes pensées ou mon état d'esprit. Moi, j'oscillais entre la torpeur et l'angoisse. Je ne voulais pas qu'il surprenne ces instants de vide ou de peur incontrôlable. Car au fond, j'ignore ce que je devrais ressentir. Il n'existe aucun guide émotionnel pour les enfants de parents kidnappés par un ancien collègue devenu psychopathe.

Je connais Luke... Depuis un moment, il guette mes réactions, se demande quoi faire et quoi dire pour me réconforter. Pour l'instant les mots me paraissent vains. Il est là, et c'est déjà énorme. Rien ne l'obligeait à prendre un tel risque pour moi. Rien ne l'obligeait à risque sa vie pour sauver ma famille. Pourtant il s'apprête à braver le danger. Et je sais qu'il s'y tiendra quoi qu'il arrive, même si je le suppliais de rester sur la touche.

Je glisse la main sur son épaule musclée, ajustant la veste pour la positionner parfaitement sur son torse.

– Merci, me souffle-t-il tandis que je serre la dernière bande Velcro sur sa poitrine.

Tout à coup, je me rappelle les jours où mon père m'aidait à fermer la mienne. Une fois par mois, il préparait un exercice d'urgence avec moi, au sous-sol, mettant en scène différentes situations de crise : prise d'otage, alerte à la bombe, attaque terroriste... Il voulait tester mes réactions, voir quel fusil je choisirais, quelles techniques d'art martial j'emploierais. Tous ces samedis passés à sangler ce gilet dont je n'avais pas vraiment besoin, à charger des armes dont je ne me servirais pas, à me faufiler furtivement dans une maison vide… tout cela pour en arriver ici et maintenant. À présent, je me sens prête pour affronter la réalité.

Luke, Eduardo et moi sommes parés, même s'il n'est pas prévu que nous quittions le camion. Eduardo restera au volant pendant que Luke et moi surveillerons les écrans et transmettrons les données communiquées par le CENTRAL. Nous sommes les renforts « d'urgence ». Sam a lourdement insisté sur le mot « d'urgence » chaque fois qu'elle employait celui de « renforts ». Laz, Cooper et elle neutraliseront les gardes avant de pénétrer dans la grange.

– Un kilomètre du terrain, reprend la voix d'Eduardo par les haut-parleurs. Un kilomètre.

– Bon, lance Sam au fond du véhicule, tout le monde a son oreillette ?

Entourée de moniteurs, elle examine les images satellites et analyse les dernières informations tout en maintenant le contact avec le CENTRAL.

Dans le creux de ma paume, le voyant bleu de mon oreillette s'allume. Je glisse l'appareil à mon oreille.

– Thomas, tu nous reçois ? Quelles sont les dernières évolutions ? demande Laz.

Je perçois un léger crépitement.

– Cinq sur cinq, répond Thomas. D'après notre visuel, Torres est entré dans la grange vers vingt heures. Il y a passé seize minutes avant de regagner la maison. Maintenant que la nuit tombe, nos images deviennent plus difficiles à observer, mais il semble que plusieurs hommes postés autour de la maison soient rentrés pour prendre leur pause. Quatre devraient néanmoins rester en place. À mon avis, Torres ne les laissera jamais quitter leur position.

J'interviens, surprise par l'écho de ma propre voix à mon oreille.

– Autrement dit, tout indique que mes parents se trouvent encore dans la grange ?

– Affirmatif, répond Thomas. Un petit conseil : soyez prudent. Ces gardes cachent sans doute plusieurs armes sur eux. Après l'incident de l'aéroport, dans le Kentucky, vous avez donc l'autorisation au plus haut niveau de tirer pour tuer.

Tirer pour tuer. L'expression ricoche dans ma tête. D'ici quelques minutes, l'équipe aura la permission de supprimer des vies. Je n'ai jamais voulu tuer personne. C'est l'aspect de ce métier que j'ai toujours haï : devenir la main qui arrache à un être son dernier souffle. Pourtant, ce soir, les choses me paraissent plus compliquées. Car si je dois choisir entre eux et nous – si cela signifie sauver mes parents –, je pourrais sans scrupule voir les corps tomber et le sang couler.

Mon pouls s'accélère et résonne dans mon cou. Les muscles de mes jambes se contractent, fourmillent. Pour tromper l'envie de sauter du camion en marche et de foncer, j'appuie la tête contre la porte en métal, ferme les yeux et me focalise sur une pensée agréable. Des moments de ma vie refont surface au hasard : non de véritables souvenirs, mais de simples images. Ma mère dans sa jolie robe crème. Le grincement du fauteuil de mon père dans son bureau. Le tintement des tasses à café dans la cuisine. Les gâteaux de ma mère dans le four. Le journal de mon père abandonné sur le plan de travail. Autant d'instantanés anodins du quotidien, mais qui représentent tant pour moi ce soir.

La voix d'Eduardo monte dans nos oreillettes. Elle m'oblige à rouvrir les paupières.

– Cinq cents mètres avant destination.

– Vous êtes tous parés et armés ? nous interroge Sam, devant sa montagne d'écrans.

Les membres de l'équipe hochent la tête ou lâche un bref « Prêt ».

– Luke, Reagan, reprend-elle en s'approchant de nous. Dès que nous serons sortis, ce sera à vous de jouer. Des caméras sont fixées à nos casques pour que vous puissiez suivre la situation comme nous. Vous vous souvenez du fonctionnement des instruments ? Des questions sur ce que je vous ai montré ?

– Non, nous avons compris.

– Tout le monde a son silencieux ? demande Laz qui visse le sien à l'extrémité de son M4.

– On est bons, décrète Cooper en glissant distraitement les doigts sur l'acier lisse de son arme.

Autour de moi, tous hochent la tête.

Eduardo paraît chuchoter à mon oreille.

– Deux cents mètres de la destination.

Le camion ralentit.

J'ai l'impression que mes poumons vont éclater. J'inspire profondément, mais l'atmosphère confinée du véhicule me semble viciée, métallique. Après ces heures de discussion, de planification jusque dans les moindres détails, plus personne ne prononce un mot. Seuls retentissent le cliquètement du clavier de Luke, le craquement du Velcro de Sam qui rajuste son gilet et l'index de Cooper qui tapote nerveusement sur la paroi.

Un murmure brise soudain le silence. En levant la tête, j'aperçois Laz, les mains jointes et les paupières closes, qui remue les lèvres. Je perçois quelques bribes de paroles. *Dios mio… Seguridad… Jesus Cristo…* Il prie. Puis il se signe sans hâte, « au nom du Père, du Fils, du Saint-Esprit ». Il approche la main de ses lèvres et embrasse son pouce. Lorsqu'il rouvre les yeux, il croise aussitôt mon regard.

– Pourquoi tu priais, Laz ? je lui demande à voix basse.

– Pour tes parents. Pour toi. Pour nous tous.

J'acquiesce et m'adosse au camion.

– Merci. J'espère seulement que Dieu t'entendra.

– Tu as imploré sa protection ? m'interroge-t-il en s'avançant vers moi.

– Non, je n'ai plus prié depuis des années. Ça paraît égoïste de demander de l'aide maintenant.

– *Dios te escucha*, affirme-t-il en pointant l'index vers le ciel avant de le poser contre son oreille.

Il hoche la tête. Sous l'éclat de son regard brun, je décèle une lueur de tristesse. Ce chagrin s'adresse peut-être à moi. Parce que je traverse l'existence sans foi pour me guider ni prières pour me réconforter. J'observe son visage, mais il cligne des yeux et la mélancolie disparaît aussitôt. Il semble apaisé et un sentiment d'envie vient s'ajouter à mon trop-plein d'émotions. J'aimerais pouvoir croire qu'un dieu me protège quoi qu'il arrive. Que les prières recèlent leur propre forme de magie. Que le bien triomphe du mal. La vie paraîtrait tellement plus simple.

– Dieu t'entend, me répète-t-il dans ma langue. Dieu reste toujours attentif.

Je voudrais me convaincre qu'en y mettant tout mon cœur, qu'en demandant sa force, son aide, le retour de mes parents, Dieu m'écoutera et exaucera ma prière. Mais je doute que les choses fonctionnent de cette manière. Car Dieu ne choisit pas qui peut vivre et qui peut mourir. Si c'était le cas, c'est un dieu que je préférerais ne pas connaître.

Les pneus grincent lorsque le véhicule s'immobilise pour de bon.

– Allons-y, décrète Sam en relevant son arme contre sa poitrine.

– Ramenons les sains et saufs, conclut Thomas.

J'appuie sur mon oreillette pour mieux les entendre.

Cooper ouvre le hayon arrière, qui remonte avec un fracas terrible. L'un après l'autre, les agents se glissent hors du camion et leurs semelles crissent sur les graviers.

– Tu viens t'asseoir avec moi ? propose Luke, resté devant les écrans.

– Donne-moi une minute, je réponds en me dirigeant vers la porte.

À mon tour, je saute et inspire à plein poumon. Dehors, l'air est chargé d'humidité, à la fois doux et salé. La côte ne se trouve qu'à deux kilomètres et le parfum des fleurs devient entêtant.

Je regarde les silhouettes de Sam, Laz et Cooper se faufiler dans l'obscurité. Ils s'enfoncent jusqu'aux genoux puis jusqu'aux cuisses dans les hautes herbes du champ.

À peine cinq cents mètres me séparent de mes parents. Cinq cents mètres qui séparent aussi les trois Black Angels d'un des plus redoutables assassins du monde.

À chaque souffle, les battements de mon cœur s'apaisent. Une émotion proche de la quiétude m'envahit. Sans doute l'effet de mon entraînement, à moins que ce ne soit la présence de la mer, ou encore la prière de Laz. Quelle qu'en soit la raison, je m'aperçois que la peur a disparu, laissant place à un sentiment que je ne connaissais pas. J'inspire l'air colombien et le bloque dans mes poumons. *Reste avec moi, je t'en supplie, mon Dieu, reste avec moi.*

VINGT-NEUF

– Quatre gardes se situent dans le périmètre de la grange. À vous, murmure Sam.

J'ôte la main droite du clavier pour presser mon oreillette.

– Bien reçu.

Le reste de l'équipe répète après moi. Assis sur le sol dans le camion, Luke et moi suivons avec appréhension les images diffusées par les caméras des Black Angels. À présent, ils se trouvent à moins de cent mètres du bâtiment. À couvert dans les herbes, ils guettent les hommes de Torres. L'un d'eux se tient à l'avant, détendu. Son MP5 repose mollement entre ses bras. Son camarade de l'autre côté, face au champ, fait les cent pas. Raide comme un bon soldat. Sans doute le chouchou de Torres. Grand, râblé, il semble parfaitement alerte.

Je les avertis d'un ton ferme :

– Les gars, vous l'avez aperçu ? Le garde qui surveille la face sud a l'air remonté comme un ressort. Nous devons absolument attendre qu'il se calme pour tenter de le neutraliser.

– Nous le voyons, confirme Sam. Tu as l'œil, Reagan !

– Thomas, tu penses que la relève est pour bientôt ? interroge Cooper.

Je retiens mon souffle, espérant un « oui ». Nous devons tomber sur une sentinelle peu méfiante, plus intéressée par sa cigarette que par son fusil.

– Non, répond Thomas, ils se sont relayés il y a une heure.

Sa faible voix me rappelle brusquement combien je suis loin de chez moi.

– Ils ne seront sans doute pas remplacés avant une heure et demie et d'ici là, il sera peut-être trop tard.

– Bon, conclut Cooper. Nous devons intervenir maintenant. C'est notre seule chance.

– Patientons encore un peu, objecte Laz. Le moment viendra.

Son intonation calme et grave m'apaise.

– Nous n'avons pas le temps d'attendre ! siffle Cooper.

– *Un minuto. Un minuto.*

Le soupir de son équipier résonne dans l'oreillette. Nous suivons les allées et venues du garde. Au bout d'une minute, celui-ci ralentit la cadence. Ses pas se font moins larges et son arme paraît lui peser. En atteignant l'avant de la grange, il agrippe le coin du mur, passe discrètement la tête de l'autre pour observer son camarade, puis s'écarte. Je ne le quitte plus des yeux.

Allez, lâche-le. Pose-le, je l'implore en silence.

L'homme jette un dernier regard à son collègue avant de relâcher les épaules et de dégonfler la poitrine. J'expire enfin l'air que je bloquais lorsqu'il appuie son fusil contre sa jambe et plonge la main dans sa poche d'où il tire une cigarette. La flamme d'une allumette éclaire brièvement son visage, puis un nuage de fumée s'élève. Comme ça, le bon petit soldat a baissé sa garde.

– Ça y est ! je souffle.

– Maintenant ! s'exclame Cooper dans la radio.

L'image de leur caméra tressaute légèrement tandis qu'ils s'approchent à pas feutrés de la grange. Chaque enjambée se révèle délicate : aucune branche, aucune feuille ne doit craquer. Les spots placés de part et d'autre du bâtiment jouent en notre faveur. Les hommes de Torres voient seulement ce qui se trouve sous leur nez. Pour eux, à cette distance, notre équipe reste presque invisible.

Luke et moi suivons leurs mouvements furtifs. L'un derrière l'autre, ils avancent courbés, à moitié cachés par les herbes hautes. À chaque mètre gagné, les battements de mon cœur s'accélèrent. *Plus que quarante mètres. Trente.* À vingt, ils s'immobilisent. Je me focalise sur le garde. Il approche sa cigarette de ses lèvres et inhale le tabac. Il avale la fumée, avant de pencher la tête en arrière, les yeux vers le ciel. Un petit panache s'échappe de ses narines et monte lentement, puis se disperse au-dessus de lui.

– Dépêchez-vous, il a presque fini, je les avertis, alors qu'il porte le mégot à sa bouche.

Plus qu'une bouffée, et il arrivera au filtre. Alors, il reprendra son arme et notre seule opportunité de l'abattre sans résistance s'évanouira.

– Nous le voyons, Reagan, me rappelle Laz.

L'image de la sentinelle disparaît. Un bruissement d'herbes grésille dans mon appareil. Ils se sont mis à plat ventre pour observer leur cible, guettant le moment pour frapper.

– L'angle reste mauvais, chuchote Sam, si bien que ses paroles crachotent dans mon oreillette. Cigarette ou fusil en main, il nous verra venir. Nous devons le neutraliser d'ici.

– Sam a raison, remarque Luke près de moi. Il vous repérera quoi que vous tentiez.

– Descends-le, Cooper, j'interviens alors. En espérant qu'il retombe sur la droite et non sur la gauche.

J'examine la posture du garde. S'il est touché à la tête et qu'il s'effondre sur la droite, personne ne le verra. S'il bascule à gauche, il se tient si proche de l'angle de la grange qu'ils l'apercevront et devineront aussitôt notre présence. C'est un risque que nous devons pourtant courir. J'attrape machinalement le M4 à mes côtés.

– Vas-y. Maintenant !

Un froissement d'herbes m'emplit l'oreille, tandis que Cooper se redresse et appuie la crosse du fusil contre son épaule. Je me focalise sur le garde. *Sur la droite. Tombe sur la droite.* Il tire une dernière fois sur sa cigarette, un ultime fragment de cendre s'effrite sur le sol, puis il se penche pour saisir son arme. C'est là que je l'entends. La détonation étouffée du M4. La balle fend l'air et atteint la cible à la tempe. Un filet de sang s'échappe de son oreille et s'écoule le long de sa joue, tandis que l'homme s'effondre. Sur la droite.

Je m'autorise un soupir de soulagement.

– Plus que trois, murmure Sam d'une voix ferme. Cooper, charge-toi de l'autre côté. Laz et moi prenons l'avant du bâtiment, puis nous attaquerons ensemble la face nord. À mon signal… prêts ?

– Allons-y, souffle Laz.

Quelques cliquètements métalliques suivent, tandis qu'ils se préparent à tirer.

– Eduardo, Luke, Reagan, nous vous donnerons le feu vert quand nous aurons récupéré Jonathan et Elizabeth, chuchote Sam. Vous viendrez nous rejoindre à ce moment-là, mais en aucun cas avant, compris ?

Je lutte pour réprimer une montée d'adrénaline.

– Bien reçu.

Je me redresse sur mes genoux, incapable de détacher mon regard du garde abattu gisant à terre. Même par le biais des caméras thermiques, je distingue les traces de sang sur le sol. Il n'a pas lâché son fusil.

– À mon signal, poursuit Sam.

Sa voix grave trahit le danger qui les attend. Qui nous attend tous.

– Cinq, quatre, trois, deux, un…

Leurs corps surgissent des herbes hautes. Ils prennent d'assaut les deux côtés de la grange et leur souffle devient plus rauque à chaque foulée. Près de moi, Luke s'agite nerveusement, mais je ne quitte pas nos agents des yeux. Ils avancent, dos au mur. Sam étend les bras, hoche la tête et désigne l'arrière du bâtiment. Cooper s'accroupit, courbé en deux, et pointe son arme devant lui. Il se faufile à pas rapides vers l'autre extrémité. Laz et Sam s'engagent dans la direction opposée, enjambent l'homme à terre et continuent vers l'avant de la grange.

Pitié, mon Dieu, pitié. J'agrippe si fermement le fusil près de moi que mes doigts se crispent, douloureux. *Pitié, mon Dieu, s'il vous plaît.*

– À mon signal, annonce Sam. Cinq, quatre, trois, deux, un.

Là-dessus, les trois agents se retournent et déferlent aux angles du bâtiment, pressant la détente dans un geste parfaitement synchronisé. La puissance du tir les projette en arrière. Sur l'image transmise par Sam, un premier garde devant eux s'effondre. Mais alors que j'allais m'autoriser à souffler, un jet de lumière répété éclaire l'écran relié à la caméra de Cooper. Trois détonations suivent.

– Et merde ! lâche Lazaro.

Sa voix toujours si posée semble gagnée par la panique. L'image de Cooper s'agite lorsqu'il se précipite vers le mur pour se mettre à couvert. Il a manqué son coup.

Les coups de feu s'enchaînent de l'autre côté du bâtiment. Sur l'image de Lazaro, j'aperçois les fenêtres de la maison qui s'illuminent. D'ici quelques secondes, tous les hommes déployés sur la propriété convergeront vers eux. Sans un mot, je me lève d'un bond et m'empare de mon M4.

– Reagan, attends, s'exclame Luke en se redressant.

Mais j'ai déjà traversé le camion et bondi en direction des hautes herbes.

– Nous arrivons ! lance Luke derrière moi, mais il me suit de près.

– Non ! hurle Cooper. Ne bougez pas. L'intervention est foutue. Mission annulée. Nous devons ficher le camp d'ici ou nous allons tous y rester.

– Je ne partirai pas sans eux !

L'écho de mon cri résonne à mes oreilles. Mes doigts agrippent plus fermement mon arme.

– Allez, dépêchez-vous ! Ils nous atteindront d'une seconde à l'autre, répond Sam.

J'ignore si elle nous demande de regagner le véhicule ou d'entrer dans la grange, mais cela n'a plus d'importance. Dans les deux cas, je me retrouverai dans le champ de tir. Je n'ai jamais couru aussi vite de ma vie : mes pieds touchent à peine le sol. *Pitié, mon Dieu, s'il vous plaît,* j'implore à chaque pas. *Je dois m'infiltrer dans ce bâtiment avant l'arrivée des gardes.* Tout en filant, je balaie les environs du regard. Je les aperçois. Leurs torches électriques semblent former une ligne en pointillés qui ondule au gré de leur mouvement. Nous ne sommes plus qu'à cent mètres. Soixante-quinze. Cinquante. Vingt-cinq. Dix. J'atteins la grange la première, bondis par-dessus le cadavre étendu devant la porte et tire violemment le battant. Il résiste, bloqué par un cadenas.

– Bon sang, c'est fermé !

De rage, je secoue la porte.

– Il doit avoir la clé, intervient Luke qui me rattrape.

Il se laisse glisser à genou devant le corps. En jetant un coup d'œil par-dessus mon épaule, je vois les renforts arriver, à deux cents mètres à peine.

– On n'a pas le temps ! je hurle pour couvrir les éclats de voix et les détonations.

Luke se redresse, mais je l'écarte sans ménagement.

– Reste en arrière !

Je place mon arme devant la serrure et presse la détente. La balle traverse le métal et le cadenas tombe sur le sol. De nouveau, je tire sur la porte qui, cette fois, coulisse.

– Vas-y, fonce ! je crie en poussant Luke à l'intérieur.

Il pénètre dans la grange, le fusil pointé devant lui, et je m'engouffre dans la pénombre en refermant le battant derrière nous.

– Tu crois qu'ils nous ont vus entrer ? murmure Luke, le souffle court.

– Je n'en sais rien, mais il vaut mieux avancer.

Je tâche de reprendre ma respiration. Toujours sur le qui-vive, nous faisons quelques pas.

– Tu les aperçois ?

– Je ne vois rien du tout, commente-t-il en scrutant les ténèbres.

Je ne distingue que de vagues formes, pareilles à des bottes de foins et des pelles.

– Maman ? Papa ?

Je commence à trembler. Et s'ils n'étaient pas là ? Et s'ils étaient déjà morts ? Désemparée, j'appelle de nouveau :

– Maman !

– Reagan ?

La voix rauque de mon père monte dans le noir. En l'entendant, je sens ma gorge se nouer. J'écarte des piles de fourrage, de draps et de détritus.

– Papa, où es-tu ?

Alors que mes yeux s'habituent à l'obscurité, Luke allume une micro-lampe de poche, aussi fine qu'un stylo.

– Ici, dans le coin, souffle mon père, à peine audible sous les détonations qui retentissent à l'extérieur.

Les renforts de Torres ne vont pas tarder. Le faisceau lumineux balaie le fond de la pièce et enfin, je l'aperçois, accroupi derrière une meule de foin.

Luke étouffe un cri.

En me précipitant vers mon père, je comprends pourquoi : son visage est tuméfié, couvert de sang. Sa paupière gauche est si enflée qu'elle reste fermée. Sa bouche est fendue et une entaille lui balafre la joue droite. Je traverse la grange sans même savoir ce que j'écarte de mon chemin. Lorsque j'arrive devant lui, des larmes troublent son œil encore ouvert.

– Reagan, qu'est-ce que tu fais ici ?

Il serre ses lèvres écarlates tandis qu'une larme roule sur sa joue et se perd dans la plaie.

– Je n'aurais pas pu attendre derrière un écran à regarder une autre mission échouer.

J'effleure la seule partie intacte de son visage. Il esquisse un geste vers moi, mais quelque chose le retient. Au raclement du métal, je lève la tête et je m'aperçois qu'il est attaché à un conduit encastré dans le mur. Tout près, je remarque une seconde paire de menottes. Je sens mon courage vaciller.

– Papa… où est maman ? je demande, les yeux rivés sur l'espace vide près de lui.

Il suit mon regard.

– Torres l'a emmenée à l'intérieur, tout à l'heure.

Il se met à trembler et mord sa lèvre écorchée pour tenter de se ressaisir.

– J'ai peur de ce qu'il pourrait faire avant… avant de…

– Il ne lui arrivera rien. Je ne le laisserai pas faire.

J'ai beau chercher à me calmer, je ne parviens plus à dominer mes émotions. Je sors le pistolet rangé dans ma ceinture. Je désigne le tuyau.

– Tire sur la chaîne aussi fort que tu le peux.

Il s'exécute. Je vois le métal lui entailler la peau. Il grimace de douleur. Je pointe mon arme vers les maillons tendus et presse la détente. Le revolver n'est pas équipé de silencieux : la détonation emplit l'espace de la grange et résonne jusque dans mes os. La balle sectionne l'acier. Mon père se dégage et l'anneau retombe sur le sol crasseux, couvert de paille.

Appuyant sa main meurtrie contre sa poitrine, il avance l'autre vers moi. Je m'agenouille et le laisse me serrer dans ses bras, l'enlaçant à mon tour. J'enfouis le visage contre son torse et respire son odeur. Le parfum de son *after-shave* et du linge propre a disparu, remplacé par un mélange de sueur, de sang et de terre. J'étais persuadée que ce moment m'apporterait une forme de réconfort, de soulagement, mais ça ne vient pas. Je n'éprouve que de la colère. Sa tête en sang, son œil gonflé... Je ne supporte pas de le voir affaibli, brisé.

Derrière nous, une balle traverse le mur. Je m'écarte pour l'aider à se relever.

– Nous devons le sortir de là, dis-je à Luke en passant son bras autour de mon épaule. Où est passé le camion ?

– Ici, répond Eduardo dans l'oreillette. Je me rapproche du terrain. Je me trouve à cinquante mètres de la grange.

Je me tourne vers mon père.

– Tu penses pouvoir marcher ?

Il boite et je dois soutenir une bonne partie de son poids sur mes épaules et mon dos.

– Je peux y arriver, assure-t-il en s'appuyant sur son genou droit, avant de réprimer une grimace.

Il souffle bruyamment.

– Laz, Sam, nous avons récupéré mon père, mais Torres a conduit ma mère dans la maison. Comment ça se présente, de votre côté ? j'interviens en pressant mon oreillette.

Dehors, un nouveau coup de feu retentit et je perçois des gémissements, des respirations saccadées. Des signes évidents de combat rapproché. Personne ne répond.

– Thomas, insiste Luke en glissant l'autre bras de mon père sur son épaule, qu'est-ce qui se passe, à l'extérieur ?

– Je regarde, déclare Thomas, les images arrivent avec un décalage.

Allez, allez. La mâchoire crispée, j'observe fixement la petite fenêtre. Je n'aperçois rien, excepté les lumières de la maison. *Maman, où es-tu ?*

– On dirait que l'affrontement se concentre sur l'arrière de la grange, annonce Thomas. Nos agents sont encore debout. Six gardes sont à terre. Deux continuent le combat, mais l'action se situe à vingt mètres de vous. Cela vous donne la possibilité de sortir, mais faites vite.

Je laisse Luke soutenir mon père et me précipite pour ouvrir la porte. Je pointe mon arme à l'extérieur, me glissant prudemment au-dehors, centimètre par centimètre, à l'affût d'une sentinelle ou d'un tireur. Une nouvelle détonation fend l'air et un frisson me parcourt la nuque.

– Un autre garde neutralisé, crie Laz.

Je fais signe à Luke de me rejoindre et nous nous postons sous l'éclairage. Plus loin, au volant du camion, Eduardo nous fait des appels de phares.

Je me tourne vers Luke.

– Emmène-le jusqu'au camion, dis-je avant d'embrasser une dernière fois mon père. Je vais chercher maman.

– Pas question, Reagan, proteste-t-il. Torres te tuera à l'instant où tu franchiras la porte.

– Reagan, m'enjoint aussitôt Thomas, regagne le véhicule avec Jonathan, c'est un ordre.

– Désolée, Thomas. Je ne peux pas accepter cet ordre.

Je saisis la main de mon père.

– Je vais la retrouver. Je te le promets.

– Reagan, non, implore-t-il, les yeux humides. Je ne peux pas vous perdre toutes les deux.

Mais rien de ce qu'il pourra dire ne m'arrêtera. Rien ne me persuadera de monter dans ce véhicule.

– Reagan ! crie Luke.

Déjà, je m'élance. La colère qui montait en moi s'est diffusée dans mes veines et circule à présent dans tout mon corps, tel un feu qui s'emballe à chaque pas, à chaque foulée, jusqu'à ce que je ne sente plus le choc de mes talons sur le sol ni le vent sur mon visage. Tout ce que j'éprouve, c'est cette chaleur brûlante.

– Elle se dirige vers la maison pour retrouver Elizabeth. Quelqu'un doit l'arrêter, lance Thomas par la radio.

– Reagan, reviens, supplie Sam.

– Retourne au camion, Reagan, ordonne Cooper d'une voix dure. C'est exactement ce qu'attend Torres. Il cherche à…

– Bon sang !

J'arrache mon oreillette et la fourre dans ma poche pour couper court à leurs protestations.

J'ai les muscles en feu, le sang en ébullition, mais je ne ralentis pas. *Plus vite, plus vite, plus vite.* J'allonge mes foulées et me rapproche peu à peu de ma cible. Cent mètres. Cinquante. Vingt. En atteignant le patio à l'arrière du bâtiment, j'agrippe plus fermement mon fusil. Personnes aux alentours. Mes doigts enserrent le métal glacé de la poignée de porte. Une chambre.

– J'arrive, maman, je murmure.

J'abaisse la poignée et pousse le battant. L'arme pointée devant moi, j'avance. La pièce sombre paraît vide. J'écoute, à l'affût de bruits de pas, de tirs, mais rien.

– Tiens bon.

TRENTE

Je m'introduis dans une chambre plongée dans l'obscurité. Un immense lit à baldaquin occupe le mur de droite. La pièce comporte une cheminée et, à ma gauche, deux fauteuils disposés autour d'une table. Où est cette foutue porte ? Discrètement, sans baisser mon fusil, j'avance à pas feutrés sur l'épais tapis. Devant moi, je distingue un trait de lumière pâle au niveau du sol. La voilà. Je traverse la chambre, presse l'oreille contre le battant et tente de comprendre ce qui se passe de l'autre côté. Je guette des pas, des voix, des cris… mais je ne perçois qu'un silence effrayant. Par prudence, j'attends encore quelques instants, la main sur la poignée, quand je détecte le martèlement de talons sur le sol. Ils ne proviennent pas du couloir, mais de dehors. Quelqu'un m'a suivie. Je lâche la porte et me jette à quatre pattes derrière le lit.

Les pas ralentissent. L'œil sur le viseur, je braque le canon vers le patio. Une ombre oblongue s'étend sur le parquet, projetée par la lune. Elle s'avance dans ma direction. J'agrippe plus fermement ma crosse et glisse le doigt sur la gâchette. Une silhouette masculine franchit le seuil, son arme contre lui.

– Reagan ?

– Nom de Dieu, Luke. Tu as bien failli recevoir une balle dans la tête.

– Désolé. Je t'ai appelée, explique-t-il en baissant à son tour son fusil. Pourquoi tu ne m'as pas répondu ?

Je me redresse pour le rejoindre.

– J'ai enlevé mon oreillette.

– Reagan, tu ne peux pas faire ce genre de choses, soupire-t-il en m'attrapant doucement par les épaules. C'est la première consigne de Sam : tu dois rester en contact avec l'équipe quoi qu'il arrive.

– Je ne peux pas retrouver ma mère quand tout le monde me hurle de m'arrêter…

Dans la pénombre, je guette son regard. Le faible clair de lune ne révèle pas la couleur de ses yeux, mais je distingue tout de même ses longs cils.

– Qu'est-ce que tu fabriques ici ? Je t'ai demandé de retourner au camion avec mon père.

– C'est ce que j'ai fait, puis je suis revenu te chercher. Pas question que tu t'aventures seule ici.

J'aurais dû me douter qu'il ne me laisserait pas prendre un tel risque. Je l'aime davantage pour sa détermination, mais je ne pourrais pas me pardonner qu'il lui arrive quelque chose.

– Écoute-moi, Luke. Est-ce que je peux te convaincre de faire demi-tour ?

– Même pas en rêve, réplique-t-il en agrippant son arme. À ton avis, de quel côté se trouvent-ils ?

– Je n'en sais rien.

Mentalement, je visualise le plan de la maison. Torres aurait-il conduit ma mère dans une chambre ? Non. La bibliothèque ? Sans doute pas. Le garage ? Négatif. Je raye chaque pièce de ma représentation imaginaire jusqu'à arriver au sous-sol, me remémorant qu'il comporte un espace inachevé.

Ils l'ont torturée. Si Torres adore faire souffrir ses victimes, les meubles autour de moi me disent qu'il apprécie aussi les belles choses. Un homme comme lui ne voudrait pas salir son intérieur avec des traces de sang. Non. Il a besoin d'une salle lugubre, glaciale. Un endroit sale pour faire son sale boulot.

– Commençons par la cave.

De nouveau, j'approche l'oreille de la porte. Toujours rien. J'attrape la poignée et l'abaisse lentement, avec prudence, pour ne pas trahir le moindre bruit. La lumière inonde la chambre, tandis que je me penche pour observer les alentours. Je jette un regard à gauche, puis à droite : personne. Je m'avance dans le corridor, l'arme au poing, et fais signe à Luke de me suivre dans l'impressionnante demeure de Santino Torres.

Le couloir de droite mène à un vaste salon. J'entraperçois une table basse en verre et un gigantesque canapé gris, flanqués de hautes lampes. Un vase contenant une grande orchidée pourpre décore un coffre ancien transformé en console.

À gauche s'ouvre un second corridor plus sombre et peu avenant : je sais qu'il conduit au sous-sol. Dos au mur, nous évoluons prudemment. Nos bottes frôlent le parquet. Comme une danseuse sur scène, je pose d'abord les orteils, puis la plante et enfin le talon, en prenant soin de ne pas faire grincer le plancher.

Des photos en noir et blanc ornent les murs crème. De magnifiques clichés de l'océan, de nuages, de montagnes ou de la célèbre orchidée cattleya de Colombie. Chacun possède une marie-louise blanche qui contraste avec l'encadrement noir et sobre, mais élégant. Il se dégage de ces prises de vue une certaine douceur à laquelle je n'aurais pas cru sensible un assassin comme Torres.

Nous atteignons le bout du couloir. Je m'accroupis avant de jeter un regard de l'autre côté. D'après le plan, la porte en bois sombre quelques mètres plus loin mène au sous-sol.

Je fais signe à Luke de ne pas bouger. Je tends l'oreille, à l'affût d'éventuels grincements de porte ou respirations. Toujours rien. Je lui donne le feu vert en levant le pouce puis je me redresse, pivote à l'angle du mur et pointe mon arme devant moi, jambes écartées. Après une seconde de battement, je fais un pas en avant. Des fourmillements courent dans tous mes doigts.

Le dos contre le mur, nous nous dirigeons vers la cave. Je retiens mon souffle à mesure que nous approchons. *Dix mètres. Sept mètres. Cinq.*

Un choc retentit. Luke a cogné le bout de son fusil contre une étagère et avant que j'aie pu me retourner, un garde surgit et agrippe Luke par le cou.

– Luke !

Je lève mon arme pour viser l'homme. Alors que je pressais l'index sur la gâchette, je bascule en arrière. *Quoi ?* Je tends le bras pour me rattraper à la bibliothèque, mais elle a disparu. Brusquement, je n'arrive plus à respirer. J'essaie de me pencher en avant, mais quelqu'un m'a ceinturée. *Bon sang*. Intérieurement, je pousse un cri tandis qu'un inconnu m'entraîne loin de Luke, dans le sombre passage secret, avec une telle violence que le talon de mes bottes racle le parquet.

Je tente de hurler, mais plus un souffle d'air ne subsiste dans mes poumons. Privée d'oxygène, je sens mon agresseur s'acharner, m'écraser les vertèbres. Je me débats, cherche à inspirer, mais rien ne vient. Encore soixante secondes et tout sera fini. *Non, ne me laissez pas mourir comme ça. Pas maintenant. Pas de cette façon.*

Je lâche mon arme. Le fusil tombe au sol avec un choc retentissant. J'attrape le puissant bras droit de mon adversaire à deux mains, serre les dents et tire de toutes mes forces. Il cède et relâche légèrement son étreinte, me permettant de respirer.

– *Puta, puta*, me crache-t-il au visage.

Il revient à la charge, mais j'exerce une pression trop forte. Son poids bascule sur le côté et je passe ma jambe gauche derrière la sienne pour le déséquilibrer. D'un coup brusque, je tire plus fermement et dégage ma tête de son emprise. Il gémit lorsque je lui tords le bras dans le dos.

– *Mierda*.

Son cri monte à mesure que je force sur ses muscles.

Allez, allez. Il résiste et m'attire en avant, mais je refuse de lâcher prise. Il est déstabilisé et je lui décoche un coup de pied derrière le genou. Sous la violence du choc, il s'affale sur le sol. Je m'écarte, tâchant de me précipiter vers la porte, mais il me retient encore par le poignet et me fait basculer.

Mon coude percute le plancher et je m'effondre à côté de lui. Une douleur irradie dans mon bras, dans tout mon corps, mais je m'efforce de l'ignorer. L'homme plaque ma main gauche sur le sol et lutte pour me maintenir à terre. Je lui donne un coup de genou dans l'estomac et lui décoche un crochet du droit. Mon poing s'écrase sur son nez. Je sens le choc de son os qui se brise sur mes phalanges.

– *Puta !* hurle-t-il de plus belle.

Il lâche enfin mon poignet et presse ses deux mains sur son visage en sang. Je saisis ma chance. Puisqu'il ne me retient plus, je me redresse et pose le pied à plat pour me mettre debout. Mais il se rue vers moi et m'empoigne par les cheveux. Je pousse un cri de douleur lorsqu'il m'attire de nouveau à terre. Ma tête heurte le parquet.

À présent, il est vraiment furax.

– Salope ! vocifère-t-il, pensant peut-être que je ne l'avais pas compris les premières fois. Il se jette sur moi et me plaque au sol, ses jambes de chaque côté de ma poitrine. Sans me laisser l'opportunité de lui asséner un autre coup, il agrippe ma gorge à deux mains.

Je tousse, incapable de respirer. Je tente de saisir ses doigts pour le forcer à me lâcher, mais impossible de le faire céder. Je remue, me débats, mais il est trop lourd. Ses mains compriment ma trachée. Mes poumons sont au bord de l'implosion et l'air n'arrive toujours pas. J'ai l'impression de me noyer.

– Tu n'aurais pas dû venir ici, postillonne-t-il, l'expression déformée par l'effort.

Le sang s'écoule de ses narines et dégouline sur mon visage, entre mes lèvres. Un goût métallique, amer et répugnant m'envahit la bouche. Je veux cracher, mais je n'ai plus assez de souffle.

– Tes parents ont abattu mon neveu. Il est mort devant moi. J'espérais que tu mordrais à l'hameçon, pour pouvoir te regarder en face en t'achevant de mes propres mains.

Je tourne la tête vers lui tandis que mes yeux s'habituent à la pénombre. Cet homme n'est pas n'importe lequel des White Angels de Torres. C'est l'un de ses frères et de ses bras droits, lui aussi un tueur notoire. Son regard trahit une telle haine, une colère et une rage indicible. Je panique lorsque je comprends que ces pupilles noires seront peut-être ma toute dernière vision.

De nouveau, j'essaie de dégager ses doigts. Je donne des coups de pied, de hanche, enfonçant les pieds sur le parquet pour tenter de le soulever, mais il doit peser plus de cent kilos. Il m'écrase la gorge.

– Meurs, *puta*, siffle-t-il, le visage à quelques centimètres du mien.

Ses yeux brillent de rage. Au prix d'un terrible effort, je parviens à passer la main sur les lattes du plancher. J'effleure le haut de mon pantalon et glisse plus bas. *Pitié, mon Dieu, pitié, pitié.* Soudain, je le touche : le manche de mon couteau.

– Crève !

Je me sens sombrer. Des étoiles d'argent dansent au centre de mon champ de vision. Tout autour, plus rien. Le noir. La mort.

Non, non, non. Mon esprit hurle. *Pas comme ça. Pas maintenant.*

Je rassemble mes dernières forces et tire le poignard de ma poche.

– Meurs, garce !

Sa tête est si proche de la mienne qu'il ne me voit pas brandir le couteau. Je le lève au-dessus de lui, puis, dans un ultime sursaut d'énergie, je le plante dans son cou. Il écarquille les yeux, sa bouche s'entrouvre à mesure que la lame s'enfonce dans la chair. Enfin, son étreinte se relâche.

J'inspire l'air à grandes goulées. Dans son regard, le choc et la douleur ont remplacé la colère. Le sang s'écoule à gros bouillons de la plaie sur mon visage. Lentement, ses mains quittent ma gorge pour se poser sur la sienne. Ses doigts effleurent la lame crantée. Je le repousse violemment et son corps massif roule sur le côté.

Aussitôt, je bondis sur mes pieds et me redresse au-dessus de lui. Saisi de convulsion, il tremble de tous ses membres, sa poitrine se soulevant rapidement et par saccades. L'épais filet de sang sinue le long de son cou et se répand sur la moquette blanche.

Quand il lève son regard vers moi, j'y lis une peur singulière. Celle que l'on doit éprouver au seuil de la mort, lorsqu'on sait qu'il n'y a plus de retour en arrière, plus d'issue possible. Une larme s'écoule sur sa joue et ses lèvres frémissent. Les soubresauts s'accentuent et l'hémorragie redouble. Vitreux, implorants, ses yeux ne quittent plus les miens.

Je pensais trouver une certaine satisfaction à voir périr l'homme qui souhaitait assassiner mes parents. Je croyais trouver du soulagement à voir ce regard meurtrier s'éteindre. Mais ce n'est pas le cas. Pour autant, il ne m'inspire ni pitié ni tristesse. Je ne ressens rien et, en le voyant trembler, j'espère juste que tout finisse vite. Que tout se termine. Je passe la main derrière mon dos et sors mon pistolet coincé dans la ceinture de mon pantalon. Je replie l'index sur la gâchette. J'ai tenu ce type d'armes des centaines de fois, mais jamais il ne m'avait paru aussi lourd. C'est peut-être un vertige, une faiblesse due à la lutte. Ou alors, c'est parce qu'une fois que j'aurai pressé la détente, je resterai à jamais une meurtrière. J'aurai du sang sur les mains.

La force de la détonation me projette en arrière. La balle l'atteint à la tempe. Les tremblements cessent. La main qu'il portait à sa gorge retombe sur le sol. Je reste là, les bras tendus, l'arme braquée droit devant moi. Je regarde le filet de sang s'écouler de la blessure jusqu'à sa joue. Son souffle rauque s'est interrompu. Je sais qu'il est mort.

Lentement, j'effleure mon cou, où je sens encore la poigne de ses mains puissantes. Ma peau me brûle. Je baisse les bras, range mon arme à l'arrière de mon pantalon puis j'enjambe le cadavre et ramasse mon M4. Je m'approche de la porte, m'adosse au chambranle et écoute.

Je perçois des bruits de lutte dans le couloir, puis un cri de douleur.

Luke.

Je longe prudemment le mur, mon fusil devant moi, guidée par les sons. D'autres gémissements étouffés montent. Une bagarre : quelqu'un perd le souffle, un corps s'effondre.

Je jette un œil à l'angle du passage. Luke gît à terre. Assis sur lui, un homme tente de le maîtriser. Luke le frappe à la mâchoire. Quelques gouttes de sang jaillissent et tachent le mur clair.

– *Te voy a matar, hijo de puta*, hurle son agresseur.

Il sort un pistolet de sa poche et débloque le cran de sûreté. Sans même réfléchir, je lève mon arme et tire.

La détonation assourdie de mon M4 emplit le couloir. Je l'ai touché à l'arrière de la tête. Son revolver glisse sur le parquet et son corps s'écrase sur celui de Luke.

Je traverse le corridor en courant. À présent, plus besoin de prendre de précautions : ils savent que nous sommes là.

Luke se dégage de son assaillant et le fait basculer sur le dos. L'homme a la bouche grande ouverte, le regard braqué sur le plafond. *Vide. Mort.* Je tends la main pour aider Luke à se redresser.

– Tu n'as rien ? je demande en effleurant sa joue tuméfiée.

Il grimace et s'écarte. Gênée, je laisse retomber mon bras le long de mon corps.

– Désolée.

– Non, ne t'inquiète pas. Je vais bien.

Il attrape mon visage à deux mains et l'attire vers lui jusqu'à ce que nos fronts se touchent.

– Merci de m'avoir sauvé.

– Tu en aurais fait autant. Viens. Ils nous ont sûrement entendus. Nous n'avons pas beaucoup de temps.

Le verre brisé des cadres photo crisse sous nos pas. Dans le couloir, la seule touche de couleur provient d'une décoration à l'autre extrémité. Sa vue me bouleverse : un crucifix richement orné et incrusté de gemmes et de diamants en son centre. Un phylactère d'or surmonte la croix où sont peints les mots « *Sigue a dios* ». Je sens la rage revenir. La violence, la torture, le meurtre… tout cela pour se réfugier derrière Dieu.

Luke s'arrête près de moi et examine l'inscription. Je traduis pour lui :

– « Suis Dieu. »

Je décroche l'objet du mur et le fracasse sur le sol avec une telle force qu'il vole en éclats. Des fragments dorés et les pierres précieuses s'éparpillent sur le parquet. J'arrache le phylactère et le jette aussi loin que je le peux. Il atterrit près de la pièce par laquelle nous sommes entrés et termine sa course dans la flaque de sang, contre le corps du garde.

Avec mon arme, je désigne l'extrémité du corridor, qui mène au sous-sol. Des frissons me parcourent la nuque : je sens sa présence, je perçois son aura diabolique. Je sais déjà qu'il se trouve de l'autre côté de cette porte. J'espère simplement que ma mère est avec lui et qu'elle est encore en vie.

TRENTE ET UN

Le sous-sol est sombre et silencieux. La température semble avoir chuté de quinze degrés et un frisson court sur ma peau.

Luke et moi traversons l'énorme salle de cinéma meublée de fauteuils en cuir. Une machine à pop-corn est installée dans un coin et des affiches de films décorent les murs. Un poster de *Scarface* trône au milieu. *Bonjour le cliché, Torres...*

Luke me montre une porte ouverte face à nous. Nous avançons prudemment, dos au mur. Je peux presque sentir le grain du papier peint gris. Immobiles sur le seuil, nous guettons les bruits dans la pièce attenante. Rien. Je pivote et braque mon arme à l'intérieur. Je découvre une cave à vin. Des milliers de bouteilles sont alignées le long des parois. Une vaste table est placée au centre, avec trois verres devant chaque siège. Cet homme ne se refuse rien. Évidemment, diriger un cartel de drogue rapporte plus qu'un salaire de Black Angel.

Je fais signe à Luke d'avancer et c'est là que je l'aperçois : une porte close sur le mur sud. D'après les plans, elle donne sur un débarras jamais achevé. Des picotements me parcourent la peau. Je sais qu'elle se trouve à l'intérieur. Je le sens. Je désigne la porte du menton et Luke écarquille les yeux.

Je presse l'oreille contre le métal froid du battant, espérant percevoir un bruit. Je distingue un froissement, un raclement, puis un homme qui parle espagnol suivi d'une voix de femme.

– Arrête, gémit-elle. Arrête, par pitié.

Mon cœur cogne si fort qu'il me semble couvrir les sons. Mais je reconnaîtrais cette voix entre mille.

– C'est elle, je murmure à Luke.

Lentement, j'effleure la poignée. La porte semble verrouillée.

– Défonce-la.

Il recule, tandis que je brandis mon fusil, prête à ouvrir le feu sur Torres.

Luke me regarde et lève les doigts pour compter. *Cinq, quatre, trois, deux, un.* Je retiens mon souffle.

Le cadre de la porte cède lorsque Luke envoie le pied contre le battant, qui s'effondre à l'intérieur de la pièce.

Je me précipite à l'intérieur, l'arme au poing, l'index sur la détente. Là, dans le coin, une longue chaîne rouillée attachée à son poignet, j'aperçois ma mère, méconnaissable. Je note sa joue violacée, son bras entaillé, le sang qui coule de son nez cassé. Son débardeur blanc est constellé de taches écarlates et elle se tient prostrée sur un vieux matelas sale. Derrière elle, dos au mur en parpaing, Torres se dresse avec un bouc grisonnant, ses yeux sombres, ses cheveux poivre et sel. Il appuie un pistolet chromé contre sa tempe.

Elle me dévisage, entre affolement et torpeur, et cherche à se libérer de Torres qui maintient son cou dans l'étau de son coude. Je vise la tête de Torres. Je voudrais tirer, mais le champ n'est pas dégagé. Il la serre de près et ils luttent furieusement. Quelques centimètres de trop et c'est elle qui sera touchée. Je ne peux pas prendre ce risque.

– C'est fini, Torres, je lance, d'un ton que j'espère inflexible. Relâche-la.

– Non, Reagan, arrête, implore-t-elle.

Son regard paniqué me hurle de m'enfuir.

– Enfin, je rencontre la célèbre Reagan Hillis, réplique Torres d'une voix grave et rauque teintée d'un fort accent. L'Élue, n'est-ce pas ? Ravi que tu aies pu te joindre à nous.

– Reagan. Va-t'en, sauve-toi, supplie ma mère.

Ses pieds raclent le béton.

Elle se débat pour se libérer de son adversaire. La chaîne métallique qui la retient cogne contre le mur lorsqu'il l'attrape plus fermement.

– Où tu crois aller, comme ça ?

Elle ferme les yeux et agrippe son bras, mais il ne cède pas d'un pouce.

– Je n'en ai pas fini avec toi.

Je reprends d'une voix plus forte :

– Tes hommes sont morts. Et je t'abattrai comme eux si tu ne lâches pas ton arme.

Torres rejette la tête en arrière et un rire hideux monte dans sa gorge. Il me fait frémir.

– Est-ce que tu me prendrais pour un idiot ? J'ai moi aussi été formé par les meilleurs, tu sais. Tu n'as pas un bon angle de tir et tu ne veux pas avoir la mort d'Elizabeth sur la conscience. Alors je vais te faciliter la tâche. Je vais la tuer pour toi.

Torres débloque le cran de sûreté de son revolver, le braque sur le front de ma mère et appuie le canon contre sa tempe.

– Reagan, sauve-toi. Fiche le camp d'ici.

Des fourmillements s'emparent de mon corps. Je ne sens plus mes jambes ni mes pieds. Je tente de contenir les tremblements qui vont suivre, mais déjà, mes doigts commencent à tressauter. À présent, je n'ai plus aucune chance de tirer.

– Ne lui faites pas de mal ! je hurle en baissant mon fusil.

J'ôte mon index de la gâchette.

– Je prends sa place.

– Reagan, tais-toi, intervient Luke qui garde son M4 fermement pointé sur Torres.

Torres se détourne de ma mère pour se focaliser sur moi.

– Dépose ton arme sur le sol et j'y réfléchirai.

Je fléchis les genoux et la pose sur le béton. Du bout du pied, je la fais glisser vers lui. Ses lèvres esquissent un sourire carnassier.

– Reagan, non, gémit ma mère. Je t'en prie, arrête.

Trop tard. Je lève les mains en l'air.

– C'est bien moi que tu voulais ? dis-je sur un ton plus dur que je ne l'aurais imaginé. Tu désirais ta vengeance ? Tu la tiens. Maintenant, laisse-la partir.

– On a tenté de t'avoir à ton lycée, reprend-il. Tu as été trop fine pour nous. Tes parents, en revanche… ce sont des imbéciles. Stupides et lents. Ils l'ont toujours été. Déjà à l'époque de leur formation, je pouvais les neutraliser d'un geste. Mais toi… tu possèdes la force qu'ils n'ont pas.

– Ma chérie, je t'en supplie. Ne donne pas ta vie pour me sauver, souffle ma mère d'une voix tremblante, cramponnée au bras de Torres.

Les longues chaînes en métal heurtent le mur auquel elles sont attachées. Mais elle semble trop faible, trop blessée, trop brisée pour réagir. En baissant les yeux, j'aperçois ses jambes dénudées, où des boursouflures noires et bleuâtres s'étendent le long de ses tibias, comme si on l'avait frappée avec une batte de baseball. Soudain, toutes les émotions que je luttais pour contenir dans leur boîte ressurgissent.

– Quelle charmante fille tu as, chuchote-t-il à son oreille.

De nouveau, il éclate de rire. Ses paroles, mielleuses, poisseuses, me donnent la nausée. Il se tourne vers moi.

– Que c'est noble d'offrir ta vie pour sauver celle de ta mère !

– Ne touche pas à ma fille !

Elle se débat, montrant tout à coup plus de force. Elle pousse sur ses talons et bascule en arrière, entraînant Torres avec elle. Le crâne de Torres heurte violemment le mur en parpaing.

– Sale petite garce.

Il lève son pistolet et la frappe au visage, d'un geste si brutal qu'il lui déchire la lèvre. Sonnée, elle laisse retomber sa tête en avant et le sang s'écoule de sa bouche.

– Maman !

J'avance d'un pas, mais Luke tend le bras pour me retenir. Des larmes me brûlent les yeux et troublent ma vue. Je m'oblige à les refouler. Torres ne doit pas sentir ma faiblesse.

– Ne la touche pas. Tu as ce que tu voulais. Relâche-la.

Les gouttes écarlates roulent sur le menton de ma mère et s'écrasent sur son t-shirt blanc. Ses cheveux blonds, empoissés par la sueur, dissimulent son œil gauche. Elle frémit quand Torres approche le revolver de son visage et écarte ses mèches du bout du canon.

– Allons, allons, ma princesse, susurre-t-il en déposant un baiser sur son front.

À chaque geste, il guette ma réaction.

– Tu n'aurais jamais imaginé la voir un jour aussi faible, pas vrai ?

– C'est une femme forte, je réplique.

Je la regarde lutter pour retrouver ses esprits et ses moyens. Ses mains grimpent lentement le long du bras gauche que Torres maintient autour de sa gorge.

– Tu ne t'es pas battu à la loyale, Torres. Tu l'as enchaînée et tu as demandé à tes sbires de la passer à tabac. Tu sais parfaitement qu'au combat, elle te briserait le cou en quelques secondes.

– Ça, j'en doute.

Il braque l'extrémité de son arme sur sa tempe.

– Relâche-la. Libère-la et laisse-les repartir tous les deux, je poursuis en désignant Luke du menton. C'est moi que tu voulais. Tu tiens ta revanche.

J'avance encore d'un pas, mains ouvertes. Si mes jambes frémissent, j'ai l'esprit clair. Ma mère sauvera bien plus de gens que moi. Elle accomplira davantage de choses dans ce monde. C'est mieux ainsi.

– Non ! hurle-t-elle à mesure que je me rapproche.

À chaque mot, des gouttelettes de sang s'échappent de ses lèvres.

– Je t'aime, Reagan. Je ne te laisserai pas te sacrifier pour moi…

– Détache-la, Torres.

Alors que je mets un pied devant l'autre, le regard froid de Torres croise le mien. J'écarte les bras, légèrement levés, et je me sens calme, presque sereine. Prête à mourir pour elle. Des larmes coulent sur ses joues et je sais qu'elle ne pleure pas pour elle-même ni pour cet instant, mais pour ce que je m'apprête à faire.

– Je te donne ma vie contre la sienne. Relâche-la.

– C'est une proposition intéressante, commente Torres en comprimant son cou. Mais vois-tu, j'ai perdu mon fils unique. Il n'avait que quatre ans et ta mère l'a tué. L'année dernière, c'est mon cousin que tes parents ont abattu. Je le considérais comme un frère. Alors, bien que j'apprécie ton offre, elle ne me suffit pas.

– Que veux-tu de plus ?

Laissez-la vivre. Laissez-la sortir d'ici. Pitié, mon Dieu, aidez-moi. Laissez-la vivre.

Mais Dieu ne m'écoutera pas. Il n'exaucera pas mes prières. Je le comprends à l'instant ou l'ignoble rictus de Torres étire le coin de ses lèvres et je sens mes genoux se dérober.

– Elle a le sang de deux êtres qui m'étaient chers sur les mains. Ce que je veux, c'est la loi du Talion.

– Qu'est-ce que ça signifie ? je lâche dans un souffle.

– Ça signifie… que je vous tue toutes les deux.

Mon cœur cesse de battre. Je croise le regard de ma mère juste avant qu'il ne presse la détente. J'y lis la peur, le regret, l'amour. Je ferme les yeux, comme pour suspendre le temps. Mais les secondes continuent de filer. Le monde ne s'arrête pas de tourner.

La détonation résonne entre les parpaings et le béton. Quand je rouvre les paupières. Tout me paraît flou, comme si les contours se brouillaient. Je cherche ma mère et l'aperçois, la tête en sang, les yeux clos. Ses cheveux retombent devant son visage tandis qu'elle s'effondre sur le matelas crasseux et taché.

– Non ! hurle quelqu'un.

Un cri glaçant retentit et son écho perdure, infini. Il emplit la pièce tout entière et me prive de souffle. Je mets quelques secondes à comprendre que c'est moi qui l'ai poussé.

Trois sifflements fendent l'air. Luke a ouvert le feu sur Torres et le touche à l'épaule. Lui me vise et presse la détente. Mon gilet pare-balle me protège, mais la force de l'impact me projette en arrière. Les détonations s'enchaînent. De nouveau, Luke mitraille et blesse Torres au côté droit de l'abdomen. L'homme plaque la main contre la plaie, tire encore une fois, nous rate, puis se précipite vers une porte au fond de la pièce. Il se glisse derrière elle et disparaît.

– Maman !

Je me rue vers sa silhouette immobile.

Pitié, mon Dieu, pitié. Pitié. Pitié. Pitié. Une éternité semble s'écouler avant que je l'atteigne, les secondes s'étirant comme des heures. Je me laisse tomber à genoux près d'elle et l'allonge sur le dos. J'attrape son visage à deux mains. Mes paumes sont trempées de sang.

– Maman ! Je t'en prie, maman !

L'écho de coups de feu retentit quelque part dans la maison. Je m'en moque. Je la tiens, l'attire vers moi et la berce dans mes bras.

– Je suis là, maman, c'est fini. Réveille-toi, maman. Réveille-toi, s'il te plaît.

– Reagan, nous ne pouvons pas rester ici, crie Luke en m'agrippant par le poignet. J'entends d'autres gardes.

Je le repousse.

– Il faut l'aider, Luke !

Je me penche pour embrasser ma mère sur le front.

– Elle est touchée. Gravement blessée… Nous devons la soigner.

– Si nous attendons, nous mourrons aussi. Allez, viens, me souffle Luke en me tirant pour me relever.

La tête de ma mère me glisse des mains et bascule sur le matelas gorgé de sang.

– Non, pas question de l'abandonner, je m'écrie en me laissant retomber à genoux.

Mes doigts effleurent sa joue pendant un bref instant, avant que Luke ne m'attrape par la taille pour m'entraîner vers la porte.

– Lâche-moi, je hurle en me débattant, je dois l'aider !

– Si nous ne sortons pas d'ici, tout le monde y laissera sa peau, vocifère-t-il en me traînant hors de la pièce.

– Non, Luke, non !

Mes yeux fixent le visage de ma mère tandis qu'il me soulève et m'emporte vers le couloir. Sa silhouette se brouille, de plus en plus petite et floue, jusqu'à disparaître.

– Reagan, arrête ! s'énerve Luke alors que je lutte toujours pour me dégager.

– Pose-moi par terre !

Je m'acharne sur ses doigts pour qu'il me lâche, mais il me tient d'une poigne de fer.

– Non, je ne te laisserai pas mourir, Reagan. Nous devons rejoindre le camion, me raisonne-t-il en retraversant la salle de cinéma.

Il ouvre une porte conduisant sur l'extérieur. Tout autour de nous, des tirs retentissent dans la nuit.

– Les voilà ! s'exclame-t-il en désignant le véhicule noir parqué à une centaine de mètres. Viens, Reagan, cours !

Les détonations fusent de plus belle. Luke me pousse vers la butte et nous nous précipitons vers le camion. *Les autres pourront peut-être secourir ma mère*, me dis-je. *Ils retourneront la sauver.*

– Démarre, démarre !

Luke cogne contre la portière en se ruant vers l'arrière. Cooper et Laz m'empoignent par le bras pour me soulever. Sam attrape la main de Luke et l'aide à grimper.

– C'est bon ! confirme Luke en pressant son oreillette avant de refermer brutalement le hayon.

Le fracas métallique me fait sursauter.

– Vas-y, Eduardo ! Fonce !

– Non, on ne peut pas partir !

Je me précipite vers le fond du camion et tambourine contre la cabine pour persuader Eduardo de s'arrêter.

– Il faut retourner la chercher !

Luke m'agrippe par les épaules.

– On ne peut pas, Reagan. Il n'y a plus rien à faire.

– Nous devons l'aider !

À force de crier, ma voix se brise.

– Que s'est-il passé ?

Assis dans un coin, mon père nous regarde, les yeux humides.

– Où est Elizabeth ? demande-t-il, si bas que je l'entends à peine.

– Dans le débarras, au sous-sol, enchaînée à un mur.

Le camion fait une brusque embardée sur la gauche. Je me cramponne à la paroi pour ne pas tomber.

– Nous devons faire demi-tour. Nous ne pouvons pas la laisser là.

– Elle est morte, Reagan !

Luke m'empoigne par les épaules et me secoue, les yeux humides.

– Reagan, je suis désolé. C'est fini.

Je le repousse.

– Non, c'est faux !

– Tu as vu comme moi Torres lui tirer une balle dans la tête, reprend-il sans me lâcher.

– Morte ? répète mon père d'une voix tremblante.

Il lève les yeux vers Luke et ses lèvres frémissent.

– Elle est vraiment morte ?

– Je suis navré, monsieur, répond Luke. Personne ne peut survivre à une blessure pareille.

– Mais nous ne pouvons pas la laisser. Nous devons y retourner. Il le faut !

Je me précipite vers la porte arrière du camion. Luke me retient violemment par le bras et maintient fermement mes poignets.

– Reagan, ça ne sert à rien, souffle Luke d'une voix brisée. Nous ne pouvons plus rien faire.

C'est là que je m'effondre : le moindre atome de peau, de sang, de poumons semble soudain comme transpercé par des centaines de lames, pulvérisé par des centaines de balles. Brûlé dans des millions de flammes.

– Nous devons faire demi-tour, je gémis, alors que, courbé en deux sous le poids de la douleur, mon corps est secoué de sanglots.

Je cherche l'air, mais il n'emplit pas ma poitrine assez vite.

– Je dois retourner…

Luke se glisse contre mon dos, me cajole, m'enveloppe de ses bras en me murmurant des mots de réconfort.

– Chhh… Reagan, chhh. Ça va aller…

– Non, rien n'ira plus jamais !

Mes jambes se dérobent et je m'effondre.

– Plus jamais…

Je me pelotonne sur le sol. Accroupi près de moi, Luke essaie de passer son bras autour de mes épaules, mais je pose les mains sur son torse et le repousse violemment. Je ne veux pas qu'il me touche. Ni lui ni personne. *Mon Dieu, prenez-moi, prenez-moi, prenez-moi.* J'attrape mes genoux et les ramène contre ma poitrine, puis je hurle, encore et encore.

ÉPILOGUE

Le bruit des réacteurs emplit la cabine et noie le silence assourdissant qui règne dans le jet de la CIA. Après nous être terrés pendant quarante-huit heures en Équateur, nous avons enfin reçu du CENTRAL le feu vert pour regagner Washington.

Torres est en vie. Et à mes trousses.

L'air froid qui s'échappe de la ventilation au-dessus de moi me donne des frissons. Luke s'en aperçoit. Avec précaution, il pose ses doigts tièdes sur les miens et, pour la première fois depuis des jours, je ne m'écarte pas. Je ne réponds pas non plus à son geste.

Je resserre mon gilet bordeaux contre moi. C'était le favori de ma mère, que j'ai retrouvé dans son sac. Il est imprégné de son odeur, celle de sa crème hydratante mêlée au parfum Givenchy que mon père lui offre pour Noël. Je soulève un pan du vêtement et l'approche de mon visage pour respirer son souvenir. Combien de temps tiendra-t-il ? Un mois ? Deux, peut-être ? D'ici Noël, il aura disparu.

Aujourd'hui, je n'ai pas pleuré. J'en ressens une curieuse culpabilité, mais je crois avoir épuisé mes larmes. Après tant d'heures passées à sangloter, mon corps est perclus de courbatures. L'insupportable douleur qui me terrassait depuis deux jours, dans notre planque en Équateur, se trouve peu à peu remplacée par la torpeur. Je n'éprouve plus rien : ni les battements de mon cœur, ni la chaleur de mon sang, ni l'air dans mes poumons. Je me sens plus que morte. J'ignore ce qui se produira quand l'apathie disparaîtra, alors je m'y raccroche aussi longtemps que je peux. La colère viendra supplanter la peine. Envers moi-même, envers Santino Torres. Je ne sais pas si je suis prête à y faire face.

Le CENTRAL nous a déjà transmis les détails de notre nouvelle couverture. Ils expliquent le décès de ma mère par un terrible accident de voiture survenu à l'étranger, alors qu'elle était en déplacement. Un mensonge de plus, qu'il me faudra répéter, encore et encore pour le restant de mes jours. J'ignore ce qu'il est advenu de son corps. J'ai la nausée chaque fois que je l'imagine, pourrissant dans une fosse creusée à la hâte sur le domaine de Torres, jetée à la mer ou réduite en cendres. C'est ce qui m'empêchera de dormir la nuit.

Ma mère n'est pas le premier Black Angel qu'ils perdent sur le terrain. Elle ne sera pas non plus la dernière. Je sais que le CENTRAL et les autres bureaux tentent l'impossible pour retrouver Torres, mais au fil des jours, je devine déjà que l'intensité des recherches, leur détermination à le débusquer et à le traîner devant la justice s'amenuisent. Je ne suis pas naïve. Il ne restera pas leur priorité très longtemps. Bientôt, ils auront d'autres missions à accomplir, d'autres otages à sauver, d'autres terroristes à neutraliser. Et Elizabeth Hillis, si forte, si généreuse, si courageuse, ne sera plus évoquée qu'entre deux portes. Elle sera saluée en héros, mais tôt ou tard, les gens passeront à autre chose et sa disparition ne sera plus qu'une terrible tragédie, une perte considérable pour l'agence et pour son pays. Elle deviendra un dommage collatéral parmi d'autres.

Moi, je n'oublierai pas. Je n'oublierai pas la terreur dans son regard quand Torres a pressé la détente. Je n'oublierai ni le sang, ni les larmes, ni les sévices qu'elle a endurés avant de mourir. Je n'oublierai pas l'amour qu'elle me donnait chaque jour et le bien qu'elle aurait continué de faire dans ce monde s'il l'avait laissée partir.

Je ferme les yeux et les images d'elle me submergent. Je la revois dans son peignoir la veille de sa toute dernière mission. M'embrasser tandis que je terminais à la hâte mon petit-déjeuner. Me prendre sur ses genoux pour tresser mes cheveux. Je songe à cette photo de nous qu'elle gardait sur sa table de nuit : j'y ai environ cinq ans et je suis assise sur ses genoux, avec mes deux belles nattes. J'ouvre grand la bouche et mes yeux en amande sont si plissés qu'ils paraissent presque fermés. Je ris comme une petite folle. Ma mère m'enveloppe de ses bras et appuie sa joue contre la mienne. Elle esquisse le plus radieux des sourires. Qu'est-ce qui nous amusait tant ? Est-ce que je retrouverai un tel bonheur un jour ?

Je refoule chaque souvenir, consciente que cela n'arrivera pas. Une larme vient finalement. Le vide en moi devient plus qu'une béance, une insupportable douleur. Le monde ne sera plus aussi coloré. La lune ne brillera plus du même éclat. Mon rire ne sera plus aussi spontané. Mon sourire ne sera plus tout à fait réel. Santino Torres m'a arraché la personne qui comptait le plus à mes yeux. Du même coup, il m'a privée de tout ce qu'il y avait de bon en moi.

Il reste cependant une chose qu'il ne peut me voler. Ma colère. Il ne peut éteindre la rage qui se consume en moi. Pour l'instant, elle couve, mais bientôt, elle m'embrasera tout entière. Torres ne le sait pas encore, mais à l'instant où il a pressé cette détente, c'est son propre arrêt de mort qu'il a signé.

J'arrive, Torres, souffle une voix dans ma tête. *Tiens-toi prêt.*

BONUS

LE SAC D'URGENCE DE REAGAN

1. MIMI :

Si je perdais cette poupée, je serais inconsolable. Je l'ai reçue pour mon premier anniversaire et pendant des années, je l'ai emportée partout avec moi. J'adorais ses cheveux de laine bouclés, son nombril en bouton et son doux visage en plastique. Elle a toujours des traces de pastel rose autour de la bouche : quand j'avais trois ans, j'avais tenté de lui dessiner des lèvres, parce que je voulais qu'elle ressemble à ma Barbie.

2. LE COLLIER DE PERLES DE MON ARRIÈRE-GRAND-MÈRE :

Ce style de bijoux n'est pas vraiment mon genre, mais celui-ci n'est pas ordinaire. Il est dans ma famille depuis des générations et je l'ai reçu pour mon seizième anniversaire. Si j'ai un jour une fille, je le lui donnerai, exactement comme ma mère l'a fait avec moi.

3. LES PHOTOS :

J'ai une enveloppe remplie de photos de famille et de quelques clichés Polaroid où je pose avec Harper, Malika et Luke. Les photos numériques sont proscrites : elles risqueraient de se retrouver sur Instagram ou Snapchat. Mais un soir, chez Luke, Harper a dégainé son Polaroid. Puisque je pouvais emporter les preuves de mon existence avec moi, j'ai finalement accepté de poser. Mais ce que je voulais vraiment, c'était une photo de ces trois-là. Ce sont les amis qui me manqueront le plus et dont je voudrai toujours me rappeler.

4. LES LETTRES :

Chaque Noël, mon père dépose une lettre pour moi au pied du sapin. Il le fait depuis que je suis toute petite. C'est sans doute mon cadeau préféré et celui que j'attends le plus lorsque je me réveille le matin de Noël. J'ai aussi quelques lettres que ma mère m'a écrites alors qu'elle était en mission. Ces lettres sont les choses auxquelles je tiens le plus.

5. LES ARMES :

Au fond de chaque sac se trouve un double fond destiné aux armes. Deux Glock 22 chargés avec des munitions supplémentaires, deux couteaux et un gilet pare-balle. Parfois, nous n'avons que quelques minutes pour quitter notre domicile. Nous devons toujours être armés et prêts.

6. LA NOURRITURE :

Il faut bien manger ! Alors je prépare toujours des petites choses à grignoter qui ne s'abîment pas : des biscuits secs, du chocolat, des bonbons. Nous avons aussi quelques repas déshydratés, mais j'avoue que je n'en suis pas vraiment fan.

7. LES APPAREILS :

J'ai une tablette conçue spécialement pour les Black Angels (bien qu'elle n'ait pas le même niveau d'accès que celles de mes parents), ainsi qu'un téléphone avec une carte prépayée. Nous devons toujours pouvoir joindre le CENTRAL, en particulier lorsque nous sommes en fuite ou dormants.

8. LES VÊTEMENTS :

Nous partons souvent sans la moindre affaire supplémentaire, alors je prévois toujours un jean, un t-shirt, des chaussettes, une paire de bottes, des sous-vêtements et un pull. Sans oublier une brosse à dents et un tube de dentifrice. J'ai horreur de passer plusieurs jours sans pouvoir me changer et je ne peux pas m'endormir sans le léger goût de menthol du dentifrice.

REMERCIEMENTS

Je remercie tout d'abord Jean Feiwel, Holly West, Lauren Scobell et toute l'équipe de Swoon Reads/ Macmillan. Vous avez changé ma vie. Les mots me manquent pour exprimer ma gratitude. Je n'aurais pu rêver d'une équipe plus fantastique, sagace et enthousiaste. Vous êtes tous de vraies rock stars et j'ai savouré chaque instant de travail avec vous sur ce livre.

À Merrilee Heife : le jour où tu m'as appelée pour me proposer de me représenter, je n'ai plus touché terre pendant deux heures. J'ai toujours l'impression d'avoir touché le gros lot ! Merci pour tes conseils et ton soutien précieux. À Allie Levick : merci d'avoir tiré ce roman de ta pile de manuscrits refusés et d'y avoir cru.

À mes lecteurs infaillibles : Maureen, Ellen, Christina, Christie, Jeanie, Emma, Heidi, Shannon, Deanna, Jen, Kate, Todd, Kristyn, Nicki, Maria, Kelsey, Elise, Meghan, Billy, Krista, Gwen, Brandi et Rhonda. Vos remarques, vos avis m'ont été d'une aide précieuse. Ce livre n'aurait pas du tout été le même sans vous. Aux lecteurs de Swoon Reads qui ont soutenu mon roman, en particulier Kathy Berla : vous êtes fantastiques. Aux auteurs géniaux que j'ai rencontrés en route : merci de vos conseils et de votre amitié.

À Stephanie Paras, pour sa créativité et son amitié d'une vie. À Christopher Barcelona, à qui je peux raconter les plus grandes nouvelles ou les plus petits détails. À Mila Goodman, à qui je soumets mes idées, bonnes ou mauvaises : j'ai énormément de chance d'avoir accès à son génie. À Julia DeVillers, ma bonne fée littéraire, pour m'avoir orientée dans cet univers. À Jen Meredith pour ses encouragements, son soutien et son amitié indéfectible. À Hannah Hill, qui a cru en moi. Aucun ami ne m'est plus cher pour célébrer chaque étape de la vie.

À mes professeurs, en particulier Dr Leahy, Dr Laycock et P.F. Kluge, pour cette précieuse base. Vous avez fait d'une étincelle de passion pour l'écriture un feu d'enfer. À ma famille de chez Ressource pour l'aide marketing et les premières lectures de mon roman : un soutien permanent. À mes amis, sans qui je serais quelqu'un de totalement différent. Espérons que l'amitié dure jusqu'aux cheveux blancs. À ma famille, qui m'a parfois aidée dans mes recherches (merci oncle Terry et Brendan) ou qui était simplement présente pour fêter les bonnes nouvelles, je suis infiniment reconnaissante.

À Katie, mon amie et soutien. Merci d'avoir lu mille versions de ce livre sans jamais cesser tes encouragements. À maman, qui reste ma plus grande fan. Tu es à jamais la plus belle lueur de ma vie. Papa, merci d'avoir lu chacun des mots que j'ai écrits : de mes rédactions de collège jusqu'à ce roman, c'est toujours ton opinion que j'attends avec le plus d'impatience.

Enfin, à Michael. Je le dis souvent, mais le voici noir sur blanc : tu es le meilleur époux dont une femme puisse rêver. Je ne voudrais partager ma vie avec personne d'autre que toi. Merci d'être mon plus grand soutien, de m'avoir encouragée à écrire ce roman et de m'avoir accompagnée à chaque étape. Je t'aime.

L'affaire Jennifer jones

de Allan Stratton

Traduit de l'anglais (Canada)
par Nathalie M.-C. Laverroux

« Au moment du meurtre, tous les journaux en avaient parlé pendant des mois. Des dizaines d'articles avaient analysé l'affaire sous tous les angles. Les événements de ce jour terrible à Berwick Waters. Le contexte. Les familles des enfants. Les rapports scolaires. Les réactions des habitants. Les lois concernant les enfants meurtriers. Alice Tully n'avait rien lu à l'époque. Elle était trop jeune. Cependant, depuis six mois, elle ne laissait passer aucun article, et la question sous-jacente restait la même : comment une petite fille de dix ans pouvait-elle tuer un autre enfant ? »

« Un roman passionnant et actuel qui séduira autant les adolescents que les adultes. »
Page des libraires

L'Échappée

de Allan Stratton

Traduit de l'anglais (Canada)
par Sidonie Van den Dries

« Comment peut-on ne pas vouloir sortir avec Jason ? il est ultra cool. (…) Jason, pour moi, c'est un rêve qui se réalise. »

Hélas pour Leslie, son rêve va vite tourner au cauchemar… Jason, le nouveau qui attire tous les regards, n'est pas le garçon bien qu'il paraît être. Lentement, il tisse sa toile autour d'elle. Pour qu'elle ne puisse plus s'échapper. Pour qu'elle lui appartienne. Corps et âme.

« Mené tambour battant, avec un suspense haletant, *L'Échappée* trimballe le lecteur scotché à son siège à la lisière du cauchemar. »
teenreads.com

Cette fille, c'était mon frère
de Julie Anne Peters

Traduit de l'anglais (États-Unis)
par Alice Marchand

« Depuis le début, j'avais l'impression d'avoir une grande sœur plus intelligente, plus sympa, plus jolie – du moins, elle l'aurait été si elle avait pu s'habiller en fille… »

Regan voudrait juste être une ado comme les autres. Mais comment trouver sa place dans l'ombre d'un frère génial et populaire ? Un frère dont elle est la seule à partager le secret. Un secret qui ne veut plus l'être et qui va tout bouleverser.

« Fort et émouvant, un ovni littéraire
à ne pas manquer. »
Ricochet

Baby bad trip
de Lisa Drakeford

Traduit de l'anglais (Royaume-Uni)
par Alison Jacquet-Robert

Une soirée. Cinq amis. Un invité-surprise.

Pour ses dix-sept ans, Olivia avait organisé la teuf du siècle. Ça aurait pu être cool, si Nicola, sa meilleure amie, n'avait pas eu l'idée… d'accoucher dans la salle de bains. Le choc ! Et durs lendemains de fête ! Pour Nicola, d'abord, dont le quotidien est bouleversé et qui aurait bien besoin de son amie. Mais Olivia a ses propres problèmes, tout comme Jonty, son mec écorché vif, Alice, sa jeune sœur un peu space, et Ben, le confident de Nicola. La vie n'est plus une teuf, quand un bébé débarque sans prévenir…

Fake, fake, fake
de Zoë Beck

Traduit de l'allemand
par Nelly Lemaire

Un prénom pourri, des chaussures taille 49, pas un poil sur le torse et des parents bobos artistes : Edvard, 14 ans, est mal parti pour séduire Constance. D'autant qu'au collège, Henk et sa bande de gros bras ne le lâchent pas. Alors, sur Facebook, Edvard devient Jason, Américain en voyage scolaire. Jason, le double rêvé et parfait… Constance mord à l'hameçon. De mensonge en mensonge, les demandes d'amis explosent, et la machine s'emballe…

Genesis alpha
de Rune Michaels

Traduit de l'anglais (États-Unis)
par Nicole Hesnard

Peut-on être génétiquement programmé à devenir un meurtrier ?

Josh et Max. Max et Josh. Deux frères, inséparables. Une passion commune : *Genesis alpha*, leur jeu vidéo, leur seconde vie.
Mais quand Max est accusé d'avoir tué une jeune fille, il ne s'agit plus de jouer. Le monde de Josh s'écroule, les secrets de famille explosent : il découvre qu'il est en fait le clone de ce frère tant aimé.
Josh est-il génétiquement programmé à devenir lui aussi un meurtrier ?

Achevé d'imprimer en Espagne par Grafica Estella
Dépôt légal : 3e trimestre 2017